eye
守望者

—

到灯塔去

LITERARY CRITICISM

[美] 约瑟夫·诺思 著　张德旭 译

Joseph North

文学批评
一部简明政治史

A
CONCISE
POLITICAL
HISTORY

南京大学出版社

目 录

序 ··· i

导　言 ··· 001
第一章　批评革命的右转 ···························· 029
第二章　学术转向 ·································· 077
第三章　历史主义/语境主义范式 ···················· 111
第四章　批评无意识 ································ 175
结　语　批评的未来 ································ 273

附　录　批评范式与T. S. 艾略特 ··················· 297
注　释 ·· 306
致　谢 ·· 356
索　引 ·· 359

序

本书对一个世纪以来主导英语世界的学院派文学批评的基本范式进行了概述。即使这方面的工作不算我们这个时代的当务之急,它仍不失为一个很紧迫的现实问题。文学研究相当于一个虽小但无比重要的测试用例,供我们思考那个更宏大、更核心的普遍性问题,即我们所生活的社会如何培养我们过深沉本真的生活,并且它在多大程度上允许我们过这样的生活。

人们出于多种多样的原因,撰写各式各样的历史。所以,先对本书所要撰写的那种文学史略做说明,可能有助于读者了解本书的架构,以便更好地评判本书的内容。这显然不是那种包罗无遗的史学著作,它无意面面俱到地囊括文学批评史上所有(甚至大部分)重要人物和运动。某些重要人物和运动确实在正文里出现了,事实上,本书主要围绕一份短名单上的人物展开论述。然而很多在文学研究史中明显占据核心地位的人物和运动即使在本书里出现,也只是出现在注释里。这恐怕也不是一部绘声绘色的史书,它对生动翔实的历史描述兴趣不大,也不打算引领读者想象性地进入历史行动者的内心世界。最后，它也不是文学教授通常会撰写的那种评估性历史，读者会发现，我除了应手头任务的要求而必须做出（往往不太留情面的）评判以外，很少就相关人物的持久价值或深远意义进行概括性的综合评述。倘若有人认为本书是汇集某类批评标准的一次姗姗来迟的尝试，我将感到失望。因为它不是批评"经典"集萃。就此而言，值得在序言里声明，我并不企图有计划地重拾那些因其主体地位而被冷落、被边缘化了的思想家的工作，那将是一部全然不同的著作，它与本书相比，孰优孰劣，则待读者自行评断。

既然上述事例均无法定义本书，那么它到底是怎样的一部著作？或许，最好把它当成一种书写策略性历史的尝试，它考察一门学科在过去的发展轨迹，借此反观当下的学科局面，并对现有的研究趋势进行分析。书写这类历史的动机显然是作者对当下的关切：他心怀一个模糊的目标，以及实现该目标的计划，他不是像人们有时所说的"为了过去本身"而回到过去——他回到过去是为了使目标更为明晰，并且为了确认现存的趋势中哪些有助于或哪些可能阻碍这一目标的实现。所以，人们对过去的反思，与其说是为了看清"历史全景"，不如说是为了找到历史场域的几条主要力线；甚至不是为了找到那一时期所有相关的历史作用力，而只限于找到过去的历史场域中仍然影响着今天所发生之事的主要力线。从这个意义上讲，本书的分析对象其实并不是这门学科历经的各个历史时期，而是当下的力线本身。在这样的分析中，简洁精炼的论述相比于纤细必具的论述有一定的优势。我这么说不是要为自己开脱，以使这部著作免受批判，只是希望读者在做出必要批判的时候能清楚作者的写作意图。如果说本书的架构可以用更加充分翔实的论据予以阐述,这当然是合情合理的评判,然而若将之视为严重缺陷,那就是用这部文学批评史试图达到的标准之外的另一套来评判它了。较为严肃的批判会把关注点放在我所谓的研究框架本身。在研究框架这个层面,评论者不能只单纯地指出某部著作需要补充更多局部的复杂因素,而必须把这些纷乱的局部因素汇集起来,形成一个令人信服的总体性论述。许多人只热衷于谈论作品的局部情况,却对作品的总体性论述不予理睬;而本书的论证主要针对的正是这门学科现有的总体性观点。

因此,我的核心论证方法不再聚焦于个别的人物或运动,而是把焦点对准英美文学研究史上出现的基本范式,这些范式决定了英美文学研究一直以来的发展,至少也将影响其在未来的可能发展路线。就此而言,本书之所以拣选这些思想家,并非因为我要向读者推介他们的思想,也不全因为他们对其后的文学研究史产生了有利或不利的实际影响,而是出于全然不同的缘由:他们方便地代表了更大的研究范式,即代表了本书真正的分析对象。综合考虑,本书选择的思想家提供了一种手段,可供我们勾勒文学研究这门学科所隐含的基本假设结构的历史图解,这样的基本假设隐晦地贯穿于学科百年发展史中出现的一些核心作品。对此目标的追求,自然需要我在较为笼统和普泛的层面上展开论述;而如此一来,我与那些致力于细节和独特性并以此为傲的学科人士相比,就可能显得格格不入了。我觉得这是一个值得冒的风险。

在写作本书的过程中,我感到自己面对的是两类本质上截然不同的受众群体。一方面,我很多时候都试图找到一种恰当的语气,向文学研究学术圈及其临近学科的读者讲话:这类受众群体明显关注这门学科的历史和走向,想必对书中提到的许多人物比较熟悉,对围绕"文本细读"和"审美"等议题展开的方法论之争也了如指掌。另一方面,我很多时候还试图找到另一种恰当的语气,向激进左翼阵营的读者讲话:这类受众群体被我看成一个有共同志趣的集合体(或集合体的早期形态),里面的成员发现,他们在试图表达,甚至批判当下这一时期资本主义泛滥,乃至资本主义本身之时,自己往往陷于进退两难的境地。纵然三十年来公众就文学研究这门学科的"政治化"议题一直争论不休,这两类受众群体之间的交集其实少之又少。这意味着,本书采用的面向双重受众的交流模式存在风险,实际上也确实导致了某些失败。从事文学研究的读者,如果不隶属于我上述意义上的左派,可能会发现书中某些地方传达出来的政治情感及其相关语气有点令人不适,与自己内心的政治情感产生龃龉;而对于那些属于左派但不从事文学研究的读者来说,只有证明书中针对文学、审美和方法论等问题展开的深入探讨的确事关重大,能影响大规模的社会运动,他们才有可能同意本书的某些观点。

尽管如此,我依然坚持与这两类受众群体建立对话关系,争取打通两者的界限,扩大两者的交集。从某个角度讲,这的确可以看作全书的要务,也是我在书中提出的较大的主张:但愿我们能够认识到,这两类读者其实有着相同的深层兴趣点,原因在于,美学上的早期唯物主义叙述,不仅是文学研究这门学科的根基,也是该学科的核心,实践"文本细读"的标志性特征严格说来,它也构成了人们对政治、经济和文化上的体制的漫长反抗历史的一部分。正是这些体制阻碍我们养成深度的生活方式。因此，我试图找到能同时吸引两类读者群体的语气和基调，以期每个群体都能在我的论述中至少辨识出自己的某部分镜像，这在思想上和政治上都颇为重要。我不能说在这方面已取得成功，不过读者至少应该了解这一点：我知道自己正尝试着。无论他们属于哪类群体、持有怎样的观点，我希望我的论述过程不至于过分考验他们的阅读耐心。

受众问题引出了我需要直面的另一项指控，即有人指责我书写的是夹带利害关系的历史，而不是客观公正的历史。就此而言，我应当在本书伊始就摆明立场：我所要撰写的文学批评史不宜笼统地主张方法论的客观性或中立性，这么做反而会损害其品质。纯然客观的历史研究是什么样的？这是一个值得思考的史学问题，因为客观中立的研究从未有过；相反，我们常见的研究往往自称不偏不倚，实则掩盖了实际的利害关系。话虽如此，否定传统历史学家所尊崇的中立原则，不等于说我们就可以随心所欲地阐释过去，也不等于说受实际的利害关系所驱动的历史，就必然不可靠或者说有思想谬误。利害关系——尤其是典型的政治利益——会削弱真理的力量这一观念，是占主导地位的自由主义玩弄的诡计，后文对此将做进一步的解释。更好的问题似乎是，人们认可真理的力量的意志从何而来？看得出来，驱动人们去追求真理，并赋予这一追求以意义的东西，恰恰是人们的利益，甚至是政治利益。实际上，当人们积极地追求某些渴望实现的目标之时，认清整体局势的需求会变得尤为迫切。因此，书写一部带有倾向性的史书,与书写一部所谓客观中立的史书一样,都需要撰史的人达到很高的标准,尽管是不同的标准。

在序言的最后,我想要袒露我对本书怀有的一些期许,望读者见谅。首先,我希望对本书感兴趣的普通读者可以从中找到一份实用的概述,了解英语世界的主要国家近年来针对文学做出重要的集体思考所采用的一些主要方式。其次,我希望机构层面上与文学直接相关的读者——主要是文学系的学生和教授——能从本书找到关于这门学科目前状况的全新论述,并为此深感不安,进而相信我们需要集思广益,想办法在未来用不同的方式做文学研究。最起码,我希望这部文学批评史能帮到文学专业的研究生,当导师鼓励他们以"学术"或"政治"为纲,以历史主义/语境主义为范,生产一篇又一篇期刊论文、报刊文章、博士论文时,他们能明白问题可能出在哪儿。如果他们拒绝听从这样的劝导,市场(所谓"就业市场")的虚华辞藻便会迅速过来强制他们执行这一规范,在他们为此感到困惑不解之时,本书至少能让他们更好地理解这个现象背后的原因。

最后,我要对所有的左派朋友们讲几句话。无论你们属于以上哪个读者群体,我希望阅读此书的你们会觉得这是一部颇有政治关怀的文学批评史。我也希望本书能使你们相信,尽管文学研究在其发展史上——自 20 世纪至今——出现诸多问题,譬如它持续地奉行自由主义这一主流思想,对于左派而言,这门学科仍然至关重要。原因在于,当下的抗争正在感受力的层面展开,也必须在此层面展开。感受力当然不是唯一的抗争地带,像有人总是错误地认为的那样,但是抗争从来不会全然脱离于感受力。如果我们放弃感受力这块阵地,我们就无法取胜。

导　言

一

在很多人看来,文学研究这个领域似乎相当纷繁驳杂,甚或争议频仍。我则不然。事实上,英美两国的文学研究数十年来的发展,一直基于一个相当稳固的共识,即人们对文学作品的兴趣主要出于学术目的,将其视为诊断工具,确诊作品在怎样的文化形态里被书写和阅读。20世纪80年代以降,文学研究领域几乎所有最具影响力的运动都生发于此观点。这个共识已被广为接受,且尚未被人充分论及,故而足以构成库恩意义上的范式,我们不妨称之为"历史主义/语境主义"范式。往大了说,它描述了当前这一领域绝大多数的研究内容。

不过,情况并非一贯如此。为这门学科撰史的人大体都会同意,20世纪的头四分之三(也就是从世纪之初到历经十年危机的20世纪70年代),文学研究并未统合在单一的范式下,而是分裂为两个迥然不同的范式,两者时而竞争,时而互补。这场学科争论主要围绕文学"学问家"(scholars)与文学"批评家"(critics)展开。两个概念的关键区别在于,前者把文学研究当作文化分析的手段,后者把文学研究当作文化介入的契机。[1]以此对立为核心,一系列其他类型的对立亦随之而来,譬如专家与通才、职业人士与业余爱好者、客观性与主观性、理解与鉴赏、事实与价值、科学与人文、生产知识与陶冶情操、学术(wissenschaft)与教化

(bildung)等;其中任何一组对立都可以用来界定某个特定时期的争论焦点。这场争论波及面广、议题多变,是故必然引起诸多困惑,但无论如何,参与讨论者还是能从中捋出一条连贯的线索,辨识出两个截然相反的范式。范式之争影响深远,足以被看成这门学科的结构性特征。

然而,到了20世纪最后三四十年,范式之争似乎已然消弭,要么被"理论"之争所取代,要么两种范式合而为一,如约翰·盖尔利(John Guillory)所断言的那样:"对我们来说,不是学问家与批评家的对立……两者……同为一体"。[2]我们现在能够看清,这两种判断都不太正确。相反,很多人忽视了一个关键问题,那就是这门学科经过上一代的发展,到了20世纪70年代末或20世纪80年代初的某个节点,文学"学问家"派实际上赢得了这场争论。于是,从20世纪80年代以来,我们处于一个相当例外的时期,学科史上首次出现了由两种范式中的一种主宰文学研究的局面。确实,从较长的时间跨度观之,我们这一时期的典型特征是,早期思想家所秉持的传统"批评"观念处于相对缺失的状态。这就是我所谓的"学术转向"。在这次转向中,"学术"(scholarly)方法取代了"批评"(critical)方法,视文学文本为分析历史文化的契机的研究取向,取代了视文学文本为培养读者审美感受力的手段的研究取向。如果说大多数文学研究者如今自认为是历史文化分析领域的专家,那是因为几乎所有人都成了"学问家",这种现象在文学研究史上还是首次出现。无论结果是好是坏,这门学科差不多消失了一半。我们正是要在"学术转向"及与之相伴的"批评"终结的背景下,勘察当前这种历史主义/语境主义范式的兴起。

一长串问题接踵而至。考虑到"学术"和"批评"两种取向在20世纪前四分之三并立共存,那么哪种具体的力量组合导致前者在20世纪70年代末80年代初最终胜出?各方作用力具有怎样的政治性质?这门学科仍在持续奉行历史主义/语境主义范式,这会产生怎样的危险?或者思考一下问题的反面,目前可否有某种理由呼吁文学研究朝另一个性质迥异的范式移动?文学批评在20世纪中期是"英雄辈出的时代",哪怕只能赶上尾声,也应备感庆幸。不过,姑且不论我们对那个已逝时代的怀旧之情,能否还有别的理由使批评事业在当今得以重振?[3]这里的"批评",确切地说,应被理解为一种体系性的活动,它致力于运用文学作品来培养审美感受力,以期实现更为广泛的文化和政治变革。

我认为确实存在这样一些理由,撰写本书的初衷在很大程度上正是为了详尽阐述这些理由。《文学批评:一部简明政治史》主要介绍文学研究中业已消失的"批评"范式,同时概览取而代之的历史主义/语境主义"学术"范式。这部文学批评的政治史有三种旨趣:其一,解释文学研究目前这种共识的支配地位是如何兴起的;其二,对这一共识的政治性质做出初步评判;其三,建议重探旧有的批判模式的政治性质,从其传承下来的观点中寻求替代性共识。因此,本书不免夹杂一抹政治色彩,其政治性可以简单地总结为这样一个论断:历史主义/语境主义的范式转向,一般被认为是左派对20世纪中叶精英主义文学批评的局部胜利。然而,这个论断大体上是错的。事实上,反过来说才是对的。在极为显著的方面,20世纪70年代末80年代初发生的范式转向是左派在新自由主义时期全面溃退的征兆,因此也就是右派取得全面胜利的一小部分体现。从这个角度审视文学研究的范式转向不仅更为准确,也有助于重启一个被弃置已久的问题:左派应该如何规划文学研究?

过去三十年间,文学研究者往往认为,任何对历史主义/语境主义范式的攻击都必定源自文化保守主义,如果攻击者使用诸如"批评""审美""感受力"这类字眼,则尤为如此。很多在其他境况下可以被看清楚的事物,正是在这样的臆断之下被误认为是进步主义,乃至激进主义。与此同时,上世纪中叶的那些批评家在过去三十年里一直被这门学科反复批判,且批判的形式越来越粗疏直白,他们的政治失败如今已经不证自明了。有鉴于此,当务之急是重申传统批评范式的潜能,把它当作理论资源,从中寻找当前处于支配性模式的替代模式。随着新自由主义陷入危机,文学研究也将会再一次调整学科方向,左派若要参与决定文学研究的未来走向,就必须找到新的研究模式。本书不仅探讨历史主义/语境主义范式,也会考察它所取代的、与之迥然有别的批评范式,借此我希望本书有助于我们重新思考在"学术转向"之后的这一新时期,文学研究能为建构良好社会做出哪些贡献。

二

不过,究竟何为"文学批评"?这个词语有许多含义,这里有必要花时间详细说明我所要其表达的意思。在学术界之外,该词语通常指具有评价性质的文学性新闻写作(literary journalism)，特别是撰写书评。虽然文学性的新闻写作史与本书追溯的"文学批评"史在某些重要方面密切相关，但我并不是从这个意义上使用该词的。在学术界内部，"文学批评"通常表示文学研究这门学科的整体研究活动——我也不是从这个意义上使用这个词语的。若要理解当前的范式与它之前更长的一段文学研究史之间的关系，如此笼统地使用"文学批评"这个术语只会制造混乱，因为当今的大多数文学教授所做的工作，用"文学学术研究"这个旧术语来形容倒更为贴切。作为本书关注焦点的"文学批评"，当然从未与这些形形色色又关系密切的话语截然分开过，但是它确实有资格要求我们重视其独特属性。

那么，从这个意义上谈及的"文学批评"，它到底指什么？为了领会其曾经所指代的意义，一种方式是把"文学批评"视为影响深远的思想话语(intellectual discourse)，从20世纪20年代左右一直到20世纪70年代初，这种思想话语在文学性的新闻写作与文学学术研究之间架起了一座关键的桥梁——当然，"文学批评"这一思想话语与其他诸多话语也有关联。在这个意义上，"文学批评"的首要制度场所(institutional site)就是高等院校，在那里它需要借助研究体系和课堂教学方法的独特性来证明自己存在的价值，而前两者又都以文学批评的开创性方法"文本细读"和"实用批评"为基础。不过，文学批评虽然首先是一种学术话语，它的本质却是为其与学术圈外的世界所缔结的强力而直接的关联所定义。这里，老套的漫画式描写能帮助我们理解文学批评的内涵：典型的"学问家"是高度专业化的职业研究人员——容易被讽刺为冷淡、焦虑、死气沉沉，又缺乏远见，执着于语言或词源学的小细节而不顾涉及广阔、更有价值的大问题——也就是说，"学问家"彻底脱离了普罗大众所过的那种非专业人士的生活。而典型的"批评家"则是多面手，有时候甚至是"公共知识分子"，因此他们不仅易于被描绘成业余爱好者和半吊子，也易于被刻画为微不足道的新闻记者、科普工作者或"教育工作者"。对批评家的这番指责或许值得深思，可用以衡量过去的批评话语与当下文学学科的主流范式之间的差别：且不论是好是坏，批评话语在思想和制度两方面曾经是这门学科与中小学教育之间极为强固和直接的枢纽，而现如今这些纽带不再以任何重要的形式存在了。

下面要讲述的文学批评的政治史，并不试图面面俱到地追溯批评话语包含的所有要素的发展情况。所以，恐怕读者从中找不到学科性的文学批评在课堂方法上的历史沿革、其不断变化的制度场所、批评与新闻写作之间的关联等，也找不到文学批评在中小学的学校教育中所起的作用。本书的主要关注点，是曾经定义过文学批评实践者心目中的"文学批评"概念，并为这个概念做过辩护的思想范式(intellectual paradigm)。现代大学发展成如今的局面，主要归功于大学对科研体系(program)的重视。在现代人眼中，当下的文学批评体系最引人注目的特点，便是它热衷于评判具体文学作品的审美价值，且通常借助"文本细读"或者"实用批评"来进行。但是，昔日的文学批评却不限于此，与任何存在已久的学科范式一样，它曾追求的必然是十分多样化的研究体系。可以看到，在各色各样的实践者手中，"批评"除了关涉审美，还包含以下事物的发展：新的阐释方法、对当下文化状态所做的社会学研究、先进的教学理论、对教育机构的本质所做的详尽探究,以及对"文学""审美""语言"和"文化"概念本身的性质所做的哲学研究,等等。正是这样一系列错综复杂又相互关联的课题,构成了"文学批评"在学术界的研究范式。那么,究竟是什么把这些形形色色的要素合为一体,构成了统一的范式呢?在某种意义上,对这个问题的回答占据了本书的相当篇幅;不过,我们不妨用这样一句评论简单作答:"文学批评"是审美教育的一种制度体系,它把文学作品当作手段,借以直观地培养新的感受力、新的主体性和新的体验能力,从而实现丰富文化的教育宗旨。当然,这句话中的所有术语和措辞都需要详细阐述。我暂且把它们当作路标立在这里,其指示意义是,除了学术性的文化分析这一几乎垄断这门学科的课题外,我们曾经还有别的路径。

三

在我看来,很少有人为了了解20世纪20年代的英国文化生活而去阅读弗吉尼亚·伍尔夫的小说,这么做的大多是学者。我们很难断定非专业的读者想要从文学中得到什么,最多只能说,普通读者在文学里寻找一种能够聊以为继的东西,帮助他们过自己的生活。

对这条不尽如人意的观察结论,文学研究领域目前缺乏回应的资源。20世纪中叶的一系列批评实践,曾试图将文学与这类模糊又宽泛的观察结论联系起来,一个重要例证或许就是F. R. 利维斯的新阿诺德主义式的"人生批评论"(criticism of life)。然而现如今,这种追问文学与人生之关联的批评实践仅以声名狼藉和怀旧的形式残存于这门学科之内。取而代之的,是当下文学研究领域最具影响力的方法论,这些方法论虽然形态各异,但性质上都属于历史主义/语境主义式的批评实践。广义而言,历史主义/语境主义式的方法论信奉文学的非超验性、非普遍性、历史性;从更专业的角度讲,这类方法论主要把文学文本当作生产知识的手段,勘察文本在怎样的文化语境里被书写和阅读。在这个意义上说,近来寻求新突破的努力,譬如"新形式主义"(New Formalism)、"浅读"(Surface Reading)、"远读"(Distant Reading),仍是对历史主义/语境主义方法论的不断重复。[4]与非专业读者相比,今天大多数文学研究者之所以对伍尔夫抱有极大兴趣,正是因为她能教我们了解她所生活的时代和环境。若要试着从整体上为历史主义/语境主义范式提名唯一的口号,最好的选择莫过于弗雷德里克·詹姆逊的"永远历史化!"(always historicize!)。我把这个口号当作文学研究的视域极限,这门学科的方法论到目前为止尚未超出这个视野。

詹姆逊的口号当然卓有成效。这门学科在20世纪80年代和90年代的诸多进展都是本着"永远历史化"的精神而取得的,尽管极少直接冠此名义。最典型的进展就是从20世纪中叶的批评实践转至我们当代的学术实践,前者视文学作品为永恒的、普世的人类价值仓库,后者将广义的"文本"视为深嵌在特定历史之中的东西。不过,少有人注意的是,这道要求历史化的统治律令在我们的时代绝非一元统一体,律令内部就隐藏着两种相当不同、彼此没有必然逻辑关系的要求。一方面,这道律令呼吁我们揭示,所谓永恒的、本质的、普世的范畴其实具有一定的历史和文化偶然性;但另一方面,它仅仅呼吁我们书写文化史。这两个课题全然不同,彼此之间也不相互包含:我们既可以从普世主义的立场撰史;也可以批判各色各样的本质主义,完全不必拘泥于历史学家的身份。

20世纪80年代发生的历史主义/语境主义范式转向,往往被现在的学科中人理解为进步派对20世纪中叶相对保守的文学批评的一场政治胜利,后者比较合适的代表是美国的新批评和英国的利维斯派,他们常被指控犯有普世化、本质化、去历史化、去政治化、精英主义、康德唯心主义等罪名。如果说文学研究转至当前的范式是进步主义思想的一场胜利,这似乎也说得通。毕竟,著名的保守主义者实际上对此观点已经表示了认同:20世纪80年代至90年代,在美国学界尤为明显,右翼自由主义采取了"文化战争"策略,把英语学科当作批判靶心,谴责其被进步派、相对论者、文化多元主义者、后现代主义者等人劫持,认为这些人拒绝尽其本分,即通过研读"经典"(Great Books)来传播西方传统文化的美德。对此,遭受攻击的左翼自由主义者也表示认同,因为他们倾向于把20世纪中叶文学批评的信誉破产,和历史主义/语境主义分析的转向,视为自由主义进步的标志。于是,这门学科的左翼自由主义核心成员从20世纪80年代以来,一直倡导历史主义/语境主义范式的种种特质——他们尤其强调拓展经典的范围,否定传统上对培育审美判断力的强调,降低"文学"(the literary)范畴的重要性,并且欢迎随之而来的分析对象的增多——并把这些特质誉为文学研究广泛民主化的好迹象。因此，自由主义的左右两翼——用美国的词汇来说，即"自由派"和"保守派"两个阵营——似乎一致同意，文学研究从批评范式到现行范式的转向是"自由派"的胜利。

这也就是左翼自由主义的胜利。不过，这次范式转向对于严格意义上的左派——那些超越自由主义共识所设定的边界、致力于追求广泛平等的人——也算是一场胜利吗？我们若做出肯定回答，也并非没有道理。因为文学研究转向当前的研究范式，其实主要靠激进左派的强力主张，其核心代表大概就是由雷蒙·威廉斯、皮埃尔·布迪厄和米歇尔·福柯这三位各自生成的影响线。确实，一旦我们稍作回顾，试着描述这门学科自20世纪70年代后期以来的政治成分，我们会惊讶地发现，正是在这个时期，举足轻重的文学研究者当中有相当一部分人都是形形色色的马克思主义者，这种情况在本领域还是首次出现。首先是雷蒙·威廉斯，后来有特里·伊格尔顿、弗雷德里克·詹姆逊、佳亚特里·斯皮瓦克（Gayatri Spivak）、弗朗哥·莫雷蒂（Franco Moretti）。大体而言，这些激进人士提出的文学研究取向与自由派的主流观点并无根本冲突。确切地说，这门学科似乎愿意在两派的裹挟下前进，至少愿意在两派的相伴下走一段路程。在此期间，这门学科内部的马克思主义者与左翼自由主义人士在历史主义/语境主义这单一范式上达成共识，只有在这一背景的衬托之下，两派各自从事的研究工作的实质性政治差异才变得显眼：与左翼自由派相比，马克思主义者更早也更热烈地支持历史主义/语境主义范式，假定文学研究的目标是社会文化分析。当然，文学研究仍然秉持自由主义的内核——没有任何重要迹象表明这个领域从整体上已然接受马克思主义,甚至连更为学院派的马克思主义也并未被该领域全盘接受。不过,在目前阶段,尽管马克思主义者仍在不断被误解、被讹传乃至被严厉批判,一个不争的事实是,他们在这门学科的想象力中占据相当突出的地位,因此他们至少可以尝试从整体上指导这门学科的工作。马克思主义在20世纪70年代末以来的文学研究领域影响之深远,即使搜遍英语世界的思想史,也很难在另一门学科里发现类似现象,更不用说在文学研究学科史的其他阶段。

于是,从这个角度来评判20世纪70年代末、80年代初的"学术转向"的政治意义,上述问题的答案似乎变得一清二楚:这是一次进步的转向,在某些方面甚至可以说,这次转向了更为激进的左派。但是这个结论相当反常,因为新自由主义难道不正是在这个时期毫无争议地确立起了自己的全球霸权地位,在每个领域都把左派打得溃不成军吗?文学研究是如何得以从这场广泛的运动中抽身而出的?进一步追问,文学研究不仅坚决反对新自由主义浪潮,还能做出强有力的反击,它是如何做到的?左派在其他领域节节败退,唯独在文学研究领域却取得了历史性进展。对文学研究界的左派学者而言,这个克服重重历史困难而获得局部胜利的故事是十分振奋人心的。然而,事实果真如此吗?

詹姆逊的口号——来自1981年出版的《政治无意识》一书——传到我们耳畔之际,正值这门学科的转捩点,历史主义/语境主义范式在那一刻夺取了目前的支配地位。[5]关于这一转折时刻的情势,从佩里·安德森(Perry Anderson)1982年在加州大学尔湾分校所做的"韦勒克图书馆讲座系列"的开场白中,我们便能窥见一斑。[6]安德森的演讲有一丝拟古风格,从回顾利维斯开始,他提醒听众:

> 文学批评,无论是"实用的"抑或"理论的",总归是**批评**——其抑制不住的**评判**冲动,不由自主地倾向于逾越文本边界,朝向文本之外的、与文本相关联的人生。就此而论,社会理论反而缺少类似内置的有辨识力的冲劲。(第9页,字体区分为原文所为)

由此可见,在历史主义/语境主义这一新范式的开端或者其后不久,安德森尚能运用老一套说辞,好像"批评"能被人们一致理解为某种与"社会理论"迥然不同,甚至截然相反的东西,似乎"批评"的旨趣主要在于判断文学作品的相对审美价值,且形成的判断能够影响"人生"(life)的其他方面。这也许是文学研究学科史上的最后一刻,人们此时仍然可以做出这番表述,并希望其被普遍理解。在接下来的30年里,"批评"和"社会理论"这两个术语都将被吸纳进历史主义/语境主义分析的单一工程之中,两者几乎可以互换使用。当今,"文学批评家"阅读文本,目的是理解社会性(the social),并将其理论化。安德森所仰仗的"批评"的具体含义,如今已从人们的视野中消失。

不过,在20世纪70年代末80年代初的转折时刻,这两个概念仍是泾渭分明的,以至特里·伊格尔顿能拟定出一项引起争议的策略:他要把"批评"转化为"社会理论"或者——用他本人的话

说——"文化分析"。1983年,伊格尔顿写道:

> 这种策略显然会带来深远的制度性影响。譬如,它意味着我们如今所熟知的高等教育中的文学系将不复存在。……无论未来由什么来取代文学系……其教育的核心要务都是将采用各式各样的文化分析理论和方法。……文雅的业余主义视批评为某种自发的第六感,这种批评观念不仅使很多念文学的学生数十年来常常陷入可想而知的困惑,也巩固了掌权者的权威。[7]

今天没人再拟定这样的策略了,因为它已经获得成功。过去30年来,文学系确实改头换面,评判性的批评工程——连同其"文雅的业余主义"——已被十分不同的"文化分析"工程所取代。文学研究领域的这次深刻转型,其正当性说到底是基于政治立场,即"批评"作为一项工程规划,只不过"巩固了掌权者的权威"。此后,本次转型被普遍视为文学研究自20世纪60年代中叶开始的广泛民主化的延续和深化。于是我们就能明白,为什么在许多人看来,"永远历史化"作为文学研究过去30年来的方针指令,它的提出代表了左派的巨大成功。

不过,抛弃文学批评而采纳历史主义/语境主义文化分析的这次转向,其政治性在一开始并不明朗。一年后,也就是1984年,伊格尔顿用新的方式来阐述两种范式的差别:

> 维多利亚时期的文人面临一个问题,这个问题不停

地困扰英国的批评制度,且至今仍未解决:面对大众舆论的审判,文学批评要么凭借其对整体文化所承担的一般性人文主义责任来竭力为自己辩护,但随着资产阶级社会的发展,文学批评的业余主义将变得愈发无力;要么把自己改造成为具有技术专长的品种,不惜放弃广阔的社会关联,由此来确立自身的专业合法性……[8]

回首过往,我们可以看到,在 20 世纪 70 年代末或 20 世纪 80 年代初的某个时候,文学研究选择了第二条路径,因为在英美世界,文学学科目前显然是专门化、学术性、具有"技术专长"的学科,跟社会科学的风格非常相似。这也正是伊格尔顿所呼唤的从批评转向文化分析的结果。总的来说,高等教研机构里的文学研究者不再护卫或介入"整体文化",他们当然也不会把自己定义为"业余爱好者"。相反,他们视自己为专家型学者,承担着显然更为专业的任务,即以其他专家型学者为受众,为他们生产历史文化知识。如果说转向"文化分析"意味着转向左翼,那么这门学科也正是在此时接受了自我转型,成为仅仅做出观察评论的学科,止于追踪文化的进展而不再抱有任何干预文化的大使命。

我们现在或许能看到,"历史化"这个主导当下的训谕具有双重政治性。一方面,就其对旧精英的本质主义和普世主义的批判而言,它可能具有左翼属性;另一方面,"批评"虽有诸多缺点,它至少渴望实现社会功能,这个训谕却要求文学思想家放弃"批评"所具有的更广泛的社会功能,而只局限于通过书写文化理论和文化史来观察文化,所以就其去政治化这一点而言,这个"历史化"

指令具有右翼属性。一直以来,历史主义/语境主义范式只有其第一种政治面向广为人知。文学研究曾经是一门提出过精细入微、思维严谨的方法的学科,这些方法既用来分析文化,也用来采取行动以改造文化——理论上如此。相比之下,学术转向之后的文学研究虽然表面上很注重政治化,却只剩下文化分析。在我们这个时代,当然不乏公开的政治承诺,不过就连那些怀着明确的文化介入这一目标的人,最后也无非凭借更进一步、更好的分析力图达成所愿。这种情形诱导一些学科中人做出了这番断言:文化分析本身具有介入成分。然而我们现在理应认识到,通过政治透镜来解读文化的做法十分有限,而通过一整套连贯一致的技巧和方法去改变文化,则是全然不同的境界。若无后者,前者用处不大。

四

过去的几十年里,许多反思20世纪历史的人认为,这个世纪自然而然地分为两段,关键的断裂点出现在世纪中叶的某个地方;譬如,要么发生于1945年前后,要么在"现代主义"与"后现代主义"之间,要不然就在20世纪60年代的左翼转向这一时刻。然而近年来,诸如此类的两段式分期法显得愈发不可行。20世纪已然过去,我们不难察觉,其实20世纪中叶在很多方面是有相对连续性的时期。有鉴于此,"后现代主义"这个术语再也无法清晰地解释人们目前关心的问题,而20世纪60年代虽然仍一如既往地吸引着新一代人的热情关注,现在看来也只不过是一场更为深重的危机的序幕——这场危机以70年代的凯恩斯主义的终极危机及随后80年代的全球新自由主义转向为最佳表征。于是,当今的思想家在讨论20世纪历史的时候,往往倾向于把它划分成三个阶段:第一阶段从1914年或1917年前后一直延续到20世纪30年代的大萧条时期,这个阶段不断被自由主义终结的幽灵所纠缠,被俄国革命、1929年的股市大崩盘和两次世界大战所撕裂和困扰;第二阶段从1945年延续至20世纪70年代初,这个阶段更为稳固,很易于辨识,然而其根源可以追溯至20世纪30年代的新政(New Deal)政治——在20世纪30年代,劳动力和资本达成了凯恩斯主义或福利国家主义的某种妥协,这与来自冷战意识形态的压力不无关系;20世纪70年代发生的十年危机导致了第三阶段,即新自由主义时期的出现,其轮廓清晰可见,也就是从70年代末、80年代初直到2008年前后——在这之后又出现了新一轮危机,至今仍未解决。[9]可想而知,关于历史分期的具体细节存在诸多分歧。

那么,这个更为明晰的20世纪历史轮廓,对文学研究意味着什么?文学研究对自己的学科史的理解,大体上仍囿于旧的两段论模式,以致无法捕捉到我们当前时代的特质。现如今,若要文学学者指出近来学科史上的最重要的突破,他们通常会思忖片刻,然后回答是"理论";若进一步追问答案背后的历史因果关系这一核心问题,他们一般把答案简化为"后现代主义"或"1968年"这两个旧式分期所偏爱的术语。我们还在用"理论之后"(after theory)这类贫乏的字眼来思考当前时代,沿用20世纪80年代的老套路,那个时候,学科中人似乎无法对其所处的当下进行强有力的分析,凡事都被简单命名为"后-"(post-)。于是,文学研究领域内提出的问题,往往具有这种过时的两段论的特点:究竟何为"理论"?其现实政治性是什么?理论之后,我们要怎样继续开展研究?难道现如今不是所有的束缚都已被打破、所有的确定性都已失去了吗?这些问题生发于几十年前,那时的我们还无法认清自己所处的历史时期,然而现在看来这些问题不免无甚趣味。诚然,"理论"一词道出了这门学科的危机时刻,不过针对危机过后文学研究内部确立起来的新自由主义秩序,该词却语焉不详。为了理解文学研究的新自由主义特征,我们需要透彻反思学科史。

带着历史分期这个大问题,我先简要勾勒一下本书的结构。在第一章中,我会讲述"批评"这项失势的文学工程的故事。在第二、三章中,我则讲述取代"批评"而逐渐占据主导地位的新型、单一的历史主义/语境主义"学术"范式的兴起的故事。在第四章,也是篇幅最长的一章中,我考察这门学科的近期历史,力图从中发现左翼批评范式的再生种子,进而可以用来替换、对抗,或仅仅补充当前的历史主义/语境主义这一主导模式。总体而言,这四章追溯了这门学科在整个20世纪和21世纪以来的发展轨迹,尤其聚焦于其中我认为最重要的三条路线:第一条是文学批评工程,其有别于文学学术研究工程;第二条是支撑批评工程的哲学美学上的各种观念的历史沿革;第三条是不断变化的方法论史,这些方法论,尤其是庇护在"文本细读"和"实用批评"名义下的各式各样的阅读方法,起着批评"利器"的作用。当我们把这三条思考路线视为这门学科的核心,并追踪其在整个20世纪的发展轨迹的时候,令人惊讶的结果出现了:20世纪20年代以来的文学研究史似乎也相应地分为三个时期,且与我所说的"新历史分期"紧密吻合。

这里需要扼要地概述一下文学研究史的三段分期。第一阶段,I. A. 瑞恰慈一举开辟了所有这三条思考线路,为文学研究初期的审美唯物论发展出了哲学根基,并在方法论方面提出了后来被称为"文本细读"和"实用批评"的作业工具,由此把批评工程擢升至学科地位。当前,在学科内部,瑞恰慈所做的大量工作遭受普遍误解,原因在于我们倾向将其与后来的各路学说合并在一起:在美国学界,主要与新批评合并;在英国学界,则与利维斯主义批评合并。针对这一混淆,我试图恢复瑞恰慈早期批评工作的独特之处。我要特别指出,瑞恰慈所提出的方法论创新,实际上源自他早期在美学领域做出的哲学创新。如今很少有人记得,瑞恰慈最先悟出的、后来被叫作"文本细读"和"实用批评"的诸种方法,是他对哲学美学的主流传统所做的彻底批判的结果。自鲍姆加登(Baumgarten)和康德以来,哲学美学界开始流行唯心主义美学观,认为审美活动本身即存在终极价值。瑞恰慈反对这种唯心主义美学观,而赞成用工具理性,把审美活动理解为使我们得以接触不同价值观的种种社会实践。可以说,英美文学研究领域的"批判"倾向,根植于工具理性,甚或唯物主义美学。毋庸置疑,批评的典型方法,譬如"文本细读"和"实用批评",原本就是作为唯物主义美学的利器而设计的,用来帮助不同物质条件下的读者学会使用文学审美工具,从而培养有实际效用的能力。然而,后来的思想家在继承瑞恰慈的志业的时候,这个哲学根基在很大程度上被忽视或者被故意隔断,批评实际上再次恢复唯心主义美学的主流传统,尽管批评的典型方法论仍带有唯物主义美学的痕迹。

第二阶段从20世纪中叶一直持续到70年代。在此期间,作为学科的"批评"工程为美国的新批评和英国的利维斯派及其同道所继承,新的批评理念与原初的宗旨背道而驰。具体而言,批评初期的唯物主义美学根基被置换为鲜明的唯心主义,"文本细读"和"实用批评"的方法论重心,从培养读者的审美能力转移至培养读者的审美判断,而后者时常沦为针对特定文本的相对审美价值的等级排序。于是,第一阶段的独特重心被人遗忘了,批评工程连同其方法逐渐与较为保守的文化政治联系起来。以目前的文学研究为例,我们可以看到一个广为流传——我认为是讹传——的看法,即"文本细读"起源于南方新批评派对基督教释经实践的改造。这种看法贯穿于整个20世纪中叶,其间,最具影响力的人文主义批评虽然不尽相同,但大体都接受了第二种较为保守的"批评"观念的预设。因此,20世纪后半叶出现了这样的认知:作为一项工程的文学"批评"在政治上必然是保守的——这导致了学科史的第二阶段向第三阶段(我们目前正处于这一阶段)的过渡。

第三阶段从20世纪70年代末或80年代初开始一直持续至今。在此期间,"批评"工程因被断定为精英主义、去历史化、去政治化等而遭受否定;"审美"概念因被断定为康德主义、唯心主义、普世化而遭受摒弃;作为核心方法的"文本细读"和"实用批评"变成了依靠文本的微小单元来生产历史文化知识的工具。从学科史的视域下考察,第三阶段最显著的特征是,文学"学术"逐渐取代了一直以来与之相伴共存的文学"批评",日益成为学科整体工作的本质特征。当下的历史主义/语境主义这一学术性文学研究共识的初步形成,在很大程度上依赖如下理据:文学研究的批评方法和审美方法必须被弃绝——此观点最初由各路左翼思想家提出,比如雷蒙·威廉斯,或(另一路数的)皮埃尔·布迪厄的追随者,抑或(与前两者又有不同的)米歇尔·福柯的追随者。恰恰是通过否定审美范畴而否定批评工程的做法,为文学研究随后的诸多重要发展扫清了障碍——从将威廉斯奉为圭臬的文化研究和文化唯物主义方法,到弗雷德里克·詹姆逊及其追随者所做的颇有影响力的意识形态批判,最后到新历史主义、后殖民文学研究,乃至最近的"数字人文"和量化文学研究等并不明显相关的新进展,皆为这一否定的结果。

当然,这里必须补充说明,这门学科对批评和审美方法的反驳在当时自有其价值,可以用来揭示利维斯派和新批评派的思想主张的局限性。然而,如第一阶段的学科史所示,仅用唯心主义的眼光来思考作为批评工程驱动力的审美概念,从而全盘否定批评工程,是十分错误的。一个备受忽略的事实是,文学批评作为一门现代学科原本就是建基于唯物主义美学之上的。在我们当前所处的阶段,这种历史健忘症使得批评工程系统性地放弃了文化干预,退守至文化分析而无任何文化干预的使命感。这个反转颇具讽刺意味,甚至充满辩证色彩,因为文化分析转向最初是这门学科的极左派思想家提出的主张。

由此观之,文学研究史的三个阶段与20世纪历史的广义分期大致重叠。首先,两次世界大战之间属于初始阶段,其间,终结自由主义而决意转向激进主义的可能性被提出以供讨论,随后被驳回。其次,第二阶段相对连续,贯穿于20世纪中叶,"批评"和"学术"两种范式在凯恩斯主义盛行时期同时起着上层建筑的作用;凯恩斯主义在20世纪70年代陷入危机,"学术"范式在文学研究学科内以围绕"理论"展开的辩论的形式出现,这场使人眼花缭乱如坠云雾的辩论,实际上充当了掩护作用,使得两种范式悄然变为一种。最后一个重叠期是20世纪70年代末或80年代初,"学术"模式以历史主义/语境主义范式的形态前所未有地完全占据上风,确立了新秩序。20世纪的历史与文学研究史的叠合,既有几分出人意料,却也不足为奇——学科史除了与社会秩序的深层变迁大致保持同步前进,还有别的可能吗?

应当承认,上述概览具有临时性,而非定论,像所有的概览一样难免挂一漏万,漏掉的部分无疑含有本书无法给予承认的重要内容。所以,读者切勿把本书提供的示意图当作一幅完整的地图;也许值得再次强调,本书主要讲述的是文学批评的故事,而非与其明显有密切关联的文学学术研究的故事,两者大不相同。文学学术研究发端于19世纪的语文学,经由20世纪中叶的文学史、传记文学、文献学,逐渐演变为目下的历史主义/语境主义范式。追踪文学学术研究的发展史会是一项非常受人欢迎的工作,且无疑有助于校准本书的观点。然而,在充分意识到前述的三段式分期的局限之后,我还是认为它比通常默认的两段式分期更具启发性,用这一分期方式来重新讲述文学批评的故事,能引导我们较好地理解这门学科的发展历程。毋庸置疑,三段式分期能凸显更宽广的学科史轮廓,从而彰显这门学科在当前形势下特有的僵局和机遇。

五

最后，我再次重申本书的主要观点，用以明确全书的宗旨。文学研究史家已经告诉我们，这门学科自发轫以来，争论焦点无不围绕批评和学术研究展开。在这个背景下观照，我们所处的时代可谓前所未有，因为20世纪80年代以降这门学科首次出现了一方独大的格局。我还指出，被隐匿的批评工程曾经代表这门学科与比学科史还要悠久的唯物主义实践历史之间最牢固的联结，而当前的历史主义/语境主义范式尽管是左派的主张，但由于新自由主义势力在更广阔的政治经济领域的散播，学术研究的这一主导范式形成了极为鲜明的去政治性，只剩下文化分析。

挑明这一点，我们就可以进一步说，批评工程在现阶段的缺席——不仅仅致力于描述文化和分析文化，也致力于采取行动去改变文化的任一纲领性承诺的缺席——说到底是激进左派所处的宏观政治形势的征兆：自20世纪70年代末以来，激进左派在新自由主义的钳制下，因为缺乏更大规模的思想运动的支持而难以为继。正如佩里·安德森在2000年《新左派评论》(*New Left Review*)重新发刊之际的那篇知名社论里指出的：

> 当前意识形态状况的新奇性，在历史视角的观照下尤为明显。可以这么说，自16世纪的宗教改革运动以降，西方思想界首次不再有重大对立——系统性的、对

抗性的观念。这在世界范围内也几乎找不到。……新自由主义无论在实践中暴露出怎样的局限性，它作为一套原则仍独霸全球，堪称世界历史上最成功的意识形态。（第17页）[10]

2010年,《新左派评论》的新任主编苏珊·沃特金斯（Susan Watkins）在该杂志创刊50周年之际特别指出,从2000年至2010年的十年间发生的事件——尤其在2008年金融崩溃之后,掌权者几乎没有提出任何有分量的、旨在取代新自由主义式的资本主义的提案——似乎证实了安德森的说法。[11]连真正改革的端倪都看不到,遑论革命。鉴于目前的形势,左派思想家面临的问题,用沃特金斯的话讲,是智识工作"在此期间"能做到什么。左派思想家给出的几种回应方案,现在听来应该能让读者既备受感染,又似曾相识：我们"首先必须致力于精确地描述世界"（安德森,第14页）,也就是要"专注于资本主义的发展态势"（安德森,第17页）、"专注于现行资本主义的发展动态"（沃特金斯,第23页）。这个时期的左派,处处遭遇阻挠,无法付诸行动,只能一而再再而三地做更深入、更出色的分析。因此,出现以下两个现象不足为奇：《新左派评论》2000年第1期也刊发了弗朗哥·莫雷蒂的一篇论文《世界文学猜想》,反对"文本细读"这一批评残迹的著名观点正是在该文中首次出现；安德森和沃特金斯从左派视角讨论文艺现象的研究议题时,皆对詹姆逊推崇有加。

在这样的共识面前,当今左派面临的政治任务颇为艰巨,不仅事关清算过去、以期将来夺取渴盼已久的胜利,也事关在当下采取行动,去努力完善我们自己和他人的人生,起码能使每个人都身怀一点本领,富于感受力。毕竟,我们不是生活"在此期间",而是活在当下;只有在当下持续不断地斗争,才能有机会实现一个人道、博爱的未来。沃特金斯在2010年写下"连真正改革的端倪都看不到,遑论革命",然而2011年发生的全球性事件旋即打破了这个论断:世界各地的反抗和异议之声此起彼伏;来自上级部门的改革仍未出现,来自下面的"革命"已然开始。诚然,这些抗议与"革命"的性质很成问题,在许多情况下造成了可悲的后果。然而,对很多左派而言,这些全球性事件最先预示了新自由主义可能已经进入一连串无法恢复的危机之中;这些危机对资本主义来说,当然无一是致命的,但合并到一起,就可能终结资本主义目前所处的新自由主义阶段。资本主义在危机过后会以怎样的形态呈现,还有待观察。无论如何,这似乎是左派多年来首次有望——无论希望多么渺茫——停止其长达30年的溃退,尝试东山再起。

文学学术研究需要如何重构自身,才能在当今时代有所作为?我以为,继续沿用当前的研究模式是行不通的,因为"永远历史化"这个老口号已不再适用于我们当下的新局面。文学研究采用历史主义/语境主义范式,既是出于某种合理的政治原因,也是被更普遍、更严酷的政治经济和制度的力量裹挟上位的结果。一方面,学术转向意味着文学研究对简单化的普世主义和本质主义的真正拒绝,在最好的情况下则意味着文学研究对物质而非理念的复杂心智投入。另一方面,范式转向有一个鲜被注意却使以文学研究为业成为可能的预设,即作为高等院校的文学学者,我们的当务之急是生产出新的、更好的文化分析,而非研发出旨在培育主体性和集体性(collectivities)的新方法——这个预设造成的主要后果是,它阻止我们采取行动。若要对"永远历史化"做出不偏不倚的评估,那么我们可以这样说:它充其量只是一个绝佳的口号,文学研究终于以其名义从批评范式退化至学术范式。

那么,真正的左翼文学批评范式需要什么样的口号?这个关键问题只能交由大家来共同作答。若本书能激发读者在更大范围内穷追此问,我将不胜欣喜。不过,我最后要篡改马克思那句人尽皆知、频被摘引,而文学研究领域却几乎无人相信的名言,作为对该问题的初步思考,还望读者包涵。迄今为止,文学研究界的左翼学者仅仅在努力地阐释世界,而我们目前正进入一个全新的局面,难道我们不应当系统性地改造世界吗?

第一章 批评革命的右转

大部分对文学研究史做过详细阐述的学者一致认为,真正意义上的现代文学批评诞生于20世纪20年代的剑桥大学,后人称这一时期为"批评革命"。不过,现代文学批评当然并非凭空而来。我们发现,早在19世纪末,文学研究就已经分裂为一个二元结构,该结构一直保持到20世纪70年代末80年代初生发的学术转向。此二元结构分别对应两个阵营,前者以职业语文学者为代表,后者以业余纯文学研究者为代表。为了更好地理解两个阵营的特质,体会为其作证的历史共识之强大,我们不妨对不同史学家的各自说法和措辞做一番比较。克里斯·巴尔迪克（Chris Baldick）告诉我们,1890年至1918年间文学批评的主要矛盾发生在"学院派"与"美学派"之间,即"一边是学术和科学的客观主义,另一边是审美或'印象式'的主观主义;换言之,是职业化的文学知识与业余的文学品位之间的矛盾"。[1]杰拉德·格拉夫（Gerald Graff）把考察的相关区间设定在1875年至1915年间,认为文学研究在该阶段的矛盾发生于"研究者"与"通才"之间,前者主张"对现代语言进行科学研究和语文学研究",后者则为"重鉴赏轻研究、重价值轻事实"的人所构成的"异见传统"（dissenting tradition）。[2]约翰·盖尔利考察的时间段是1880年至1920年,文学研究在此期间的主要矛盾围绕"语文学者"和"纯文学研究者"展开。[3]诸如此类的二元结构,这里不再一一枚举。史学家们的措辞不尽相同,他们描述的内容却基本一致:在英美两国,文学研究学科大致可以划分为两个阵营,其与20世纪中叶的"学问家"和"批评家"两派非常相似。所以,学问家/批评家的区分当然有其前身,且在现代人看来如果他们稍加回顾历史,就会发现所谓"批评的革命"与其说是一种断裂,倒不如说是一种延续。

然而,在更重要的意义上,20世纪20年代批评革命的发生却完全出人意料。只要我们屏蔽后见之明,用那个时代的人的冷静的眼光去审视世纪末的体制之战,那么得出的观察结论显然是:纯文学研究者一方必输无疑。这些纯文学研究者在一个加速专业化的领域里,执意保持其业余身份,不讲求科学性。他们避开"可以验证事实真伪"的世界,转而选择追求"阐释和价值观念"的世界,因此注定向各大高校证实了这一点:他们的审美实践,用格拉夫的话讲,"缺少客观基础,从而不能算作严肃的学术研究"。[4]用盖尔利的话说,这些人"未能维系文学研究与科学性之间的关联,而科学性恰恰能确保其在众多学科中的学科地位"。[5]简而言之,在20世纪的研究型大学迅速涌现的时代,纯文学研究者们显然变得不合时宜——即便他们以此为傲。

因此,在20世纪的头十年里,人们很难预测到,一种视审美体验优于语文学知识的文学批评新范式,即将在一个被后人称为"英雄时代"的关头登场。20世纪20年代的批评革命是文学研究的急转弯,该学科从此偏离了一条原本看似既定的轨道。这场革命使独特的纯美学追求成为可能,譬如强调审美鉴赏,培育读者的主体性,乃至用全新的方式主张并搭建品位与价值观之间的关联,从而为一个崭新的批评范式奠定了基础。对现代研究型大学而言,这种新范式足够严谨,也足够科学。如今,这场方法论革命已不大为人所熟知,甚至许多业内人士也无法充分理解其意义,然而在20世纪中叶的大部分时间里,这场革命的参与者却十分清楚其规模和重要性。相关证据众多,此处仅取一则。1947年,美国批评家斯坦利·埃德加·海曼(Stanley Edgar Hyman)在其著作《武装的视野:现代文学批评方法研究》的开篇写道:

> 过去25年来,用英语写就的文学批评与以往相比有质的区别。你叫它"新"批评也好,叫它"科学批评"或"职业批评"也罢,抑或如本书那样叫它"现代批评",除了存在一种时间上的先后,其与过去那些伟大的批评实践者似乎再无干系。(第3页)[6]

此开篇的戏剧性倒不是源自论点有多新奇,而是来自它对一个公认观点的坚定重申。当时的人们普遍认为,新旧文学批评之间的断裂是极为彻底的——我认为该判断相当准确。于是,经由批评革命的洗礼改造,19世纪末的纯文学批评焕然一新。

此番断裂造成的影响远远超出了大学里文学系的界限。时至20世纪晚期,原本看似仅属于英文学科内部的方法论创新(亦即一个纯粹学术问题),不料却在英语世界如此众多的机构、部门、行业和人类关心的其他领域里产生重大的,乃至变革性的影响,以至很难找到一个足以囊括所有影响的词语来描述这场方法论革新。下面仅随机择取几例,来说明其影响之广泛。纵观整个20世纪,成人教育运动是英国及其部分移民地的文化景观的显著特征,这些大大小小的运动呈现出来的左翼(或近似左翼的)特质,以及随后作为思想与制度运动的左翼"文化研究"的诞生,都是20世纪20年代的批评革命所促成的——无论是好是坏,事实如此。另外,这场批评革命也是印度、英国、澳大利亚、美国、斯里兰卡、加拿大、南非、新西兰等国家的大部分地区的高中文学教育得以保持鲜明特色的根本原因;这些地方的文学教育,至少在原则上,仍然要求学生通过仔细的拓展阅读,与具体的文学文本培育某种"私人"关系,而不像当今世界很多其他地方那样要求学生背诵文学史的知识点。在这份异质多样的影响清单上,我们可以接着探查这场批评革命对如下事件所产生的直接影响:20世纪初期直至当下的英美文化类报章杂志(学术性和通俗性的都包含在内)的诸多重要形态;20世纪下半叶针对小学实施的惩戒性教学法而展开的一系列有效的反抗活动;20世纪60年代和70年代的美国文学研究界对引入"语言学转向"催生的欧陆哲学展示出的极大兴趣;若足够大胆,甚至可以论断这场批评革命对《神秘博士》的大量脚本也有直接影响。[7]毋庸置疑,这份清单未能面面俱到,也无法公允地指出批评革命带来的更为隐秘,甚或更为深刻的影响,后者往往比那些清晰可见的影响要有趣得多。需要几代学人经受严格训练,前赴后继;也需要相关机构持之以恒地致力于变革文化、改造民众,文学批评革命才能对众多领域和行业产生如此广泛而深远的影响,这种隐秘的影响才能被人发现。就此而言,可以说这场批评革命所带来的最大影响,发生在习语(idioms)、习惯和感受力这类隐秘而深刻的层面上,社会身体(social body)正是据此创造出经验形式,也经历着这些经验形式,并对其加以反思。对历史唯物主义者来说,这些习语(的调改)在某些层面上一定还有更为深层的决定因子,然而任何调改这些习语的因子都与社会生活本身的性质直接相关。总而言之,这个朝向现代批评范式的断裂不仅仅关乎学术,也对整个社会秩序带来一系列的显著影响。

此处断裂的本质是什么?什么使得当代批评形式有别于旧有的批评形式?若要回答这些问题,关键需要注意,这次断裂要求远离审美的主观印象主义,而接近准确严谨乃至"科学"的精确性。这场运动得以发生的重要创新点,在于文本分析发展出了一套严格缜密的方法论,后者很快被命名为"实用批评"和"文本细读"。也就是说,"文本细读"的勃发是这场批评革命得以发生的必要条件,这已被几乎每位研究该阶段的学者所指出。巴尔迪克可谓这一领域的代表性人物,他曾断言:"20世纪的文学批评与以往的文学批评的最大差别,莫过于前者对文本细节的密切关注。"[8]我认为此论断引发的全部后果尚未被思考透彻。人们通常认为早期的文学批评在政治上是保守的,然而,如果文本细读——如巴尔迪克所断言的那样——是批评革命初期的核心进展,那么这场批评革命早期的政治主张就不会是保守的。

我们将在后面的章节中了解到,文学研究这门学科于20世纪70年代末80年代初发生了"学术转向",于是出现了现行范式,范式转向的正当性在很大程度上基于这样一种看法:现代批评范式在本质上是保守的。如此解读在表面上当然讲得通,毕竟现代批评范式在初期最具标志性的人物有:T. S. 艾略特("文学上的古典主义者,政治上的保皇派,宗教上的英国国教高教会派信徒")、F. R. 利维斯(他的研究目标往往被隐晦地称为"大众文明"),以及新批评派成员(大体而言,这是一群捍卫南方——最初叫"南方农业"——传统价值观的基督教保守派)。不过,如果把文本细读视为开宗立派的方法论创新,那么现代批评初期的政治主张绝非保守,因为文本细读方法实际上源自瑞恰慈和燕卜荪。与刚才列举的标志性人物的政治取向截然相反,瑞恰慈和燕卜荪都是偶有激进倾向的左翼自由派,而非保守派;两人皆为国际主义者而非利维斯或新批评家那样的地方主义者;另外,两人都是世俗主义者或无神论者(燕卜荪尤甚)而非虔诚的教徒。在后面的章节中,我们会看到我们同时代的诸多主要思想家把上述完全不同的人物混为一谈,仿佛这些人全都是保守派,以便得出"现代批评范式本质上是保守的"这番论断。把历史现场在政治上混杂在一起,是很成问题的。一旦我们发现,最能够定义现代批评范式的新方法(文本细读)起初是由最接近左派的人士阐发而来的,"现代批评范式本质上是保守主义"这个论断就显得特别成问题。

现如今,我们应该可以更准确地评估这场批评革命的政治品格,并把它作为反思整个文学研究学科的政治史的一部分。因此,本章将强调批评革命(尤其在革命萌芽期)的政治含混性,并探究其含混性后来如何被右派理解、定性为保守主义。为了看清这一点,我们需要透彻理解"文本细读"和"实用批评"这两个重要方法论创新的发展过程——这是一段已然变得混乱不堪的历史,亟须厘清。在后面的章节中我们将会看到,瑞恰慈和燕卜荪在文学研究领域提出的新方法,具有典型的左翼自由主义特征,却被随后截然不同的政治取向混合为一:在美国,"文本细读"被视为新批评的方法创新,如今也通常被人们如此铭记;在英国,"实用批评"与利维斯愈发紧密地联系在一起。有鉴于此,这部简明的文学批评史首先澄清左派自由主义与随后出现的相对保守主义之间的区别,前者以瑞恰慈为代表,后者以追随他的新批评派成员、利维斯及其主办的《细察》(Scrutiny)杂志圈为代表。T. S. 艾略特的情况稍有不同,且偏离本书主旨,对其感兴趣的读者请参考书后附录。

第一阶段:批评的创立

现代批评在很大程度上建立于"文本细读"这个新兴的方法论之上。不过"文本细读"又从何而来呢?在美国学界,"文本细读"常被默认为新批评派成员首创的方法。在对历史稍有敏感的论述中,有时虽然也认为"文本细读"真正发端于大西洋彼岸的 I. A. 瑞恰慈和威廉·燕卜荪,却把他们与其北美的追随者混为一谈,视二者为"早期的新批评家"、"英国"新批评家、文本细读历史的"序幕",诸如此类。[9]为理解"文本细读"的来源,以及整个现代批评范式的来龙去脉,我们必须认清这两种说法的谬误之处。瑞恰慈和燕卜荪所构想和实践的"文本细读",与后来的新批评派成员所采纳及推广的"文本细读",分属相当不同的方法,并导向截然相反的目标。为了全方位地展示两者的差别,我们在勘察这段历史时需要着眼于各自的哲学美学立场,后文即将对此展开讨论。不过首先有必要在此指出,只要思考一下两派思想形态的性质,就会对上述两种说法有所怀疑。瑞恰慈和燕卜荪都是受教于剑桥大学的国际联盟自由派成员、国际主义者、世界主义者和世俗主义者,而新批评派中大多数成员都是文化政治上因循守旧的美国南方基督徒,他们追求回归家庭、回归宗教、回归农业生活方式等传统南方价值观。一旦我们体会到这种差异,就会对广为流传的看法——新批评派是对瑞恰慈和燕卜荪的学术工作的持续发展——甚感惊讶,因为前者充其量是对后者富有辩证意味的彻底改造。我们真能指望前者对后者不加以根本性变革就直接采纳吗?南方集团(The Southerners)声称瑞恰慈和燕卜荪是他们的前辈先驱,我们对此也信以为真,然而两人都曾断然否定其与南方集团之间的关联:瑞恰慈称自己"不太了解美国新批评派,无论新批评派的成员是谁,他绝对不承认与其有半点干系";燕卜荪把新批评派的一个核心原则描述为"教条""荒谬"。[10]这到底是怎么回事?

要而言之,真实情况如下。瑞恰慈和燕卜荪开创了一种初步具有唯物主义色彩的文本细读实践,该实践以工具主义或(不严格意义上的)实用主义美学为基础,目标是建立一种高级的、功利主义性质的审美与实用教育模式。新批评采纳和吸收了这种文本细读实践,基于新康德主义的客观超验美学,将其改造为彻底唯心主义的实践,并作为制度确立起来,最终将文本细读导向了宗教和文化上的保守主义。这看似深奥难懂或无关紧要,但实际上兹事体大,因为文本细读向来被誉为至关重要的、最具学科特色的实践,而我们对其政治和哲学取向在早期的反转仍然缺乏认识,致使当前的文学研究深受其害。害处之一是,人们普遍认为

"文本细读"源于基督教的释经实践，于是摒弃文本细读就成了某种革旧立新的进步行为——我在第三章将对此做专门探讨，尤其集中探讨弗朗哥·莫雷蒂的学术研究，和与之相关的量化文学研究的兴起。文本细读实践起源的消抹，给人造成一种印象，好像它压根就是自主的或唯心主义的美学实践，因此它原本（甚至必定）就是去语境化的、去历史化的，以及（或）去政治化的。然而一旦我们仔细探究这门学科的发展史，一个显而易见的发现是，人们当下对文本细读的批判是基于其讹传的起源，即源于唯心主义哲学美学立场，而实际上其真正的唯物主义起源恰好是反对这种哲学美学立场的。

总的来说，新批评吸纳了"文本细读"这一方法却罔顾其历史由来，这催生了一种普遍的信念，即我们必须抛弃从"批评"和"审美"这两种维度为文学研究做辩护，理由是两者只会是新批评及类似运动所推崇的、按照唯心主义方式做出的辩护。然而，早期的学科史表明情况并非如此，批评范式在其萌芽阶段不仅显示了另一种美学的可能性，也证明这种可能性曾经存在过，此另类美学甚至催生了具有本学科特色的方法和关切议题。当然，需要及时指出，现如今没人愿意复兴 I. A. 瑞恰慈的独特美学，因为其自诞生之日起就问题多多，自然也无法满足我们目前的需要。不过，倘若我们能记得，基督教保守美学之外还有另一种左派自由主义美学——该版本的美学尝试打破自康德以来唯心主义在资产阶级美学中的主导地位，故而在许多方面超越了自由主义——那么我们就可以走得更远，创立一种真正的美学，乃至创立一种唯物主义美学批评，从而实现这门学科今日更激进的目标。

I. A. 瑞恰慈、文本细读、实用批评

把文本细读主要视为新批评的一种实践的史论,往往从瑞恰慈的《实用批评》(1929)谈起,理由是瑞恰慈在本书中对抒情短诗里微小语言单位的重视,直接导致了新批评派对"诗歌本身"的强调,同时相应地排斥任何历史语境或政治背景的分析。不大为人所知的是,瑞恰慈的方法论创新是基于他早期的理论创新,后者包括:瑞恰慈、C. K. 奥格登(C. K. Ogden)和詹姆斯·伍德(James Wood)在《美学基础》(1922)中对旧审美理论进行的清理工作;瑞恰慈和奥格登在《意义之意义》(1923)中对语言误解所做的系统研究;特别是在《文学批评原理》一书中,瑞恰慈对文学的功用这一根本性问题做出了复杂巧妙的回答。[11]最后一项理论创新与我们的讨论最为相关。

要而言之,瑞恰慈在《文学批评原理》中提出的论点是,文学作品的重中之重是其审美潜能。瑞恰慈所谓的审美潜能,不是指作为终极目标的作品形式之美,而是指作品能够作为一种供读者培养有用的实际技能的手段。关于审美潜能对文学研究的重要意义,瑞恰慈做出了全面深刻的论述,论述的主旨在《实用批评》中得以延续,并集中体现于该书里的一句话:"喜欢'好'诗而厌恶'坏'诗,这一点是无关紧要的,要紧的是好坏高下皆为我所用,借以理清头脑。"(第327页)对瑞恰慈而言,文学作品应该是一种治疗技术,批评家故而应当像应用心理学医生那样,帮助我们使用这项技术,最终达到改善思维的目的。正是基于这种视审美为工具性价值(而非终极价值)的美学思想,瑞恰慈开启了他的文本细

读实践之旅。

这里有必要花时间探察一下上述论点的哲学根基。瑞恰慈在《文学批评原理》中的一个主要目标,是试图为他眼中的文学批评(甚至美学)面对的根本性问题提供一个大致解释,即:"艺术有何价值?艺术何以配得上最优秀的人才花费大量时间全情投入?在人类活动体系之中,艺术的地位是什么?"(第3页)很显然,这些是很宏大却并不新鲜的问题。瑞恰慈的回答从清理学科根基入手,否定了自康德以来哲学美学领域的整套书写体系。

《文学批评原理》第二章的标题"虚幻的审美境界"足以暗示作者的主要进攻路线。瑞恰慈认为,康德假定存在一种特殊的、可被权且称为经验模式的"审美境界",该审美状态由于彻底脱离质询和欲望等实际事态,而把整个哲学美学传统带入了死胡同。对于任何此类的审美境界,瑞恰慈都坚决予以排斥。他最直接的攻击目标是19世纪90年代奉行"为艺术而艺术"的唯美主义——瑞恰慈引用了弗农·李[1]的著作《美好之物:心理美学导论》(1913);奥斯卡·王尔德和沃尔特·佩特[2]也无疑在他的思考视野内。不过,瑞恰慈的分析也针对古往今来以官能分工为特点的康德式美学思想,企图对拥立"审美"为一种特殊的或享有特权

---

1 弗农·李(Vernon Lee,1856—1935),原名为维奥莱特·佩吉特(Violet Paget),出生在法国的英国女作家、文艺批评家、美学家,唯美主义运动的支持者。本书脚注皆为译者注。

2 沃尔特·佩特(Walter Pater,1839—1894),英国作家、文艺批评家,毕业于牛津大学王后学院,19世纪末唯美主义运动的理论家。佩特1873年出版的随笔集《文艺复兴史研究》对奥斯卡·王尔德和弗农·李的美学观和人生观产生了重大影响。

的、与思想/认知和欲望/道德等范畴的经验相剥离的经验模式予以批判。

鉴于瑞恰慈的学术观点后来被彻底的康德主义者所接纳,此处需要再次强调,他本人对这种康德式的唯心主义美学是极力摈斥的。瑞恰慈告诉我们,康德美学"对其后的美学思考产生的影响,即使不是贻害无穷,也是荒谬可笑的。这种陈旧的美学思维不仅行不通,我们至今都难以摆脱其窠臼"(第8页)。尽管瑞恰慈对康德在美学领域以外的诸多主张都广为接受,但是在美学领域内,他认为康德的唯心论已经导致美学思想的"严重歪曲"(第9页)。我认为,任何对康德美学所做的透彻全面的批判,都必然削损康德哲学体系的其他两部分,批判者若意识不到这一点,其批判就十分可疑。我们且不提这类康德美学批评的是非曲直,此处显而易见的是瑞恰慈的笃信和严肃。

瑞恰慈提出的美学观,与强调独特审美境界的唯心主义哲学观念背道而驰,我们不妨称之为萌芽中的唯物主义美学。这是一种审美经验论,极力强调审美经验与常态的实际经验的连续性。瑞恰慈主张:

> 我们赏画读诗或听音乐,与我们前往美术馆或清晨起床穿衣时所做的事情大同小异。前者在我们每个人身上的经验方式不同,一般说来这类经验比后者更为复杂,也更为统一——如果我们能成功地对其加以体验的话。不过,我们的所有活动都并无本质差异。倘若假定不同活动有着本质差异,那么描述和解释人类活动的困

难就会增多。这些困难不仅没有必要,目前也无人能够克服。(第12页)

此处,瑞恰慈是在建构自己的美学理论,旨在反对把审美当作自足的范畴而与生活隔离的美学观。在本章末尾,瑞恰慈转而指出,他对19世纪90年代"为艺术而艺术"的哲学观的批判,同时也是对20世纪20年代他同时代的现代主义者所秉持的唯美主义理念的批判,可谓淋漓尽致地表达了他对审美自足论的反对:

> 另一反对独特审美观假说的理由是,该假说为独特的美学价值(即一种纯粹的艺术价值)铺平了道路。假定存在别具一格的审美经验,就很容易引出下一个假定:存在别具一格的独特价值,其与普通经验的价值性质不同,且彼此割裂。"欣赏一件艺术品,我们无须携带来自生活中的任何东西,不必认识生活的观念和事务,也不必熟悉滋生于生活的情感。"近来,一个颇为流行的极端审美假说如此陈述(克莱夫·贝尔,《艺术》,第25页)。再援引另一个例证,它虽然没那么偏激,但也暗示审美经验自成一类,且其价值与其他价值有着本质差异:"诗歌的本质不应是现实世界的一部分,亦非其摹本,而应自成一个世界,它独立、完整、自主"(A. C. 布拉德利,《牛津诗歌讲演》,第5页)。
>
> 艺术为审美家提供了一个私人天堂,这种观点对艺术价值的探索构成巨大障碍(后文将论及)。……艺术

(*Art*)被想象为一种神秘的、难以言喻的品格,与"审美心境"(aesthetic mood)如出一辙,这很容易产生有害后果:作为一种艺术观,它助长了某些思维习惯;作为一个奥秘,它吸引着这些思维习惯。(第 13 页;我试图复制瑞恰慈的原著里对"Art"一词所做的字体变体[1]。)

倘若上述引文发表于 1983 年的美国,而不是 1923 年的英国,那么它无疑只能被视为对新批评派挥之不去的理论遗产的全面攻击,否则它会显得莫名其妙。后人把瑞恰慈的美学立场与新批评混作一谈,这是大错特错的,两者实则针锋相对。他的理论工程旨在使审美跳出康德式的自洽与冗余,还原审美与人们生活中的物质问题的联系。对瑞恰慈而言,这意味着思考焦点的转移,从孤立地看待艺术品、强调其审美或形式方面的所谓"客观"特质,转移到对艺术品与其至关重要的语境——艺术品的观众——之间的关系本质上来。"我们习惯说一幅画是美的,却不习惯说这幅画给我们带来了具有某种价值的经验"(第 15 页);"谈及某物,我们总是预设它具备若干特性,而我们应当谈论的,是事物给我们带来的不同印象、对我们造成的不同影响"(第 16 页)。可见,瑞恰慈的美学理论总是叫我们把注意力从艺术品"本身"移开,转而关注艺术品与其观众之间关系的本质。在实现了这一焦点转移之后,《文学批评原理》余下的大量篇幅都用来说明

---

[1] 瑞恰慈原文的 Art 是哥特手写黑体字,这种字体从 12 世纪中叶到 17 世纪被西欧人广泛使用,特点是华丽、浮夸。瑞恰慈此处对 Art 一词所做的变体,意在嘲讽德国唯心主义美学的华而不实。

艺术品和观众之间的关系与生活息息相关。在这个语境之下,审美被注入了实用意义,它逐渐溢出了康德设置的感官分工界限——道德与道德能力,享乐与享乐能力,机遇与认知和分析能力。瑞恰慈的审美理论力图打破所有的边界——道德与意志,真理与认知,美与享乐能力。倘若我们先前认为他算是最初的或英国的新批评家,那么阅读《文学批评原理》应该能让我们很快弄清楚事实真相:至少在哲学美学领域,瑞恰慈所持观点与新批评派恰好相反。

瑞恰慈写《实用批评》的时候,他真正的研究目的与后人用新批评的有色眼镜对其所做的解读完全不同。众所周知,这本书详述了瑞恰慈20世纪20年代在剑桥大学英文系开展的一次实验:他事先把风格各异的诗歌的写成时间和作者信息隐去,让学生们就诗歌本身进行评论。[12]从20世纪末、21世纪初的历史主义视角来看,我们很容易发现,学科史对此次实验的描述,往往首先着眼于瑞恰慈删除诗歌标题、发表日期、诗人署名之类的操作,并据此臆断这拉开了新批评派反语境之战的序幕。这种解读未能抓住瑞恰慈的研究工程的核心。若持久专注地思考其批评力量的部署,我们发现他其实正朝相反的方向开火。瑞恰慈并不是要以早期新批评家的方式力图剥去作品背景,从而鼓励读者聚焦于作品的文学语言"这个行为本身",他实际上在尽力寻找最为严谨周密的方法,借此在文学作品与其接受语境之间建立一种富有成效的关联。

从这个意义上讲,瑞恰慈对"语境"的承诺和介入其实相当深刻。《实用批评》的首要目标,即是尽可能精确地考察文学作品与其重要语境——读者——之间存在的实质性关系。[13]一旦抛开"瑞恰慈是早期的新批评家"这个看法,我们就能看清,他心心念念的,是如何在文本与其接受语境之间搭建创造性关系。为便于当前讨论,此处需特别指出瑞恰慈的文学批评工程的两部分:我称之为"诊断"和"治疗"。该工程的第一部分("诊断")提出,文学作品和读者反应可被当作灵敏的仪器,用以测量当代文化的感觉状态。如瑞恰慈所言,诗歌能充当

> *诱饵*,且极为合适;通过诗歌这一诱饵,人们能捕获当前的舆论反应,并对其加以分析比对,从而增进我们关于人类意见和感受的自然史方面的知识。(第5—6页,字体区分为原文所为)

鉴于诗歌在这方面的能力,瑞恰慈告诉我们,《实用批评》应被视为"比较意识形态学的田野调查记录"(第16页)。当代的历史主义/语境主义学者常常忽视瑞恰慈的批评工程的诊断面向,否则他们很可能会赞同瑞恰慈的理论主张。[14]历史主义/语境主义者们把文化分析视为文学研究学科的主要目标,就此而言,瑞恰慈的批评工程与文化分析工程其实非常相似,两者并非无法兼容。我们在后文将考察雷蒙·威廉斯的著作,并将之作为目前文化分析模式的早期范例;这里有必要指出,瑞恰慈简要提出的批评方法与威廉斯的颇为相似,两者都把文学作品看成普遍运行于文化之内的"情感结构"的风向标,两者的主要区别只不过是威廉斯注重生产语境,而瑞恰慈注重接受语境。[15]

当然，勾勒完其批评工程的诊断特性，我们还需指出，瑞恰慈并未对这一面向系统地展开论述：我们在他的著作里找不到那种内容丰富且连贯一致的历史和文化分析，而后者在自威廉斯以来我们同时代最好的各式历史主义著作里均有体现。诚然，相比该学科左派的学术研究最优者，瑞恰慈对其"比较意识形态学的田野调查"所力图剖析的政治经济语境的本质的理解还略显稚嫩——这其实是融合了功利主义和人文主义的自由主义传统（瑞恰慈脱胎于此传统）的普遍特征。当然，我们现在能充分理解这一弱点，它潜藏于瑞恰慈最有用的理论和实用工具之中。从早期对语言和意义的剖析，到误解的科学，再到实用美学乃至相关的阅读方法，一直到"基本英语"作品丛集，这一缺陷使得瑞恰慈的研究无法承受现实的历史、文化、（尤其是）政治和经济力量的考验，而后者正是其题中应有之意。我们甚至还可以继续追踪下去，探究这种边沁行为——瑞恰慈热衷于为现实的政治经济问题提供技术性或"应用心理学"办法——如何直接促进了广告、营销与公共关系领域用来操控大众的新型、险恶技术的发展。后来的批评范式所强烈反抗的，正是这些资本主义现代性的文化要素。

但是我们不能专挑瑞恰慈的理论薄弱之处，对其吹毛求疵。为便于当前讨论，更为重要的关注点是，瑞恰慈批评工程的核心环节有一个驱动力：把文学文本乃至当代的读者反应看作诊断工具，用以确诊文化状态。因此可以说，我们当下对文化和语境剖析方面的全情投入，与瑞恰慈的整体立场是颇为一致的。他主张把文学文本看作"比较意识形态学的田野调查"的诊断装置，而不要将之视为审美对象，进而与所有可能的用途、语境割裂开来。

若能看到这一点,我们就能意识到,他其实是跟我们有着相似旨趣的同道中人。实际上,他已为历史主义/语境主义派的文化学者开疆拓土,只是尚未准备耕作的工具。

关于瑞恰慈批评工程的诊断部分,就讲这么多。该工程的第二部分,即我称为"治疗"的部分,会带我们进入一个迥然不同的领域。瑞恰慈的文学研究方法的吸引力(也是其与当今类似方法的不同点),主要在于它从"诊断"维度继续深入至"治疗"维度:也就是从以剖析"人类意见和感受的历史"为目的而进行的"比较意识形态学的田野调查",过渡至以积极干预"人类意见和感受的历史"为目的而进行的全力以赴的系统性努力。因此,《实用批评》意欲提供的,"不仅是对当代文化状态所做的有趣评论,也是一种强力的新型教育工具"。[16] 瑞恰慈在误读、美学、"文本细读"方法等方面所做的工作共享一个更远大的目标:他要拓展文学的用途,使文学既能用来剖析,亦能改善诸种文化、意识形态和多变人心,从而改进他同时代人所主张的各式各样的历史主义。瑞恰慈的研究旨趣点明了并立于20世纪中叶的文学"学问"和文学"批评"之间的关键差别:前者视文学为文化剖析的手段,后者则用文学对读者施加影响,以期实现整体文化的更大变革。

毫无疑问,此类"批评"在过去也有。自从18世纪末开始出现严格意义上的审美话语以来,许多人尝试以"批评"的方式呼吁通过文学乃至广义的美学来介入文化状态。此处,我们不妨再次列出几位19世纪权威"道德家"或文化批评家的名字:约翰·斯图尔特·密尔(John Stuart Mill)、托马斯·卡莱尔(Thomas Carlyle)、马修·阿诺德(Matthew Arnold)、约翰·罗斯金(John Ruskin)、威廉·莫里斯(William Morris)。不过,在瑞恰慈之前,还没人能够达到现代大学所要求的标准,为"批评"发展出一套哲学根基和复杂深奥的实用方法论。在瑞恰慈的时代,并非只有他一人看到了审美教育这项大工程的必要性,也并非只有他一人认识到:真正致力于审美教育,意味着发展出一套教学方法,这套方法不仅适用于传授缥缈不定的、基于直觉的另类感受力,也适于传授综合性的、普遍的感受力。然而他独具慧眼地洞悉到,在这个英国文学研究正被制度化的时期,新时代实际上既要求从业者用一套可重复、可靠且精确的方法来教授诸种感受力,以确保文学研究在众多学科中获得一席之地,又为此提供了制度支持。从这个意义上讲,"文本细读"的产生是名副其实的重大进展。瑞恰慈所构想的文学批评把文学当成审美教育的工具,并借以积极尝试更大范围的文化变革;如此一来,他赋予文学批评几分科学基础,使之有资格成为现代研究型大学里的一门学科,与文学学术研究、语文学、文学史等学科平起平坐,甚至时而竞争。可是,一旦跨越大西洋,文本细读——连同其反唯心主义美学的根基——很快就变得非常不同了。

第二阶段:批评的右转

新批评:康德式文本细读

从瑞恰慈和燕卜荪转移到新批评派,最显眼之处莫过于世界观和意识形态的急剧转变。这里有必要对这次转变稍加强调,因为它在决定"文本细读"的命运乃至后来现代批评本身的最终走向方面,起着举足轻重的作用。新批评派对其世界观的阐述,大概最好地体现在《坚定立场:美国南方与重农传统》(1930)一书中。该书的前言实际上是"逃逸者"诗学团体(The Fugitives)的宣言,而早期的新批评家们基本都曾参与到"逃逸者"诗学运动中。[17]宣言提出的引导性问题是:"美国南方的领导者为了捍卫南方的传统生活方式,必须做些什么?"问题很快便从捍卫特定"传统"这一重心转移到教育问题上:心怀传统的教育者应该奉行什么样的政策? 可以说,宣言中流露出的突出情绪是权益的受挫感——当一个知识团体感到新制度剥夺了(如今被美化了的)旧制度理所当然地准予他们的权利和特权的时候,就会出现与一股反现代的怨气相伴的那种独有的挫败感。对逃逸派来说,目前的制度是"工业主义",它被视为"北方的"和(莫名有点)"共产主义的";旧制度则属于重视农业的传统南方,它主要通过抹去与作为其存在根基的奴隶制的重要关联而被美化;被剥夺的权利和特权是白人男性——或者更确切地说,是白人男性基督徒业主——应得的正当权益,他们是某种文化理念培养出来的继承人。当然,出于种种历史原因,上述观念开始显得有昧良心,许多新批评家因此改弦易辙,但是此观念的情感结构仍弥漫于他们的主要作品之中。我们在评价新批评派的著作时,应对此了然于心。

关于新批评家在何种意识形态条件下形成了其最初的观点,已有人做出翔实的论述。[18]我只关注诸多条件中的一点因素,即新批评派极为坚定的(甚至偏执的)反共产主义——这一点似乎决定了他们的大部分立场。

> 必须强调,真正的——欧洲人眼中的——苏维埃主义者或共产主义者是[北方的]工业家们。这些人让政府设置一个超级经济组织,这个经济组织却反过来成为政府本身。因此,我们应该把共产主义威胁视为一种真正的威胁,但并非红色威胁;仅仅根据我们工业发展的隐形漂移现象,1917年通过暴力强加于俄国的经济体制,也可能最终在美国沉渣泛起。(第 xli—xlii 页)

对于观察美国的人来说,"民主党人都是共产主义者!"这类论调听起来再耳熟不过。然而我们在宣言中发现一个荒唐可悲的现象,即新批评最深刻的见解时而与他们所憎恶的共产主义者十分接近。尤其在面对传统教育中的人文主义的时候,他们相当激进地坚信,"生活方式的困境应在经济基础上找原因,而无法通过灌输软性的文艺知识加以解决"(第 xliii - xliv 页)。在我看来,这番话神似马克思主义分析,它针对自由主义者在回应工业主义造成的问题时所暴露出的关键弱点,很好地剖析了自由主义者没能认识到经济基础对上层建筑的决定性作用。不过,尽管新批评家们做了上述诊断,他们并不觉得有必要继续对"经济基础"进行深入而严肃的分析。相反,他们恰恰又退回最为保守的主流自由主义所孕育的那种地方主义和个人主义立场:"人之责任,在于增进自我与友邻的福祉,而不必假想社会这个庞然大物的福祉"(第 xlvi 页)。正是在诸如此类的阐述中,新批评派对"共同体"的辩护——与英国的利维斯派对"有机共同体"的辩护似乎很像——事实上很快瓦解,变成与自由论者对个人权利的辩护十分相似的论调。这样,他们紧盯共产主义的威胁,以至对自己所处时代的政治经济现实孤陋寡闻。这种对现实政治经济的认知匮乏,尤其体现在他们富有建设性主张背后毫无根据的乐观主义,譬如他们的这一重要观点所洋溢的乐观主义:"当工业产能过剩,无法与农业抗衡的时候,重农体制的回归就指日可待。"(第 xlvii 页)他们很快便发现这个立场不切实际。

当瑞恰慈的批评工程漂洋过海,在大西洋彼岸的美国被加以转化的时候,上述的情感结构势必对其产生深远影响。可以用一句话来简单总结这一影响:尽管新批评欣然接纳瑞恰慈提出的实用创新方法,并使之成为美国(继而世界其他地方)的文学研究的核心组成部分,却剥离了其中萌生的唯物主义美学这个理论根基,于是重新调整后的批评方法开始掉头,向后朝康德的方向移动。简言之,新批评放弃了《文学批评原理》一书所开创的坚定地反康德主义的理论工程,却保留了《实用批评》里为该工程准备的方法——故而极大地曲解了《实用批评》的观点。

这种抽离其理论而保留其方法的现象,在克林斯·布鲁克斯(Cleanth Brooks)那里亦有所体现。在《I. A. 瑞恰慈与〈实用批评〉》一文中,布鲁克斯回忆他初次接触瑞恰慈作品时的情形,并坚持把瑞恰慈的理论与方法区分开来。他说他"乐意给予作为实用批评家的瑞恰慈充分肯定,但是对作为理论家的瑞恰慈却有所保留"(第594页)。[19]他告诉我们,瑞恰慈的理论体系"味同嚼蜡"或者说"深奥难懂","《文学批评原理》中的观点尤其如此"(第589页)。这两个形容词特别重要,代表了新批评对剑桥学派批评家的典型反应。当一个思想派别发展出来的一套实践被另一派吸纳的时候,这样的反应肯定再正常不过了,毕竟同一套实践运行于极为不同的意识形态(故而"味同嚼蜡")和思维层次(故而"深奥难懂")之上。瑞恰慈的理论与新批评的真正关注点既有矛盾分歧,又毫不相干,因此遭到后者的抵制和误解。

在这篇论文的头几段,布鲁克斯对新批评的反应做了深入阐述。他首先把《文学批评原理》与《实用批评》加以比对,称赞一番《实用批评》后,他写道:

> 开始阅读《原理》,我举步维艰。瑞恰慈所讲的东西是振奋人心的,不过我对里面的心理学新术语和作者自信满满的姿态颇为抵触。尽管如此,却不能漠然置之。我必须克服困难——力图为该书做出一个令人满意的回应——否则干脆就屈服认输。
>
> 其结果是,我自初次接触该书起的一年内,大概反复读了十几次——并且从中获益良多。为否定瑞恰慈书中的观点找到切实的理由,我奉行高强度阅读法(intense reading),这种阅读法本身也令人受益匪浅。所以,即使我最终没能领悟瑞恰慈的整个理论体系(因而无法接受它),我至少在洞察力、理解力、分析能力等方面变得更加敏锐。(第586页)

布鲁克斯告诉我们,他读《原理》很吃力,但这并不妨碍他对该书的否定。实际上,促使他再三尝试理解该书的动机,正是"为否定瑞恰慈书中的观点找到切实的理由",因为赞同作者的观点就意味着"屈服认输"。布鲁克斯并未觉得他的这番话有何不妥,他的坦诚值得表扬。

瑞恰慈的理论何以招致异议,令布鲁克斯和其他新批评家们如此反感? 表面上,问题似乎出在所谓的"心理机制"(psychological mechinery)上。围绕这个反复使用的术语,我们再次遇到当一个思想派别无法理解另一派别的时候所出现的症候:布鲁克斯相当友好地承认,"我否定这个术语,绝非出于其理论复杂性,而仅仅因为此机制看上去既故弄玄虚,又无关紧要"(第591页)。此处的"无关紧要"和"故弄玄虚",与前面的"味同嚼蜡"和"深奥难懂"相映成趣:布鲁克斯强烈厌恶"心理机制"这个术语,但又不太清楚自己为何如此在意它。

然而,瑞恰慈的"心理机制"有何问题? 为了进一步探讨,我们要先考虑这个问题。可以说,该术语的着重点是名词"机制",布鲁克斯和其他新批评家只是反感瑞恰慈的科学倾向。毕竟,新批评派继承了浪漫派在科学与诗歌之间建立的对立关系,他们对科学的反感,成了后来出现的诸多有影响力的类似立场的源头。不过,这对问题的解决无济于事——我们很容易观察到,新批评常常把他们反感的任何东西都称为"机制",然后用自以为更"有机的"方法加以比对,进而否定它,然而这一否定并非出于机制,其实另有原因。要知道,对于瑞恰慈的科学方法的其他面向,布鲁克斯并非一味拒绝,前者对抒情诗的具体语言细节的密切关注和"科学"聚焦就是明显例外。毫无疑问,术语的着重点不在"机制"上,而在"心理"上,真正被否决的是作为一种语境形式的读者,新批评派坚持认为它与纯粹的审美文本完全无关。

这一点值得深究,因为在很大程度上正是由于这类阐释,才有了我们现如今对"文本细读"的理解,即坚持认为文本细读应聚焦于"文本自身"而不是文本的读者,才有了我们长期以来把瑞恰慈归类为"心理"批评家这一相当具有误导性的描述。关于新批评派对读者的摒弃,最有名也最为后人诟病的例子莫过于威姆萨特(Wimsatt)和比尔兹利(Beardsley)提出的"情感谬误"(affective fallacy),后者与"意图谬误"(intentional fallacy)一道,旨在切断读者和作者与文学文本之间的关系纽带。[20]鉴于两位批评家的相关文献已被广泛讨论,此处不再赘述。兰瑟姆(Ransom)在《新批评》(1941)一书中也做了同样的动议,不过其论证方式更加老练精到。[21]该书可供读者便捷地了解这一特定阶段的文学史,因此几十年来一直颇受欢迎——当然书名也起了很大作用,它似乎承诺要为新批评派做出清晰概括。兰瑟姆在开篇就详细探讨了瑞恰慈的理论要旨,先尊称他为新批评的奠基人,却转而对其大加谴责批判。在很大程度上,正是由于兰瑟姆在此书中对瑞恰慈的论述,很多学者和学生——特别在美国——才形成了这样一种印象:批评革命早期的学术观点与新批评派基本是一脉相承的,两者的核心观点并无对立。

兰瑟姆在《新批评》里花大力气阐明:新批评派力图隔断文本与其多重语境的关系,从而单纯讨论"文本自身",但这方面做得还远远不够。在此框架内,他有两个更为具体的关注点:批评的"心理"和"道德"因素。

简而言之,新批评至少被两个具体的、广泛流传的理论谬误所损害。其一是运用心理情感词汇,从诗歌所唤起的感受、感情、态度等方面——而不是从作为客体的诗歌本身——来进行文学判断。其二是朴素的道德主义,此谬误表明新批评尚未从旧批评的束缚里解脱出来。我期待文学批评能够祛除这些糟粕。(第 xi 页)

需注意,两种情况共同关心的,是要最终区分出两种思考文本的方式,一种是思考文本自身,另一种是思考文本对读者产生的心理或道德影响。前者是合情合理的,兰瑟姆以瑞恰慈为例;而后者是站不住脚的,兰瑟姆以伊沃·温特斯(Yvor Winters)为例。不过,既然瑞恰慈的理论探讨了文学何以能够用来培育更为丰富和合乎伦理的心理反应能力,那么他本可以因兼具上述两种理论谬误而被轻而易举地当作靶子遭受批判。然而事实上,瑞恰慈并未因此遭受批判,这初步表明兰瑟姆对其所做的阐释十分奇怪,他似乎误以为瑞恰慈的批评基于一种过度简化的情感反应。他是这么评价瑞恰慈的:

艺术品与情感有直接而非间接的关联——这也许是最为顽固并广为接受的谬误,美学家们历来达成一致,誓与之做斗争。……这种反对将艺术品与情感直接挂钩的美学理论肇始于康德,此后经历了若干类似的说法——瑞恰慈对这段美学理论史心知肚明。他对认知刺激引发的态度或后果的独特兴趣,稍微减弱了他对情感的重视,然而除此以外则无意识地逃避认知分析,这

> 令人遗憾。瑞恰慈运用一种非常现代、几近时髦的语言表达风格，但是它显得慵懒乏味，无甚思想。他谈论一首诗诱发的独特情感，却不谈诗歌独特的认知客体。
>
> （第16—17页；字体区分为笔者所为）

"慵懒乏味"和"无甚思想"都是严厉的措辞，倘若考虑到可能用来缓和严厉语气的"现代"与"时髦"在兰瑟姆的常用词汇里是最具谴责性的事实，两词就显得愈加严厉刺耳。瑞恰慈"谈论一首诗诱发的独特情感"何以激起如此剧烈的反应？兰瑟姆仅仅在气急败坏地否定"时髦事物"吗？此处，我们不禁把兰瑟姆的行为与布鲁克斯对瑞恰慈的"新心理机制"的抵制联系起来，并将两者统统归结为南方农民的反现代主义——不过，这么做仍然无济于事。

更能说明问题的，或许是注意看兰瑟姆是如何莫名其妙地援引康德的。他告诉我们，"这种反对将艺术品与情感直接挂钩的美学理论肇始于康德，此后经历了若干类似的说法——瑞恰慈对这段美学理论史心知肚明"。兰瑟姆的言外之意似乎是"瑞恰慈深知权威人士对这个美学问题所下定论，那么他为何对其视而不见呢？"再进一步，这句话似乎表示瑞恰慈本打算屈服于康德的权威；然而，考虑到瑞恰慈在《文学批评原理》一书开篇对康德发动的清晰明确、声势猛烈的攻击，便很难解释兰瑟姆的这句话。难道仅仅是因为兰瑟姆没读过《文学批评原理》，这句话完全是基于他阅读《实用批评》的经验而下的论断吗？这个指控过于严重，我们或许只能说兰瑟姆与布鲁克斯一样，阅读了《原理》，却觉得该书"深奥难懂"。不过，这么说绝非指责两位纯粹个人化的失败，因为我们面对的实际上是两种思想派系在性质和意识形态方面的根本差异。瑞恰慈或燕卜荪的思想生发于特定的土壤,在该土壤环境下,与权威的文献对话,至少部分意味着对其进行批判——哪怕有时批判的目的仅仅是证明自己在思想上更胜一筹。为简略描述该环境,我们不妨注意这样一件事:据称,他们两人经常参加剑桥大学"异端社团"的集会。"异端社团"是一个自由演讲和辩论的社团,特别青睐那些挑战传统权威(尤其宗教权威)的人,并诚邀他们前来开讲座。孕育瑞恰慈和燕卜荪批评思想的社会文化环境,由此可见一斑。与之相比,在美国南部成长起来的思想家会义无反顾地重申和捍卫保守的文化宗教传统,使之免受来自现代性侵蚀的威胁;在阅读某一文本时,这些人自然而然地以阐述文本权威性,或评价该文本与其他文本权威的关系为主要切入点。兰瑟姆之所以如此评价瑞恰慈,是因为对于跟他一样浸淫在非常特殊的情感结构中的思想家来说,真的无法想象另外一位成长在截然不同的情感结构中的美学家,可能会以挑战康德的权威为己任。

与布鲁克斯对瑞恰慈的曲解一样,这里我们再一次看到,两种迥然相异的思想体系相遇时会产生一定程度的理解混乱,而混乱的本质往往是单纯的意识形态差异。对目前的讨论而言,我们要抓住的重点是,兰瑟姆本人并未意识到他彻底翻转了瑞恰慈开创的批评实践的理论取向。他对两种"谬误"——一是以情感状态为依据来做出文学判断,一是"朴素的道德主义"——的回应,最终要靠诉诸康德的权威。在他的论述中,康德为激进新批评派提供了理论依据,使其成功确立了广为人知的审美客体的独立自主性。也就是说，新批评力图捍卫的审美客体的独立自主性，正是曾被瑞恰慈批判为"虚幻的审美境界"的审美状态。于是，"文本细读"自此成了它初创时所对抗的那种美学思想的实用武器，开始发挥作用。

这对文学研究的影响

作为文学研究学科的典范方法，文本细读在哲学取向上的反转，为这门学科的后续发展带来诸多影响。最直接的影响之一，可以通过布鲁克斯的那篇回忆文章得以瞥见。在《瑞恰慈与〈实用批评〉》一文中，他直言不讳地说："我极大地延展了瑞恰慈的概念，重塑其蕴意，使之为我所用。"这究竟是什么意思呢？一个段落后，布鲁克斯告诉我们：

> 我认为可以建立一个诗歌等级体系：最下面的，是极大地依赖于排除法则的诗歌，它们因为略去太多的人类经验而显得稀疏单薄，过于简单。因此，这些诗歌容易让人产生故作多情和了无生趣之感。而上等诗歌，则具有极高的包含度，效果较好。（第590页）

此处，布鲁克斯用伟大发明者的语气，揭示了想必在任何仔细阅读瑞恰慈的读者看来都显而易见的思考：瑞恰慈在两种思维状态之间所做的区分——一种是通过排除复杂性和矛盾性来取得平衡的思维状态，一种是通过容纳、调和复杂性及矛盾性来取得平衡的思维状态——能被用来支撑审美价值的等级论。的确，瑞恰慈本人倾向于支持审美价值等级论。贯穿他理论工程(《文学批评原理》和《实用批评》)的统一主旨,就是找到一条以读者经验的潜在价值为依据对艺术品进行评价的路径。诚然,这种倾向时而使他甚至不加区别地做出总体性论断,认为某些形式或模式相比别的更为优越——他在《原理》中对悲剧的拥护,便是重要例证。但在大多数时候,我们发现瑞恰慈是反对这类等级论的,他反而强调不同思维状态所具有的价值问题背后的复杂性,指出我们无法确实把握艺术品与观众之间关系的本质,因此我们所做的任何审美判断都具有临时性。实际上,对于永久性地建立一套审美价值规范或等级秩序的主张,哪怕是以心理为基础,瑞恰慈都十分小心谨慎;对于任何试图以"内在的""形式上的"或其他非心理上的依据建立审美价值规范或等级的行为,他更是明确反对。

  有鉴于此,布鲁克斯所谓的"极大地延展了瑞恰慈的概念,重塑其蕴意",看来是他弄错了。确切地说,他所理解的这一可能性,已经被瑞恰慈本人在透彻思考后大体否定了。为了我们目前的讨论,此处需注意这一关键点:布鲁克斯一方面对等级观念热情推崇,另一方面,却对瑞恰慈具有自由主义特色的尝试——从心理价值方面为等级观念寻找更加物质性的正当理由——加以拒绝,这种两面性是他所从属的新批评运动的典型特征。对布鲁克斯及其他新批评派成员来说,继承瑞恰慈理论的关键一步,是要将审美从瑞氏实用的、物质的、工具性的价值领域中解救出来,进而把审美放回它似乎原本所归属的康德和唯心主义超验价值的领域。从此以后,"审美价值"便不取决于文本所激发的读者内心感受,而完全存在于文本自身。因此,当兰瑟姆在其知名的单篇文章《批评公司》(1937)里力主为文学批评(有别于文学学术研究)建立强有力的制度性承诺的时候,他很自然地花时间为文学批评做辩护,反对语文学家提出的"审美赏析因不够精确严谨而完全属于业余爱好者行为"的论断;与此同时,他也花同样多的时间为"作品本身的独立性"辩护,反对诸如"新人文主义者"和"左派"之类的"道德家",抵御他们用伦理或政治因素来考量文学以期评定这些因素对读者心理产生的影响的企图。[22]

从初露端倪的唯物主义美学至彻底的唯心主义美学,以及相伴而来的从"外部"批评至"内部"批评,此番重心的转移对20世纪中叶几十年内的文学研究产生了重大影响。重心转变之后,等级和正典性问题成了人们的关注对象,并将在整个冷战期间占据英语系文学研究的半壁江山。这类问题普遍庸俗乏味,它涉及一系列关于普世正典的确切构成的大讨论,参与者似乎不用提供艺术优劣的原因便可以判定何为"优秀"艺术、何为"拙劣"艺术,因此讨论结果最终都悬而未决。就这个问题而言,瑞恰慈的美学观的一个推论是,"喜爱'好'诗而厌恶'坏'诗并不重要,重要的是能够同时利用好诗和坏诗来整理思维"。[23]倘若这门学科当初追随瑞恰慈的更为自由开明,也无疑更为唯物主义的美学,那么现在的文学研究,乃至广义的文学教育在20世纪中叶会发展成什么样子,我们如今只能靠揣测了。把瑞恰慈的美学观与布鲁克斯所声称发现的"建立诗歌等级"论放在一起比较,我们难免会得出与瑞恰慈的传记作者约翰·保罗·拉索(John Paul Russo)相同的判断:"在很多方面,新批评试图削足适履,将瑞恰慈嵌入他们的理论模板"。[24]

很早就有人指出,瑞恰慈和燕卜荪与大西洋彼岸的新批评共享一个本质上属于浪漫主义的观念,即现代性(特别是工业现代性)对文化生活的连续性和丰富性构成了诸多威胁。这一观察无疑是对的,不过至于构成何种威胁,以及丰富有益的文化生活究竟是何种样貌,两方的答案却大相径庭。另一个准确的观察是,两方都认为文学研究的学术范式(即把文学研究当作一门知识生产的学科),无论具体是"文学-历史"范式,还是"语文学"范式,都只是消极现代性的一个征兆,而不是对它的真正回应。因此,瑞恰慈与新批评都尤其充分地意识到,过分强调文本生产语境的重要性是危险的。[25]然而毫无疑问,两方的这几点共性被过分高估了。对于剑桥大学的自由主义者来说,现代性问题的解决办法是教育;而对于美国南方的基督徒来说,解决办法则是虔诚。于是,瑞恰慈《实用批评》里的"实用"原意是"导向培养读者敏感性的切实目标",后来经由新批评派的发挥,却变成了"导向评价一首诗相对于另一首诗的价值这个'实用'目标"。借由新批评派所属的超级大国的文化力量,"实用"的这层含义被广泛传播开来,于是在很长的一段时间内,这门学科的批评工作的目标不再是教育读者,而是敬拜文本。

瑞恰慈在英国的接受:F. R. 利维斯

到目前为止,我们的批评史从20世纪20年代瑞恰慈所在的剑桥大学开始,一路讲述到20世纪50年代的美国。若要接续讲述至20世纪70年代和80年代的文学批评史,我们首先必须返回英国,因为在这一阶段,英语系文学研究的品格的重大改变,正是源于英国。在英国,瑞恰慈把文学批评建立在学科基础之上,经由 F. R. 利维斯和《细察》杂志的批评家们的媒介作用,瑞恰慈的创建行为产生了极为戏剧化的影响。[26]尽管利维斯主义和新批评之间存在明显差异,瑞恰慈在英国的接受情况与我们刚才所追溯的他在美国的接受情况,在很多方面却很类似。利维斯本人从未明确表示自己信奉唯心主义美学或康德美学,然而他却设法扭转了文学研究在英国乃至这一学科所在的大部分海外聚居地的重心,把批评从瑞恰慈所关切的文学审美经验对读者的价值上面移开,移向按照文本本身的相对价值进行评价、排序的等级体系。利维斯重视文学与"人生""生活原则"等类似表达之间的深层联系,这固然是他的可取之处,然而他已无法挽回地改变了这一阶段英国文学批评的重心。于是,瑞恰慈的包括"实用批评"在内的独特创新被误认为是利维斯主义的,其真正源头隐而不见,以致即便到了今天,《霍普金斯文学理论与批评指南》仍将瑞恰慈称为"利维斯在剑桥大学的合作者"——如下文将要论述的那样,这是一种莫名其妙的主次颠倒,却也代表了人们对瑞恰慈的普遍感受。[27]

在利维斯的早期作品里,瑞恰慈无疑被认为是奠基性人物。利维斯在他第一部真正重要的作品——用小册子形式发表的题为《大众文明与小众文化》(1930)的宣言——的开篇,引用了马修·阿诺德的一段话,向其致敬后立即搁置一边,理由是阿诺德的表述在当今时代变得问题重重。取而代之的,是瑞恰慈《文学批评原理》中的一大段话。在利维斯看来,这段"如今常被引证的权威性章节"是阿诺德主义传统在当代的最佳阐述。为了弄清利维斯援引此节的特殊目的，此处有必要全文引录：

> 不过，要说文艺批评是一个奢华享受的行当就不对了。先锋部队秉义直前，社会的后卫大军才能脱离险境。友善和智慧仍是极匮乏稀缺之物。如前所述，批评家关心的是人类心灵的健康，正如医生关心的是人类身体的健康一样。以批评为志业，就是以价值的鉴定为志业……因为文学艺术与艺术家的任何意图都无甚相干，它必然是对生存的评析。马修·阿诺德曾经说诗歌是对生活的一种批评，他的话听来如此平淡无奇，以致饱受冷落。艺术家心心念念的，是记录下他认为最值得拥有的经验，传之不朽。出于某些原因……他也是最有可能亲身体验过他所记录的价值的人。在他的身上，心灵的成长能得以彰显。（第144页）[28]

毫无疑问，以今天的标准来衡量，上述引文用语多半听来尖锐刺耳，部分是因为瑞恰慈在表达批评家作为治疗师所具有的社会意义时，言语中显露出过多的自信。对于了解这段文学批评史的人来说，瑞恰慈的自信即使不是赤裸裸的精英主义，也难免失之轻率。出于这个原因，利维斯仅采纳了瑞氏所重视的批评家的治疗功能，并对其大张旗鼓地反复宣扬。在当今的文学研究界，我们已很难再看到利维斯的名字了，偶尔一见的他通常以脸谱化的形象出现。既然这是利维斯自己的言行所导致的结果，那么这种简化就不能说完全不公允。比如，利维斯此处对瑞氏断章取义，使得上述引文的核心观点似乎变成：阿诺德主义先锋队把愚昧无知的"后卫大军"从道德败坏和思想污秽之中"解救"出来；然后，他以此观点为理据区分了为"少数人"所拥有的真正的"文化"与试图吞没它的"大众文明"。明确无误的是，处于最佳状态的瑞恰慈一般不会对两者做出轻重主次之分——即使在这段很成问题的引文里，他也没有刻意区分真正文化与大众文明，他的着重点在别处，我们在本节末尾会再次回到这个问题。然而透过利维斯来反向解读瑞恰慈，我们不由自主地感到我们触及了利维斯的思想根基，即他本质上是为少数人的"标准"辩护的保守派。于是，经由利维斯的阐释，早期批评范式呈现出不可救药的精英主义，人们往往将之简单归结为保守反动而不予理睬。

讨论至此，我们接下来便可以快速区分出两种截然不同的批评工作：一是瑞恰慈和燕卜荪早期的左翼自由主义式著作，其激进要素虽然备受折损、为人遗忘，却不容忽视；一是利维斯的明显更为保守的后期著作。换言之，我们若要力图恢复早期批评范式的某些许诺，就得有彻底抛弃利维斯这条失败的批评路径的强烈冲动，这样做当然很具说服力，因为利维斯如今很难引人同情了。但我无论如何也不愿意走这条捷径，因为对本学科而言，把利维斯简化为广为流传的脸谱形象是一个严重的集体错误。的确，他代表了批评的右转，但他不仅仅是右转那么简单，而是有更为深层次的着力点。这里，我们需要铭记马克思主义左翼人士对利维斯的立场所做的经典批判，特别是佩里·安德森和弗朗西斯·马尔赫恩（Francis Mulhern），他们深知利维斯的推论错综复杂，因此在处理其观点的时候态度严谨,决不轻慢。我当然无意为利维斯辩护,但是任何清楚自己为何不赞同利维斯观点的人都不会轻易将其置之不理。事实上,哪怕失去所有潜在的支持者,我也要说:利维斯的著作在当下比以往任何时候都充满可能性,不是因为他的立场如今变得更易于接受(事实远非如此),而恰恰因为时间把他的立场击败得如此彻底,以至更深刻的、更基本的洞见在废墟之下完好无损,没有了旧的庞大系统的重压,只待被人发现。在早期的重要批评家当中,利维斯因倾向于同时提出最为深刻和最为肤浅的思想而独具特色;对他的肤浅之处,多数认真的观察者已经十分了解,这反而使其基本的、实质性的洞见更容易被发现乃至加以应用。而且,这些洞见常常是最易于为当今的文学批评所忽视的盲点。

对利维斯而言,马修·阿诺德是文学批评的漫长历史中的一位关键人物。我们不妨看一下他是如何通过剖析阿诺德的"生活的批评"来阐述自己的批评任务观的:

> 鉴于"生活的批评"这一名言背后的意图欠缺解释,我们姑且可以做这样一番说明:(阿诺德要求)我们对诗歌做出重要判断,靠的是调动包括文学在内的全部生活经验来实现诗歌最为完满和深刻的相对价值;我们对诗歌所做的判断,与日后在自己生活中要做的最为严肃的选择密切相关。(《细察》第7卷,第58页)

利维斯之所以能追溯至阿诺德,是因为有瑞恰慈为他逢山开路。瑞恰慈曾坚称,即使在近来变得日益职业化的学术批评界,探讨文学内含的"相对价值"问题仍是重要的,因为它有助于我们探讨生活中的"相对价值"问题。利维斯继承了这种文学观,也就同时继承了瑞氏在广义的教育和文化方面的整体立场——当然,他采用不同的措辞来表述这个立场,此番措辞上的变化后来被证明极为重要。若要凸显两人的文学批评工程的连续性,关键例证有如下几种:瑞恰慈把文学批评上升至学科地位,这使利维斯能够提出英国文学应作为"独特的思想学科"这一典型主张(第35页);瑞恰慈把文学研究构想为博雅教育中主要负责治疗的一支,这使利维斯能够提出文学学科在整个大学发挥着核心作用这一典型主张;瑞恰慈视博雅教育为首要的治疗手段,它能在广阔的文化里医治现代性所引发的疑难杂症,这为利维斯在文学批评方面的整体立场(即文学批评对全社会起着核心作用)铺平了道路。[29]在最后这一点上,还值得注意的是,两位思想家都信奉这个观点:用利维斯的另一个经典说法,大学的"本质功能"(constitutive function)是,或者应该是,"创造和维护受过良好教育的大众"(第11页)。[30]顺便补充一句,这个观点大大地拉开了两位思想家与我们现代的"进步"共识(即大学最高的思想使命是"知识生产",抵御唯利是图的庸人)之间的距离。

也许最重要的是,利维斯还接受了瑞恰慈对语言本质阐发的奠基性见解,对这些洞见进行消化吸收后,用极其出色的方式流畅地加以重新表述。为看清这一点,我们首先回到上文引自瑞恰慈的一段话,其中最后一句把艺术家——后文显示,特指文学创作者——假定为"心灵的成长能在其身上得以彰显之人"。这番措辞乍看上去似乎只是令人费解的行话,但实际上它指向了一个精妙的思想创见。文学批评范式——哪怕其初期形式——的一个典型(最后成了毁灭性的)弱点是它与历史哲学缺乏认真对话,但是瑞恰慈的这句话却有些黑格尔的影子。他深刻地体悟到我们获取丰富经验的能力从根本上说并非个体现象,而具有社会性和历史性。对瑞恰慈而言,促成我们思考和感受的主要因素必定是有集体特性的语言,而这种语言本身也是经由构成整个社会历史生活的无数次平凡的思考和感受实践沉淀而来的。在刚才摘引的句子里,瑞恰慈告诉我们:艺术家力图阐发经验的价值,这一行为在本质上具有历史性,无论艺术家在多大程度上理解或承认这一点;如果艺术家成功地阐发经验的价值,那么他们就能暂时体会什么是集体性的历史成就。这个观点有别于那种轻浮的自由个人主义。若要此观点看起来更为保守,则可称之为伯克式立场;若要揭露其中的激进要素,则可称之为集体主义和唯物主义立场,同时还应指出,此立场在某些重要方面与莫里斯的大部分观点是一以贯之的,且可以通过罗斯金一路追溯至浪漫派的反抗传统。总之,我以为瑞恰慈洞悉了经验所必然具有的社会属性,以及语言在历史中所起的作用,因此他深刻地认识到,有益的历史变迁在本质上具有集体属性和语言属性。

利维斯正是采纳了这一洞见,并以极为复杂和严苛的方式化为己用。迈克尔·贝尔(Michael Bell)是我见过的对利维斯富于同情心的最佳读者之一,他认为利维斯对语言的深刻理解是他"整个事业的根基",最值得我们思考。[1] 贝尔还注意到,常见的利维斯批判往往会忽视他针对语言问题提出的洞见:"这个基本要点,连同利维斯作为权威分析专家的领域,往往被人忽视,要么认为其不成问题,要么假装它不存在"(第133页)。于是,他继而解释道,如果说"语言转向"在很大程度上决定了欧陆哲学的走向,常被视为英美思想与欧陆思想的分界线,那么利维斯的语言观是一种相对欧陆哲学的"语言转向"来说的本土英语观。我同意贝尔的看法,这里只补充一点:在较长的历史视域下观照,我们需要认清利维斯的语言观的复杂精深,并将之看作批评范式本身的一块基石。这个观点十分笼统,三言两语说不清楚,不过此处仅取利维斯的语言观中的一处片语为例,以此指向该观点。

这句片语出现在《思维、语言与客观性》一文中,是利维斯在阐述别的问题时顺便提及的,他把语言称作"从代表性经验中获得的探索式征服"[2](第44页)。此片语仅为较长句子的一小部分,却值得我们深究,其表达之稠密与随意,显示出利维斯能够自然流畅地重释瑞恰慈的洞见。我这么说并不是要把前者化约为后者,而是说能够清晰有力地加以重新表述本身也是一种进步。用利维斯的话讲,"探索法"传达给我们的是瑞恰慈和C. K. 奥格登共同形成的工具主义语言观,即把语言描述为永远具有临时性

---

[1] 原著在印刷时漏掉了引文出处:Michael Bell, *F.R. Leavis* (London: Routledge, 1988)。

[2] 此处英语原文为"the heuristic conquest won out of representative experience"。

的手段，人类在具体语境下追求特定的目标时会应用不同的语言工具——这有别于用语言来如实地反映世界或单纯把语言作为意义的载体的语言观。[31]"从……经验中获得的征服"传达的是瑞恰慈的集体性历史主义语言观，即语言是为了与世界达成妥协所做的集体努力的历史积淀。"代表性经验"则与瑞恰慈所描述的语言的集体主义特性相对应，我甚至想称之为"民主"特性，因为瑞恰慈这里重点强调的是可分享的经验，以及至少可能为人类所共有的经验。[32]

由是观之，即使在其最深刻的思想层面，利维斯也是瑞恰慈的批评工程的继承人。当然，他在若干重要方面又更进一步，产生了波及全球的影响力。认清这一点后，我们需要再次回到利维斯的原文，看他具体如何重新分配瑞恰慈的理论重点。在《大众文明与小众文化》的开篇，利维斯引用瑞恰慈的一段话，开头两句是："不过，要说文艺批评是一个奢华享受的行当就不对了。先锋部队秉义直前，社会的后卫大军才能脱离险境。"我们从该引文获得的启发是，利维斯想以此为出发点，发起自己对"标准"的捍卫。不过，若要把这句话放回原文，即瑞恰慈的《文学批评原理》一书中题为"艺术和道德"这一章，我们发现这句其实并没有试图对开明精英和愚昧大众加以区分，而是论述一个全然不同的观点中的一个环节：瑞恰慈在反驳宗教上的传统道德观，他视之为建构现代社会的障碍。在这一章，瑞恰慈为一种"自然主义道德观"做辩护，用世俗的眼光把道德问题理解为"如何从生活中获取最大价值的问题"，并以心理学或行为主义的方式理解"价值"概念；这样一来，"最具价值的心态应该有最广泛最全面的活动协调能力，以及最小的限制、冲突、匮乏和约束"(第53—54页)。他声称,这正是文艺家能帮助我们的地方,因为艺术经验——若能体验得当——有助于我们培养那种协调能力。此论点具有民主精神:瑞恰慈驳斥了那些要求我们满足于社会现状的人,而主张我们可以创造出一个"无人陷于所有普遍共享的价值都被剥夺的境地"(第54页)的社会。瑞恰慈认为,我们目前没能在道德领域实现这一目标,原因在于,"我们并未认识到价值存在于反应和态度的'微小细节'里,而我们却一直试图通过尊奉抽象的指令和通用的行为准则来寻找它"(第55页)。对他而言,良善社会的实现,要求我们"从道德问题中清除伦理糟粕和迷信掺杂"(第54页)。只有跨越这些传统的道德教条,我们才能将艺术的价值推而广之,惠及所有人。

因此,当我们读到利维斯摘引的这一段落的时候,瑞恰慈的开篇宣言——"批评"不是一个"奢华享受的行当"——因其民主化的韵味而显得别具特色。这段最为核心的强调重点是,"诸如艺术或批评这类看似'不实用'的活动",似乎与构建自由开明的良善社会毫不相关,实际上却是完成这项大工程的中坚力量(第54页)。对于熟悉美国学界的人来说,杜威此处也许是比利维斯——至少是人们通常所了解的那个利维斯——更好的参照点。总之,瑞恰慈展示了艺术在一个功利主义或结果主义[1]道德观之下所发挥的深刻作用,并将之与康德主义或义务论式的道德观所

---

[1] 结果主义(consequentialism),又称"后果论""效果论",是伦理学中的一个关键范畴,主张判别一个行动好坏是非的标准,由该行动所产生的结果而定。行动之结果的好坏,是决定行动之道德对错的唯一因素。

秉持的艺术终极无用论相抗衡。换言之，瑞恰慈支持的是世俗唯物主义，反对的是宗教和迷信。无论如何，这绝非怀旧的或反现代的召唤，也并非要求人们回归"有机共同体"，如利维斯的某些同道中人（尤其是丹尼斯·汤普森）惯于呼吁的那样。[33]恰恰相反，瑞恰慈所诉诸的权威正是以唯物主义形式呈现的现代性，强调通过艺术获取的、不受传统的责任观和道德观阻碍的日常经验的价值，目标是找到一个能在全社会广泛推广该价值的方法。瑞恰慈的"先锋部队秉义直前，社会的后卫大军才能脱离险境"这句话，其中的"后卫大军"被利维斯解读为"大众文明"，而瑞恰慈的原意则更接近宗教保守主义。须承认，瑞恰慈的论点明显是有问题的，最大的问题也许就是其对政治本身的彻底省略，我当然不会为此辩护。我只是想强调，瑞恰慈早期的文艺批评观有一种现代化的左翼自由主义的民主基调，而随后到了利维斯手中，便出现了彻底反民主的转向。[34]于是，早期批评范式内含的暧昧的自由主义，再一次发生了政治上的右转。

这些都是显在的文化政治问题，且自有其重要性。然而，同样重要的是更深层次的方法论所隐藏的政治——美学理论的政治问题。就此而言，利维斯在批评工程的政治右转中起到了推波助澜的作用，这从他对阿诺德的"生活的批评"这一术语的剖析中有所体现。利维斯对"生活的批评"做了如下阐释："我们对诗歌做出重要判断，靠的是调动……全部生活经验来实现诗歌最为完满和深刻的相对价值；我们对诗歌所做的判断，与日后在自己生活中要做的最为严肃的选择密切相关。"在利维斯这里，"相对价值"问题发生了语义的变化，且与该术语在美国同时期经历的语义变化十分相似。瑞恰慈的本意是想鼓励我们对诗歌所激发的不同心理状态的相对价值进行比较，利维斯也要我们做类似的比较，只是此处他要我们比较的是诗歌所表现和具化的不同"生活"（Life）方式的相对价值。利维斯把比较的重点放在批评性的判断上面，这可能使判断最终沦为只对不同诗歌进行比较。对瑞恰慈而言，诗歌之所以能影响我们的生活，依凭的是我们阅读且融入诗歌文本，并为其所动；对利维斯而言，诗歌影响生活，靠的仅仅是我们对诗歌的评判："我们的判断……作品评判……我们的判断"。过去的着重点是读者经验的价值，而现在的重点则放在读者——更确切地说，是批评家——对文学作品的相对价值的评判上来。批评重心的转移，会带来极大的风险，这门学科可能不再像最初那样强调文学作品的工具价值（即作为实现更远大的目标的手段），转而用唯心主义的眼光把文学作品视为最终价值的储存库乃至目的本身。文学作品的教育功用也因此备受威胁。大致说来，批评家的任务原本是把文学作品当成工具来推行审美教育，而现在却常常沦为排列作品的优劣次序。

利维斯，乃至由追随他和反对他而结成的传统，都把批评视为一种判断活动而非教育活动，他们时而会露骨地说出其对判断活动的强调。对作为批评家的阿诺德所做的工作，利维斯曾给出最为正面的认可：

> 必须强调的是他对几位伟大的浪漫派诗人的相对价值评估：他把华兹华斯放在首位，其次是拜伦（出于正确的理由），然后是济慈，最后是雪莱。这是有独立见解又有鉴赏力的判断，很可能是比我们今天所承认的还要了不起的批评成就。（第63页）

批评被简化为浅薄的排序问题,对此我们能说什么呢?[35]要不是20世纪中叶的美国批评家也把文学批评简化为作品排序,我真想开个玩笑,谑称这与英国的贵族爵位有某种深层关系。这当然是一个格外过分的例子,不过任何一位熟读这个时期文学批评的人都知道,它很难说是个例。更重要的是,此处被视为理所当然的那种批评工程,连同它所隐含的美学立场,贯穿于利维斯的批评工作的始终。在回应采用传记视角探讨华兹华斯诗歌的批评家时,利维斯告诉我们,"只有在历史演变分析能让我们更好更充分地体悟华兹华斯的创造性成就,从而意识到诗人的重要性的前提下,他才会对传记阐释感兴趣"(第25页)。也就是说,只有当传记阐释有望引导我们"更好地感知华兹华斯的天才特质,继而充分认知诗人所取得的成就的价值",他才会支持对华氏采用传记批评(第30页)。这些表述听起来似乎更易于让人接受,实际上却与他的优先次序表十分相似。经由利维斯的这番阐述,我们被引至阐释循环的危险边缘,即一部作品之所以重要,主要因为它证明了能写出如此重要作品的作家的天才,那么留给批评家的唯一任务就是依据某种神秘的原则,理清哪些作家和作品的真实排名最高。这种刻板无效的迂回论述,将会妨害20世纪中叶的大部分人文主义批评。

利维斯稳居于瑞恰慈的美学为他开拓的思想空间里,高调拒绝参与哲学争鸣,而坚持认为文学研究作为一门学科是独立自主的。[36]如此一来,他不觉得有必要充分融入瑞恰慈的美学主张之中,当然也从未自觉地像新批评派那样继承康德的衣钵。然而,最终产生的效果却不无相似。在英国,与在美国的情况一样,瑞恰慈早期尝试通过一种工具价值美学(即手段美学)来为批评打造一个唯物主义根基,其成果被后来的批评观念拉回原来的以最终价值为衡量标准的唯心主义美学(即目的美学)。瑞恰慈发出的指令是:"喜欢'好'诗而厌恶'坏'诗并不重要,重要的是能够同时利用好诗和坏诗来整理思维。"可惜的是,英美两国殊途同归,"批评"在英国的走向也恰好与瑞恰慈所指引的方向背道而驰。

第二章 学术转向

有了事后的认识，我们不难看出，一旦"批评"观念——连同支撑这一观念的哲学美学，以及作为操作工具的"文本细读"和"实用批评"方法——被这样的保守势力裹挟，来自左翼的批判就必将到来。左翼批判真的到来之时，它会在多个方面有所体现。譬如强力有效、能改变人们生活的女权主义分析，对种族运作机制提出的深刻而充满谴责性的见解，被殖民者在殖民压迫之下的个人价值的有效重申，以及最终与生殖性的异性恋正统（其支配地位产生了深远影响）的彻底决裂，等等。这些方面产生的累积效应是，左派对一系列精英主义、本质主义和错误的普世主义进行的广泛批判，终致20世纪中叶的批评模式被整体抛弃。为了找到这一批判所需的方法，许多学科中人最后求助于欧陆思想家，后者受训于全然不同的学术传统；于是，上世纪中叶的保守势力无一不立即被欧陆"理论"（Theory）——尤其是不同形态的后结构主义理论——所包抄并智取。现有解释通常把这次与传统批评模式决裂的直接原因，归结为1968年这一代人进入学术界。毋庸置疑，左翼批判的精神和关键术语，在很大程度上都源自20世纪60年代末和70年代初开展的各式各样的左翼和左翼自由主义社会运动，这些运动与更广泛的去殖民斗争遥相呼应。事实上，如很多人注意到的那样，这门学科对20世纪中叶流行的那种文学批评的摒弃，属于英美知识界普遍左转的一部分，诸多学科都朝着进步的方向往前涌动。右翼人士把这个广泛的潮流谴责为60年代激进分子的上位,而左翼人士则誉之为"逆流文化"(culture in Contraflow)。[1]尽管这一时期纷繁复杂,不过有一点是毫无疑问的,那就是它的总体趋势是民主化,至少短期内如此。民主化的一个明显标志是,文学研究领域内提出的主要问题中,很多都是政治问题。

即使在今天,我们只需随机念出一些最为人熟知的名字,便能想起他们提出的那一连串明显具有政治意味的问题,尽管这些人辈分不同,也未必最具代表性:在社会性别问题上,有凯特·米利特(Kate Millett)、伊莱恩·肖沃尔特(Elaine Showalter)、托莉·莫伊(Toril Moi);种族问题上,有托尼·莫里森(Toni Morrison)、斯图亚特·霍尔(Stuart Hall)、小亨利·路易斯·盖茨(Henry Louis Gates Jr.);殖民主义问题上,有钦努阿·阿契贝(Chinua Achebe)、爱德华·萨义德、恩古吉·瓦·提安哥(Ngugi wa Thiong'o);在性取向问题上,有艾德丽安娜·里奇(Adrienne Rich)、朱迪斯·巴特勒(Judith Butler)、迈克尔·华纳(Michael Warner);在纯粹的文本性问题上,有拉康、福柯、德里达。这些人提出的政治问题包括:父权制的起源是什么,以及它与资本有何关系?"白种性"(whiteness)是什么,它何以获得一股野蛮暴力?帝国主义具体用什么方式成功地把暴力描绘为文明的进步?撇开性偏好这一先验问题而讨论性别压迫问题,是否可行?我们对这些问题的思考,如何必然与特定的文本、风格、规范,以及思考时所处的社会性密切相关?这类问题当然并不新鲜,不过对于20世纪60年代和70年代的英美文学研究界来说,却是令人耳目一新的研究课题。这些占据了学科中心的问题,被很多人比作一股强劲的飓风,把旧有的预设和观念刮得七零八落。

我们在这样的风暴中应该如何把控方向?此处须声明,我不打算对上述每种批判方法进行逐个评价,所以要对读者说声抱歉。按照学科史通常的叙述方式,读者自然期待手头这部文学批评的政治史能集中探讨20世纪60年代催生的各式各样的政治批判。就此而言,恐怕本书要让读者的期待落空了,因为我的论点恰恰是,诸多损害学科中人对这门学科当下的政治品格的认知,均源自他们一贯坚持的主张:文学史家应当对20世纪60年代催生的这些政治批判保持关注,因为正是这些明显具有进步性的批判决定了该学科后来的发展轨迹。然而这一主张是错误的,它忽视了这门学科后来的重新定位和政治倒退。可见,20世纪60年代的魔力至今仍然让人蒙头转向,抓不住问题的核心。事实上,当前学科范式的根基是很久以后才奠定的,并且是迫于全然不同的情势压力(许多人误解了这些情势)。如今,事后看来,我们可能相对容易看清20世纪60年代取得的真正成效:60年代不仅见证了左派的胜利(即美国的民权运动和全球的反殖民运动),与此同时这个时期也经历了深度重构,为随后更为决定性的右转做好了准备。

所以,当我们面对这一连串新的政治问题,最好的做法似乎是后退一步,在宏大语境下对其加以全面审视。长远来看,整场风暴其实是一个征兆,它显露了文学批评自身的危机。20世纪中叶,文学批评与支撑它的凯恩斯式自由主义,恰好同步爆发危机。耐人寻味的是,这一危机的征兆具有双重性。一方面,上述列举的政治议题在这门学科内的多个领域被频频提出,这是该学科在

20世纪60年代末和整个70年代出现的新态势,众人或褒或贬,但起码他们注意到了这一动向。从左翼视角来看,20世纪中叶的文学批评不夹杂政治色彩,而一大波突然涌现的政治问题终于打破了这一去政治化的僵局,甚至可以说确保了该学科总体发展趋势的进步性,因此值得庆祝。这种解读一直以来无疑占据支配地位。

然而另一方面,对这一征兆做出如此解读之后,还须对其进行再解读,因为文学领域内提出的上述问题固然重要,但还有别的未曾被提出的重要问题,后者并非来自研究课题之内,而是关于研究课题的问题,即这些新批判本身的政治属性。第二波女权主义对福利国家的批判在何种程度上能够实现根本性的结构变化?这一批判在多大程度上仅仅是用承认政治(politics of recognition)取代唯物主义政治,继而(尽管往往是不经意地)充当了"新自由主义的附庸"?[2]哪种新型的种族批判能对现有的种族秩序构成真正的挑战,而哪些是打着"多样化""多元文化"与美国扩张主义之类的新旗号却实则表达现有的种族秩序?[3]对过往的殖民主义行径的批判,何时导致了当下其与殖民压迫的决裂,又在什么时候把人们关注的那些本该属于物质性的问题轻飘飘地转化成"再现"问题?[4]如果说酷儿理论显然已经超越了单纯的"身份政治",主要以"后结构主义"为基础的酷儿理论,难道有时不也是任其飘浮在更深层的结构性决定因素之上吗?[5]正如很多人观察到的那样,后结构主义"理论"本身绝不必然意味着政治进步。解构到底是政治上的激进主义,还是政治上的无为主义?我们应该赋予所谓的"伦理转向"多大的政治权重?人们把目光转向福柯,这在多大程度上是"左转",多大程度上是"右转"(确切地说,是远离马克思主义的右转)？福柯真的是一个激进分子吗？还是说他只不过是披着激进外衣的新自由主义者？[6]诸如此类的问题还有很多。我们有理由怀疑,这个领域内的每种新生力量都同时可做正反两方面的解读,没有什么是确定无疑的。唯一能肯定的是,文学批评在20世纪中叶爆发的那场危机制造了诸多困惑。

由此可见,20世纪60年代末和整个70年代经历的那场所谓的左转,其政治倾向甚至从一开始就不太明朗:当时出现了各种各样的激进主义,却也同时出现了形形色色的自由主义,并且很难断定每种情况下到底谁最后占了上风。也就是说,20世纪中叶的文学批评的确深陷危机,这一点毋庸置疑,但是随后取代它的新的批评模式的政治属性仍是模糊不定的。这里,我想大胆提出一个针对文化分析的一般原则:为了摸清历史上发生过的任何一次危机的真实轮廓,我们不仅需要考察危机本身的特征,也有必要考察危机过后出现的新秩序的特征。20世纪70年代的这场文学批评危机当然是重要的——长期以来,文学研究史甚至视之为包罗万象;但是在较长的学科史视域下观照,我们发现这场危机的主要意义在于,它促生了一个具有划时代意义的重大变革,并行之有效地对其加以掩盖。这一变革即为:文学研究这门学科的核心结构原则瓦解了。从此以后,这门学科自20世纪20年代以来首次朝着超越"学问家与批评家"之争的方向发展。20世纪70年代爆发的这场文学批评危机瓦解、遮蔽了"学问家与批评家"的传统区分,最终为80年代早期将占据主导地位的历史主义/语境主义这个单一的学术范式扫清了障碍。

欧陆"理论"问题可能是这方面的突出例证，有必要在此扼要说明。20世纪60年代末，这门学科内的诸多讨论不再以"批评家"VS"学问家"的框架展开，而开始以定义模糊的"理论"VS定义更加模糊的"其他一切"的框架展开。这种现象在整个70年代和80年代变得愈加明显。当今的多数观察者仍倾向认为，"理论"是那个时期人们争论的真正焦点，不过我请求对这一看法深信不疑的人至少考虑一下，它有可能是错的。该假定有无可能掩盖了这门学科实际的发展脉络？无论是打着支持"理论"抑或反对"理论"的旗号，各方阵营的战线边界都异常模糊不清，这似乎说明我们有理由怀疑，以"理论"为争论焦点可能会遮蔽真正的学科脉络。一个明显的标志是，整个时期内，人们能用"文学理论"这一关键术语表达多种不同且常常相反的意义。譬如，它可以用来指涉本质上为学术型的历史或文化分析（我们稍后将会看到，雷蒙·威廉斯就是在这个意义上使用该术语的），或者描述当时新兴的复杂深奥的结构主义诗学（这种诗学把文学类型视为自成一体的连贯体系）；"文学理论"也能用来表示以档案为基础的福柯式的文化分析；它还可以指一系列解构主义文本实践，与任何一种"学术型"的历史主义方法相比，其分析文本的方式与"批评"工程有更多相似之处。"文学理论"这一术语当时还被赋予许多别的含义，此不赘述。认真的观察者绝不会忽视这种定义上的混乱，它可谓"理论"之争的典型特征（甚至是本质特征？）。然而，对这一定义混乱所引发的广泛的历史性转变，我们很难做出一番准确严谨的描述。[7]

正是在这一点上，20世纪旧有的两段论与较新的三段论之间的差异才变得如此显著。你若相信20世纪60年代标志着历史向左转这一重大突破，正如很多人曾经认为的，那么把文学研究在20世纪下半叶发生的故事讲述成它从60年代至今持续不断的民主化或自由化，也就说得通了。这是一种惯常的讲述方式：文学研究从黑暗的新批评时期——要么从利维斯主义时期——起步，到了20世纪60年代终于突破重围，进入异彩纷呈的进步主义模式。我在本书导言中已经指出，这在文学研究的自由左翼人士看来是一个非常讨喜的说法，然而在我看来，随着时间的流逝，这一观点越来越难以自洽，支撑它的理由变得越来越单薄无力。20世纪果真被60年代发生的左转这一决定性突破一分为二吗？事实绝非如此。既然我们如今有能力对20世纪做出全面评估，那么我们会发现，60年代末和70年代初向左迈出的一小步，原来只是70年代末和80年代初发生的更为决定性的右转的前奏。这次右转如此关键，可以说开启了一个全新的时代。

为解释上述观点，我们不妨对佩里·安德森的学术工作的两个节点做一简单对比。1990年，安德森在《逆流中的文化》这篇开创性的论文中，识别了英国20世纪七八十年代的智识生活中新活跃起来的一系列左派和左倾力量，并指出这些力量在多门重点学科内齐头并进地向前发展。究其本质，安德森的诊断是，1968年的那股激情如火炬般被传递至学术界——这也是那时很多人对美国当时的发展所做的判断。也就是说，在该文发表之时，左翼思想一直被认为是当时文化的主要基调。不过，要想理解这一观察结论的更广泛的历史意义，还必须参照安德森十年后的宣言：事实证明，比"文化"更根本的诸种力量起着更为决定性的作用。在2000年提出的这一著名宣言中,他指出:"对一个实事求是的左翼人士来说,唯一的起点"便是"清醒地意识到其历史性失败"。[8]两种言论都各有道理,然而第一种言论揭示的局部真相必须对照第二种言论的全局真相来评价,在后者的大背景下加以考量。正如安德森的头一个比喻所暗示的那样,对抗性的智识文化在宽广的历史河流中只能暂时逆流而上——果不其然,左翼思潮没过多久便势不可挡地全面右转了。

因此,我在本章和下一章所要讲述的,是文学研究这门学科先在局部上有所突破向左转,旋即无法阻挡地向右转的故事。尽管我们对这类说法已经耳熟能详,但我的讲述的独特之处在于,我会规避那些常见的参照点。倘若我们把20世纪60年代末和70年代发生的那场错综复杂的危机全部搁置一边,包括参与运动的所有人物、活动家型学者、欧陆理论家等(这些人通常被认为是我们应予以关注的合适对象),而愿意充分利用后见之明,把注意力放在新出现的范式本身,那么该学科的广泛发展模式会更加清晰可见。当然,有许多方法可以记录新兴范式的诞生,我选择这一方式:对一个人进行深入探讨,以期窥一斑而知全豹。诚然,这种做法是危险的——一个人真的能代表所有人吗?这无疑要附带很多条件才行得通。不过话说回来,即使采用寻常的讲述方式,走马观花地对许多代表人物、流派、趋势逐一考察,如此浅尝辄止的做法很可能无法捕捉到那一时期的复杂性和含混性,而这正是我要试图证明的。

那么选择哪位代表人物呢?大概除了稍晚些时候才出现的酷儿理论,每种主流进步主义批评都为我们提名了许多候选人,从事性别、种族、殖民主义批判的思想家在对20世纪中叶的文学批评,乃至对唯心主义美学和它所基于的普世人文主义所做的批判方面,都发挥了举足轻重的作用;后结构主义理论发挥的作用,如我们刚才所指出的,无论在这些具有鲜明政治色彩的阵营之内还是之外,再怎么强调都不过分。话虽如此,倘若先把从全然不同的语境中引进的欧陆批判暂且搁在一边,而把焦点转向内在批判(immanent critiques),即用这门学科内部衍生出来的术语和逻辑来批判学科的运作情况,那么我们就能更直观明了地看到学科发展的真正脉络。依我之见,践行这种内在批判的学者中,最不落俗套、最具影响力,且就目前讨论而言最具启发性的,当属英国社会主义思想家雷蒙·威廉斯。

雷蒙·威廉斯

雷蒙·威廉斯似乎常常以边缘学者自居,不过我们最好把他当作典范人物,其作品在复杂精妙和代表性上皆堪称楷模,尽管此两方面一直被人低估。他的思想作为一个独具启发性的个案研究,可供我们了解这门学科更广泛的发展趋势。威廉斯受训于剑桥大学,此时正值利维斯在战后的影响力逼近巅峰,于是他的仰慕者和诋毁者,均把他最初持有的立场贴上了"左派利维斯主义"(Left-Leavisism)的标签。[9]在美国学界,威廉斯以文化研究奠基者的身份被人铭记,这在很大程度上归功于他的后期作品,而他早期的利维斯主义思想渊源就不那么广为人知了。这实在是一件憾事，因为威廉斯从利维斯那里，以及以利维斯为中介从瑞恰慈那里继承的思想遗产，在其整个学术生涯中仍具有决定性的作用，即便他最终又回过头来对这份遗产中的关键内容提出了措辞严厉的批判。

威廉斯的思想脱胎于利维斯创立的传统，后来逐渐演化为塑造我们这个时期学科样貌的关键力量。这一定论其实有两种讲述方式。最重要的讲法是，他对"批评"这项工作给予全盘否定，对"审美"范畴进行全面批判，并试图用深入细致的历史主义/语境主义学术实践来取代"批评"和"审美"，从而与利维斯的传统彻底决裂。为便于当前讨论，需指出此处的要点在于，威廉斯与传统决裂之时，瑞恰慈在审美问题上持有的强烈的反康德主义立场——我称之为瑞恰慈的"唯物主义萌芽"(incipient materialism)——一直被掩埋在新批评的康德主义和利维斯派的唯心主义的重压之下，这促使威廉斯把审美领域一网打尽，清除该领域的所有障碍，而不是区分其内部成分哪些是唯心主义的，哪些是唯物主义的。这样一来，威廉斯的主张原本只是反对唯心主义美学（不可否认，康德之后反唯心主义美学成了主流），却被误认为是对整个美学的全盘否定，于是为后来否定"批评"，并用"学术"取而代之做好了准备，最终导致学术范式在当下的主导地位。然而，为了更好地理解上述说法背后的复杂微妙，也有必要换一种讲述方式，聚焦威廉斯的后期立场与瑞恰慈/利维斯这一传统之间的连续性。此关联基本不大为人所知，却极大地塑造了威廉斯的思想。我们现在就从这里切入。

利维斯和威廉斯之间的连续性

《政治与文学》(*Politics and Letters*)是我们理解威廉斯思想发展的一个重要来源。这是一本访谈录,由《新左派评论》杂志的编委会在 1979 年对他进行的一系列访谈汇集而成。[10]首先简单指出,该书的书名可能会令人困惑,因为威廉斯在 20 世纪 40 年代末与人共同创办了一份同名刊物。在《政治与文学》这本书中,威廉斯总结了同名杂志的创始主编们对利维斯怀有兴趣的原因:

> 利维斯对人们产生的巨大吸引力,显然在于他的文化激进主义立场。这一描述在今天看来很成问题,在那时却是再自然不过的。我最初对利维斯感兴趣,恰恰是由于他对学院风气、对布鲁斯伯里、对大都会文学文化、对商业出版社和广告业发起的一系列攻击。另外,他的批判散发出来的怒气冲冲的语气,非常契合我们当时的心境。
>
> 其次,在文学研究内部有人发现了实用批评。这一发现令人欣喜若狂,当时的激动之情我再怎么强调都不过分。……那时候,我们觉得可以把实用批评与我们想要的那种鲜明的社会主义文化立场结合起来。这个想法其实有点荒谬,因为利维斯明确表示他的文化立场正好与社会主义文化立场相反。不过我想,这也是我们后来创立了自己的评论刊物,而不是排成长队竞相为《细察》杂志供稿的原因。

最后一点原因是利维斯十分注重教育。他总是强调，还有大量的教育工作有待完成。当然，具体是哪些方面的教育工作，他有着自己的定义。不过，注重教育本身在我看来完全正确。

文化激进主义、实用批评，以及注重教育——若说这几方面是利维斯从瑞恰慈那里继承的关键内容，也许并不为过。当然，利维斯的"批判散发出来的怒气冲冲的语气"是他独有的个人风格，而当瑞恰慈预先感到别人会提出反对意见的时候，他的语气似乎总是变得捉摸不定，时而认真严肃，时而傲慢，时而戏谑。不过至少可以这么说，这三方面在20世纪30年代剑桥大学的学人看来，应归结为瑞恰慈的独特创新和个人坚持，然而到了70年代末期，三个立场却作为利维斯的个人见解而为后人铭记并予以回应。这一重绘随后产生了重大后果。于是，"实用批评"乃至由它而来的广义"批评"，逐渐都被烙上了利维斯的鲜明印记。

关于这一点，我们在后来出版的《政治与文学》中能看得一清二楚。威廉斯在这本访谈录中描述了他当年撰写第一部著作《从易卜生到艾略特的戏剧》(1952)时受到哪些思想的影响，以及他对这些影响所做的回应。[11]在该访谈录中，威廉斯评价了文学研究内部及相关学科共存的一个常见倾向，即人们简单地把"实用批评"与利维斯等同起来，理由是利维斯的作品是这一方法"最强力的代表"。威廉斯称这个倾向为"致命的错误"，并正确地提醒我们，这一方法起始于瑞恰慈在20世纪20年代发表的作品。不过，我们心里难免嘀咕，威廉斯其实也犯了同样的错误，他低估了利维斯在这个时期对他本人和其他人产生的影响。他在访谈录中自问自答:"人们为何在主流的实用批评传统之内进行细致的分析?为了以评判(evaluation)的形式阐明他们对文本的反应"(第193页,字体区分为本人所做)。这里的着重点分明是利维斯式的,即把实用批评看作展现审美判断的舞台。每当威廉斯讨论实用批评方法,他都会再次强调审美判断这一面向。这在《文学与社会学——缅怀卢西恩·戈德曼》这一论文中,尤其是其中标题为"实用批评的限度"一节中,体现得最为清楚。在这个小节里,威廉斯显然在实用批评与利维斯之间画上了等号,并对此加以批判。威廉斯这里对实用批评所做的一番描述,涵盖了利维斯观点中的诸多关键要素,譬如他通过援引劳伦斯来呼求"真诚"和"生命力",看重博闻多识的关键少数派,攻击"科学至上主义",拒绝卷入针对关键概念发起的哲学辩论。除此以外,更重要的是,威廉斯也像利维斯一样格外强调审美判断,执意要把优秀文学作品与平庸、劣质的作品区分开来。一个耐人寻味的问题是,如若威廉斯不采用利维斯的用语,那么他是否还能对"实用批评"做出这样一番否定?平心而论,尽管威廉斯对利维斯的立场有这样或那样的保留意见,他仍是透过利维斯的视角来解读"实用批评"的历史的。[12]

就此而言,威廉斯并非孤例,他的个案能引导我们看到一个更为普遍的趋势。而且,利维斯的立场不仅与"实用批评"或"文本细读"这一特定方法有关,它与广义上的"批评"工程也存在关联。事实上,这个时期发表的大量作品在提及"批评"工程的时候,无论褒贬,都把重点放在审美鉴赏和判断上了。威廉斯的一个采访者在《政治与文学》中就言简意赅地表达了这个普遍看法，他说"在传统的观念中，人们一直认为鉴赏和评判的过程是文学批评的核心职责"（第334页）。没有人会对此提出异议。但是，如前所见，瑞恰慈最初在论述文学"批评"这门学科的核心职责时，却有着全然不同的重点；他的重点完全没有落在"鉴赏和评判"（即学习鉴别作品的优劣）之上，而是落在了为"更好地理清头脑"的审美教育上面。然而时至1979年，早期的"批评"工程已然淡出人们的视线，利维斯主张的批评性判断反而被广为接受，成了任何"批评"工程都必然强调的重点。[13]也就是说，文学"批评"这个大工程实质上已经与利维斯的主张，继而又与新批评的唯心主义主张融为一体了。这一主张终究是保守的，其重点是评判文学作品之间的相对优点，目的是确立审美价值的最终等级序列。[14]尽管威廉斯对这些立场持批判态度，常常审慎地提醒我们把"实用批评"与利维斯等量齐观是一个"致命的错误"，他却明显遵循着同一套预设。

威廉斯与利维斯的决裂

于是我们看到，威廉斯与20世纪中叶的前辈批评家的连续性，主要体现在两者对如下观念的强调：文学批评必然关乎批评性判断。看到两者的共性，我们便可以更好地理解威廉斯与这些批评家的分道扬镳，及其真正意义所在——两者的决裂成了整个学科的转捩点。事实上，正是基于"批评"工程必然是保守的和唯心的这一特定假设，威廉斯才感到有必要全盘推翻它，连同它所依据的整个美学思想领域也一棍子打死。

为了直观地看到威廉斯对审美的彻底否定，我们需要探讨一下他的经典著作《马克思主义与文学》(1977)。这本书至关重要，现在的学科中人若觉得为文学研究做审美方面的辩护已沦为纯粹的意识形态行为而遭受质疑，他们常常会有意无意地援引此书。[15]我们从中能看到威廉斯对唯心主义美学思想所做的强力批判。唯心主义美学是创造于18世纪的术语，自此一直占据主导地位，威廉斯对这一审美派别做出的批判是必要的，他当时明显感到自己必须回应这门学科的局部批评史，只是他的批评被回应的迫切性所扭曲。更准确也更直言不讳地说，我们在《马克思主义与文学》一书中看到的是，威廉斯其实意欲把他对利维斯主义和新批评的批评模式，乃至与之相关联的康德主义或新康德主义审美模式所做的局部批判，变成对"批评"和"审美"范畴的简单否定。

威廉斯的论点显然是对审美概念的全盘否定，其核心是，任何企图划清"审美"情景与"其他"情景之间界限的尝试都很成问题，因为这需要我们假定"审美状态""审美反应"或"审美功能"的存在，而实际上这些审美概念是十分可疑的。对威廉斯而言，任何默认存在此类状态或功能的假设，都是对变化多样的真实社会实践的毫无根据的抽象化和特殊化。究其本质，物质实践的观念化是一种意识形态行为，这一事实引导我们彻底拒绝"审美"概念及其相关的思想传统：

> [在资本主义制度下,]艺术和对艺术的思考不得不与它们所处的社会进程隔离开来,且隔离的手段愈加绝

对化、抽象化。审美理论便是逃避社会进程的主要工具。(第154页)

这些术语的含义很宽泛,所以此处需指出,威廉斯提到的"审美理论"其实指的是唯心主义的审美理论——或者更确切地说,威廉斯认为不可能有别样的审美理论。那么,他为何把所有的审美理论都斥为唯心主义而予以否定?为了回答这个问题,我们可以看一下威廉斯在阐明"审美反应"这一概念时所用的表达:

> 艺术,包括文学在内,是由其唤起特殊的[审美]反应的能力所定义的:它首先唤起人们对美的感知,接着是对客体本身而不考虑其他("外在")因素的纯粹沉思,然后再对客体的"生成"进行感知和沉思,比如客体的语言、其构造技术、"审美特质"等。(第150页)

这些措辞确实很接近主流唯心主义美学的表述,然而引文里所做的一番强调,其实直接诱发于威廉斯在周围环境中感受到的迫在眉睫的威胁——威胁来自新批评及其相关的文艺动向。这在他诸如"对客体本身而不考虑其他('外在')因素的纯粹沉思"这类表述方式中,体现得淋漓尽致。我们将在下文看到,威廉斯在谈及美学思想的唯心主义内核时,他所秉持的观点从表述方式到力度,很大程度上都源自他对那一时期活跃在这门学科内部的各种保守势力的抗拒。这一原本针对局部情况做出的阐述,随后被当作反对整个美学思想本身的论断,仿佛除此以外便没有别的方式来思考美学问题。

不过,如前所见,我们还是能从别的角度切入美学的。事实上,这门学科在成立之初就存在着丰富多样的美学思维。既然前文已经大致描绘出围绕审美范畴展开的早期学科史的轮廓,那么我们现在能够看出,威廉斯此处是在老调重弹。他可能不大乐意接受这个说法,但他的上述美学观点与瑞恰慈的审美批判非常相似,与后者对"幽灵般的审美状态"的批判更是如出一辙。[16]谈及两者分别从事的批评工程的差异,我们务必要在他们的美学观点基本相似这一背景和前提下展开:两人都彻底拒绝唯心主义美学,并由此开创了学科史的新阶段。只有在这样的背景之下,我们才能理解他们对一般意义上的美学所下的迥然相异的结论,及其真正意义所在。对瑞恰慈而言,唯心主义美学批判是一次清理行动,其目的是重建一个另类的、更唯物的美学。相比之下,威廉斯——至少是文学批评从业者心目中的那个威廉斯——对唯心主义美学的批判导致了他对美学的全盘否定,继而用不折不扣的历史主义取而代之。两位思想家各自的美学立场背后体现出来的政治差异是显而易见的。威廉斯在对唯心主义美学进行批判之时,他把批判的基调从自由主义转换成社会主义,于是出现了这类变调必然包含的得失参半的结果——损失的是对个体心理状态的密切关注,得到的是对诱发特定个体心理状态的政治经济秩序做出的一番复杂深入的解释。左翼人士一旦注意到审美批判的政治差异,难免会得出这样的结论:与瑞恰慈相比,威廉斯对美学的全然否定在政治上更具先进性。我认为这个结论是错误的,因为从文学批评史的视角来看,威廉斯以语境主义/历史主义文化分析的名义否定审美这一举措，随后获得了完全不同的政治意义。

文学批评走向一种明确属于学术型的历史主义，会带来哪些真正的危害？为回答这个问题，我们首先需要注意威廉斯与瑞恰慈的不同之处。威廉斯并没有把他遇到的美学问题归结为批评实践问题，而是视之为描述或分析的问题。对他而言，如果说审美概念需要把真实的社会进程抽象化这一美学观念是成问题的，那么问题恰恰出在这样的抽象化使人难以执行准确的文化剖析上。威廉斯的批评工程如今已经彻底内化为我们自己的批评准则，以至下面的评论显得多此一举，但还是要在这里讲出来：作为文学研究者，他的第一要务是生产文化知识。这个说法本身就表明了学科方向的根本性转变。威廉斯在书中多处强调对"真正的实践"进行剖析，我们必须把他这一令人动容的一贯主张，解读为他为扭转学科方向所做的努力，他在推动这门学科朝文化知识生产的方向发展。

从我们目前的视角来看，威廉斯当时面对这门学科别的可能发展方向的威胁（无论是预感到的抑或真实存在的），于是他坚持把文学研究看作文化剖析，这一点少有人留意，却构成了他后期作品的一个核心主题。所以他的美学批判以这样的原则作为结论：

> 任何剖析——从剖析再回到理论——的关键，就在于认清那些被孤立或置换为"审美意图"和"审美回应"的事物得以发生的确切境况。（第157页）

这里的任务是"剖析",接下来要做的不是采取行动(且不论这意味着什么),而是"回到理论"。所谓"实践"其实就是做出剖析。准确地说,正是由于他是一位文学学问家,即文学史家、文化理论家、社会学家,威廉斯才那么强烈地认为美学是混淆视听的罪魁祸首。他对唯心主义美学的否定不是基于过去的那套理由,譬如它缺乏训练读者、培养感受力、教化大众之类的实用性,而是因为唯心主义美学作为文化剖析的工具不够精确。他主张一种彻底历史化的文学研究模式,本质上也就是主张文学研究的学术模式。

有鉴于此,我们能初步认识到,威廉斯对整个哲学美学传统的批判其实主要针对的是文学"批评"。

> 各类语法和修辞学科(探讨意图和表现的多样性)被批评学科(探讨效应,且只有通过探讨效应才能探讨意图和表现)取而代之,这是资本主义时期最重要的思想运动。(第149页)

很明显,威廉斯是在指责"批评"与资本的串通一气。这里不那么明显的是他提及已被取代的"各类语法和修辞学科"的用意所在。为理解其用意,我们需要意识到,尽管威廉斯并未明说,但他其实是在唤起我们注意这些学科的学术形式——此类探究形式以生产准确的语言及其运用的知识为目标。他还提醒我们,这些严格的学术形式已被批评取代,进而文学和文化研究蒙受损失,原因在于批评只讲"效应"(effect),从而易于模糊文学最初的生成条件(尤其是政治条件)。[17]另外,与他的"审美"批判相似,威廉斯对文学批评的批判也是针对局部现象做出的,此处却被呈现为一种笼统的批判。他虽然对"批评"进行批判,认为它是一个存在已久的历史现象("资本主义时期最重要的思想运动"),但他脑海里思考的其实是局部的批评现状。具体而言,他想到的是20世纪初期至中期剑桥大学推崇的那种批评,其纲领是注重"探讨效应,且只有经由效应才能探讨意图和表现"——这也正是威廉斯本人所接受的那种批评训练。他认为这是整个资本主义时期所特有的批评,这种批评观念实际上源自利维斯——确切地说,利维斯的"批评即判断"的观念可以回溯至马修·阿诺德。

上述种种主张在《马克思主义与文学》的一个经常被忽视的段落里有更为突出的呈现。威廉斯在此告诉我们,"文学"概念潜在的解放力和创造力逐渐被专业化,故而遭受遏制,这一过程:

> 被"批评"观念极大地强化了:部分由于批评的操作程序,即它不断精选和限制文学"传统";部分由于批评观念的重要转变,即它从充满创造力和想象力的活跃生产过程,变为炫耀性的人文主义消费行为,于是"批评"观念被抽象化,它被化约为"教化""甄别""品位"等概念。
>
> 虽说批评的专业化和遏制效应尚未达到最大程度,但两者皆已造成巨大损害,它们目前支配文学理论,无论对我们理解理论还是理解实践,都已构成重大障碍。文学理论几乎被推演为批评理论,这仍是一件很难制止的事情,仿佛文学生产方面的主要问题说来道去都是

"我们如何判断文学"的问题。(第146页,字体区分为原文所做)

结合前一章的内容,这里不难发现,威廉斯最直接的反驳对象是利维斯专门强调的几点:首先是"传统",其次是"教化""甄别"和"品位",最后是"我们如何判断"这一文学研究的核心问题——也被利维斯视为批评本身的根基问题。但我们还需注意,上述引文的第二段在讨论中出现了重要的措辞变化:批评支配了"文学理论",这"无论对我们理解理论还是理解实践"都构成了主要障碍。威廉斯的这一论断的关键点在哪里?读到此番表述,我们很容易不假思索地认为,这是威廉斯在重"理论"而轻"实践"的学科局面下做出的论断,他试图以他一贯的小心谨慎对"理论"和"实践"同等重视。我们兴许还会想到在威廉斯的作品中常常作为批判靶子而出现的人物——比方说,牛津和剑桥两校里喜欢上纲上线的教员,或是喜欢空谈理论的学院派马克思主义者,这些人在威廉斯看来都离真正的"实践"太远——然后根据自己对此问题的立场,要么觉得威廉斯的批判铿锵有力,要么对其予以否定。但我们也应注意,这一谨慎的平衡行为看似支持某种"实践",实际却导向了全然不同的论点:文化学者的工作是分析文化,而非介入文化。此前我们已经看到,威廉斯本人从事的学术"实践"是一种分析的实践,这里再次表明,文学研究的任务对他来说是"理解理论和实践"。换言之,文学研究的任务恰恰不是实践,而是对实践的理解,后者极易被简化为关于实践的知识生产。这便是他与由瑞恰慈始建的、随后被利维斯和新批评借鉴的批评传统的大决裂。从此,威廉斯不再把文学研究视为直接的文化介入,而仅视为文化剖析。正是由于他对这一"实践"观的反复强调,他的研究才能从批评传统转向学术模式。[18]

这一转向在上述引文的最后一句变得愈加明显,这句话提醒我们,"文学理论"(他其实指的是作为文化剖析的文学研究)依然受到"批评理论"(他指的是作为判断力的训练场的文学研究)具有的退化力量的威胁。他企图把文学研究变为一种文化剖析实践,不过他担心这一努力在当前阶段仍会被那些沿袭老一套文学研究观念的人强行控制,在他们手中,文学研究将退回一种自由主义/保守主义的文化处理形式。威廉斯并没有直接用"学术"和"批评"这组对立概念来理解文学研究模式的转变,但这正是他要表达的意思。《马克思主义与文学》一书没有直接采用这样的表述,但它的主要论点其实是:整个批评工程,连同它所立足的哲学美学,必须因其资本主义性质而被摈弃,并且得用一个彻底学术型的历史主义/语境主义文学研究模式取而代之。这个论点的威力源自几十年的相对保守主义的渗透带给这门学科的一个臆断,即无论是批评还是审美,都不外乎唯心主义思维方式。可见,人们已然忘记,瑞恰慈曾经恰恰把这门学科建立在性质全然不同的批评观念和美学观念之上。威廉斯对他周围环境中的保守势力的强力批判,使后来的学科人士普遍持有一个预设观念,即这门学科的治疗功能与其单纯的诊断功能截然相反,前者只有通过唯心主义思维方式才能思考透彻——显而易见,这个预设观念归根到底是很保守的。在这一保守观念的影响下,"批评"工程最终没能存活下去。

新左派的一项未竟事业

不过,说威廉斯是批评消亡的罪魁祸首,则有误导之嫌。准确地说,威廉斯在与他周围的保守势力交锋之时,过分强调了自己对这些势力的批判,致使后来的思想家抓住这一批判大做文章——事实上,这些思想家所代表的,正是威廉斯极力教诲我们去理解而不是去一味对峙的政治力量。于是我们来到了正在讲述的故事的关键转折点:威廉斯对批评的否定,既是开启当前这一阶段文学研究的"学术转向"的一则实例,也是"学术转向"的一个标志。为此,我们有必要对这一转折时刻稍加反思,审视威廉斯是在怎样的思想气候下转向学术型研究范式的,从而更好地理解这门学科在接下来的发展中出现的关键问题。我将在下文表明,威廉斯本人乃至随后普遍发生的"学术转向"都错失良机,然而新自由主义爆发危机,这一错失的良机如今再次向我们敞开大门。我们能否抓住这次机遇,振兴批评事业,还有待进一步观察。

那么,让我们稍微调整一下语境,把批评终结的论述放置到英国新左派的思想著作中考察。新左派的一项基础工程,特别是联合了雷蒙·威廉斯、E. P. 汤普森(E. P. Thompson)和理查德·霍加特(Richard Hoggart)等人研究成果的早期工程,其目的是把两种思想融会贯通:一种是注重人类经验价值的浪漫派的审美传统,另一种是马克思主义、社会主义,以及激进左派在同类思想运动中所推崇的政治卓见和经济观点。在诸多方面,威廉·莫里斯可谓这一工程的重要代表人物,两股批判潮流似乎在他身上汇聚。[19]但在文学批评内部,学科中人与利维斯和新批评家之间展开的本土较量——主要围绕清扫此类批评遗留下来的障碍——导致了议题焦点的转移,可以说最终导致了批评工程的歪曲丑化。威廉斯对批评全盘否定,对审美全面批判,因此他的追随者近乎彻底地以学术取代批评。这给整个文学研究界都带来了恶果,对左派的文学研究来说更是如此。我们在下一章将会看到,威廉斯对利维斯和新批评开展的批评与对审美工程的局部批判,被后来的学者沿承下来,即便威廉斯的批判所应对的威胁早已消失不见,这些追随者仍在十分不同乃至截然相反的语境下持续重复这一批判。

不过,威廉斯是一位比他的许多后辈更细腻敏锐的思想家。像以往一样,他很有远见卓识,至少在某种程度上预见他的审美批判会被断章取义,致使这一批判非但帮不上左派的忙,反倒会碍事。威廉斯对"批评"毫不留情,他的远见卓识没有给"批评"留下位置,我接下来会恭敬地指出他犯的这一错误。即便如此,他针对审美问题提出了两个我称为"保留条款"的限制条件。这两个限制条件常被人遗忘,却缓和了他的审美批判力度。第一个保留条款出现在"审美与其他情况"一章的开篇:

> 然而历史地看,很明显,"审美"反应这一定义是对某些人类意义与价值的肯定,其常被占主导地位的社会体制弱化乃至排斥。这一定义可直接与人们对"创造性的想象力"所下的定义及肯定相类比。审美的历史在很大程度上是反抗的历史,它拒绝把所有的经验都强行化约为实用性(或"效用"),拒绝把万物强行转化为有用的

物品。我们无论如何都要铭记这一点。诚然,这里必须补充说明,审美的这一反抗形式在特定的社会和历史条件下几乎不可避免地会促生新的、更受重视的实用性和有特定用途的物品。话虽如此,人道的审美反应确确实实是存在的。(第151页)

实话实说,这段话相当令人动容,原因不在于我认可其赞扬审美时所用的语言。我们读威廉斯的早期作品,尤其是他的经典之作《文化与社会》(1958)时,难免有一种感觉,即他已经把我们姑且简单地称为浪漫派的反叛传统这一问题思考得十分透彻了。他深切感受到该传统的力量,用他自己的话说,这一传统已渗入"他的生活方式中"了;通过持续不断的思考和感受,他在别人丢弃浪漫派的反叛传统之时对其整理和调用,积极捍卫这一传统。[20]然而在上面的引文中,他用他那一贯不偏不倚的口吻指出,浪漫派的反叛传统本身便蕴含了自我弃绝的重要成分。他赞扬审美,即赞扬浪漫主义反叛者提出的康德主义审美,认为它"拒绝把所有经验都强行化约为实用性",但这一赞扬只不过是以同样的方式否定审美的前奏而已。

在《马克思主义与文学》中,如果说威廉斯满心欢喜乃至欣喜若狂地拥抱一种类似于传统马克思主义的研究取向(他在引言里告诉我们,"本书是在国际语境下经过一段时间讨论之后的成果,我生平第一次在一个研究领域和面向中找到归属感,有了宾至如归的舒适感"),那么也可以说,当威廉斯放弃他一度深切认同的那套观念的时候,他真真切切地体会到了游移不定的矛盾心理。

(第4—5页)这或许部分地解释了他的上述引文在摈弃审美时所用的力度。无论如何,虽然他提出了审美"拒绝把万物强行转化为有用的物品"这一特质,却没有为实用主义美学的发展留出余地——这在随后的学科史上产生了关键后果。

这实属不幸,因为威廉斯本可以找到一些线索,从而发现一种实用主义或工具主义美学观念。事实上,已经有人试图打破审美与实用性从来都势不两立这一观念了。左翼人士在这方面更是先行一步,比如威廉·莫里斯就触及了实用主义美学的要义。为了不至于离题太远,我们此处不再深入探究莫里斯的思想,不过这里有必要对他的典型思想倾向做一番反思,这将有助于我们进一步了解威廉斯本人的某些思维特征,从而阐明他之后的文学研究的样貌。与威廉斯一样,莫里斯并没有被唯心主义审美理论的诸种宏大主张愚弄。他已经先从罗斯金、后从马克思主义传统那里学会了辨别物质决定文化的方式,这使他能恰如其分地谴责资产阶级美学,认为这种美学不过是"中产阶级的准艺术在艺术不再有任何根基之时,为使其继续发展所采用的众多手段之一"。[21]不过,莫里斯虽然对中产阶级的艺术进路持否定态度,但他并没有抛弃整个美学领域,反倒尝试建构一个研究艺术的新途径,即把艺术家的工作生活的经济现实也考虑在内。对他而言,这意味着拒绝一切把美学领域视为恒久地批判实用性的观念,而坚持美学恰恰具有某种更为深层的实用性这一主张,于是他才有了"无用者,便不能称其为艺术品"的说法。[22]按照莫里斯的最佳构想,这一更深层次的实用性本身构成艺术"根基"的一部分,因为它与人们通常所谓的"有用之物"(utilities)的物质生产难解难

分。莫里斯觉得,他正在为实现这样的社会而奋斗:生活于其中,

> 我们在生产所谓的"有用之物"之余,应该剩有大量的闲暇时间,这样任何人都可以不慌不忙地去满足自己对艺术品,对探究真相,对文学,乃至对大自然未受破坏的原始之美的渴望,这些东西通常被视为非必需的奢侈品,我却认为它们同样是有用之物。[23]

莫里斯的这个主张与雷蒙·威廉斯的总体主张如此契合,暂且不论威廉斯思想形成的实际状况,单看两人的观点,我们很难相信这番话不是出自威廉斯本人之口。在历史唯物主义领域,威廉斯曾因其对基础设施/上层建筑这一模型的批判而备受争议。众所周知,他反复阐释上层建筑的最高级元素(比方说文化,虽然这一简称并不十分准确)何以反倒成为基础设施的最基础要素(比方说经济,虽然也不太准确)的根基。两相比较,还有比莫里斯此处的主张——诸如"对艺术品,对探究真相,对文学,乃至对大自然未受破坏的原始之美"这些所谓的"奢侈品"其实都是"有用之物"——更神似威廉斯的观点的吗?我认为,两人的美学见解正是新左派在把浪漫派和激进派这两股逆流连缀在一起时本该取得的一种美学观:一方面,审美与马克思主义政治经济学批判的正面交锋,使审美得以广泛而开放地参与人类生活,触及其中最为幽深与丰富的层面;另一方面,审美与资产阶级唯心主义美学思想的正面交锋,使审美不得不顾及这样一个事实,即"较高级的"文化领域的发展主要由物质生产的客观事实决定,因此也

就由一个阶级社会的历史发展来决定。这种开阔的审美工程的开展,不是要彻底抛弃审美,而是运用实用主义和唯物主义的语言来重新定义审美。当时英国的学科中人本该通过莫里斯的美学观早早地认识到这一点的。

莫里斯提供的线索被另一群人采纳了。在大西洋彼岸,美国的实用主义传统或多或少吸收了莫里斯的实用主义艺术观;[24]另外,我们已经看到 I. A. 瑞恰慈也非常欣赏莫里斯,他把作为一门学科的文学批评建立在与莫里斯的艺术观颇为相似的审美理论之上。不过,尽管这些思想家随后发展出在某些方面比莫里斯的审美理论更复杂的审美立场,但他们都是自由派而非左派,且都无法证明自己有能力解决物质生产这一问题。换言之,他们无法真正地把美学从它所起源的资产阶级自由主义这条主线上脱离开来。如果威廉斯当初沿着莫里斯指引的方向走下去,他本是可以做到这一点的。

如此说来,唯物主义美学观是有迹可循、有本可依的,也确实有人依循这方面的线索展开论述,只可惜社会主义者未能采纳这一思路。于是,莫里斯的把审美从资产阶级美学中剥离出来的美学洞见又重新汇入资产阶级美学思想的主流之中,社会主义传统内部的主要人物无一人沿着他所开辟出来的道路走下去。那么接下来的问题是,为什么会这样?对新左派来说,莫里斯如此关键,那他们为何没有抓住莫里斯提供的可能性,发展出一套凸显艺术品的有用性——而非强调其光荣而无用——的审美理论呢?按照威廉斯的一贯风格,他完全可以提出另一种美学观点,不把审美与实用性对立起来,而视其为更为深层的实用性。然而他为何觉得必须否定整个审美领域,仿佛这个领域内的各种问题只能用自由主义的话语和逻辑回答?既然审美看起来是威廉斯最切近的关注领域,他为何不在这一领域践行他所注重的美学观?

从我们描绘的学科史的视域来看,问题的答案似乎显而易见:他未能践行唯物主义美学,原因恰恰在于美学正是他最切近的关注领域。在离他最近的视域内,即文学批评这门学科之内,存在种种有害的审美观和审美误区,威廉斯的回应冲动如此强烈,以至他无法潜心开展唯物主义美学,只能转而全盘否定审美话语。概而言之,新左派在面对主导这门学科的利维斯主义和新批评之时,他们的回应冲动如此强烈,以至无法将其对实用主义的特殊重视在美学领域贯彻到底。新左派忙于回应眼前的具体威胁,他们的总体美学立场因此被深深地打上这一烙印,即使当时的威胁早已不复存在,此烙印依然清晰可见。换句话说,新左派乃至其后的整个学科,都懂得抨击美学领域的唯心主义,却没有学会如何在唯心主义被清除之后占领这一审美空地。

针对威廉斯的美学观,最后需要说明的一点(可能也是最重要的一点)是,他极具远见地(或者应该说怀有矛盾态度地)预料到,摈弃审美必然引发诸多问题。在《马克思主义与文学》中,威廉斯提出了一个关键的限制条件——我称之为审美的第二个保留条款;在随后出版的《政治与文学》中,在采访者的逼问下,威廉斯更加明确地表达了这个限制条件,从而弱化了他对审美的批判力度。前书提出的保留条款是这样的:

> 从理论上讲,我们不能排除这一可能性:[由"审美"

一词历来聚拢的意图和回应]所组成的集群之内,我们能发现某些固定不变的元素组合,即便我们认识到,这些迄今已被描述的固定不变的组合取决于超历史的化用与选择之类的显在进程。(第156页)

此处,威廉斯的表述不甚清晰。确实,流于抽象化这一行为本身就是一个迹象,可以解读为他对审美持有模棱两可的态度。我想要读者注意到他的这种矛盾心理。尽管他拒绝迄今为止所有以唯心主义进行表述的审美,但是他并没有排除终有一天找到一种真正的唯物主义美学的可能性。在访谈录《政治与文学》中,威廉斯用较为清晰的语言再次表达了这个观点,同时谈及他对未来工作的设想。书里的几位采访者针对若干问题一再追问,并对威廉斯(似乎)在《马克思主义与文学》中提出的一个观点——我们必须摈弃"文学"和"审美"这两个互为关联的概念——加以质疑。在他们看来,摈弃这两个概念意味着失掉宝贵的思想领地,得不偿失。威廉斯这样回应道:

> 嗯,这类问题很棘手。我希望看到未来发生的情况是,文学的成见被清除以后,我们能发现某些新观念,从而可以顾及诸多其他的特殊重点。如若不然,则显然会陷入相对主义或杂乱无章的困境之中,对此我很清楚。所以我们必须做到这一点,那是必经之路。就连审美范畴也是一样的,我认为完全有必要抛弃那种把美学看作关涉某种审美反应的特殊领域这一观念,但又不能排除

> 这一可能性,即我们可以找到一种能对美学做出解释的理论性的恒久构型——因为我们无法排除使美学范畴得以存续的历史性构型的存在。……隐藏在旧有概念中的错误预设必须先被剔除干净,我们才能在写作实践范围内重新搜寻一系列新的侧重点。(第325—326页)

威廉斯为审美所制定的第二个保留条款尤为意义重大。他对审美的全面批判,以及坚持消除"文学"与"非文学"之间的差别,最终被认为是一种清算活动;审美领域一旦清除了利维斯和新批评遗留的影响,那么一种新美学乃至新的"文学"模式将会以真正唯物主义的方式被建构出来。文学研究这门学科的当下共识是,从"审美"的角度捍卫文学必然服务于保守的目的。或许因为该共识与第二个附带条款水火不容,这一条款如今已经被人遗忘。事实上,人们往往以为是《马克思主义与文学》一书为当下的学科共识提供了正当理由,这在很大程度上也导致了此附带条款不再为人注意。话虽如此,威廉斯为学科共识背书的做法是妥当的,哪怕他采取的是批判唯心主义美学这一必要路径;在采访者的逼问之下,他重申且确认这一做法也是合乎情理的。另外,我认为他也正确地预见,总有一天我们会再次需要他在20世纪70年代末所否定的东西。

事实证明,威廉斯的唯心主义美学批判极具影响力,他把那个时代的"批评"观念连根拔起,在其原来的哲学根基上播下了新的种子,后者逐渐成长为一个完整的历史主义和语境主义学术传统。行文至此,我希望读者也能清晰地看到,威廉斯在这一过程中其实重复了"批评"在初建之时的清扫领地的工作。他的唯心主义美学批判可谓一场清扫活动,目的是重建唯物主义美学。一旦对他的这一总体立场心领神会,我们就能明白,它其实与瑞恰慈的总体立场有着惊人的相似相容性。两人立场的差异,一方面是自由主义与社会主义之别,另一方面是批评与学术之别,不过这并不像这门学科的左翼人士近年来认为的那般大相径庭。诚然,瑞恰慈仅仅重构了审美的一部分,然后拿来当作自由主义批评模式的根基,而对决定审美的那些广阔的经济政治因素相对无知,最后就连自由主义的批评模式也无法实现,反倒被资产阶级美学的传统主流轻而易举地回收利用。即便如此,我们也不能完全抛弃审美批评。尽管这一自由主义批评模式不无缺陷,它仍带来了"文本细读"这一形式多样、当今文学批评这门学科里最有用的工具。更重要的是,瑞恰慈作为一个例证彰显了一个道理:人们普遍认为,"批评"和"美学"必然是右翼势力的创造物和傀儡——此观念是在20世纪中叶逐渐渗入这门学科的;而瑞恰慈则告诉我们,与此相反,建基于另一种美学之上的另类批评模式也是可能的。威廉斯最初的批评工程是要"把激进左派的政纲与利维斯式的文学批评联合起来",倘若这一工程如他后来所言是"荒唐可笑的",那么问题出在利维斯而非文学批评。看到这一点,也就能看到一条通往当今左翼审美批评的路径。

第三章 历史主义/语境主义范式

现在我们正式回归故事的主线,开始论述文学研究史的第三个阶段,即我们眼下这一时期的文学研究发展史。本章提出的核心观点是,文学研究这门学科在近三十年里的最重要的工作,尤其是左翼人士的研究工作,其实是修通延展了以威廉斯为代表的前辈对文学批评的批判。观察到这一点,我们就能认清本学科当前范式的复杂特性。如果说威廉斯的批判,以及其他人所做的类似批判,仍能用来匡正学科内部现存的唯心主义倾向,那么这样的修通延展倒不失为一种富有成效的做法。然而,在大多数情况下,当今的历史主义/语境主义范式既未顾及威廉斯的保留条款,也没有试图纠正他对这门学科源头初现的唯物主义美学的忽视。若要面面俱到地论证这一概况所牵涉的人物和流派,恐怕要另写一本新书才行。这里,我将简明扼要地聚焦本学科左翼的四个关键人物或运动,借此考察历史主义/语境主义范式的特征及其不足。这四个样本是:特里·伊格尔顿、新历史主义、弗雷德里克·詹姆逊、弗朗哥·莫雷蒂。此时,我仍然心存疑虑,毕竟这几个小样本不足以涵盖整个学科领域——即便如此,小而精的深研似乎好过大而泛的浅探。在本章末尾,我会再次就四个研究对象的代表性问题做一番补充说明。

特里·伊格尔顿

作为威廉斯的学生,特里·伊格尔顿为后来很快成为普遍趋势的历史主义/语境主义范式提供了第一个样例。他在20世纪80年代和90年代采取的立场可以总结为:批判"文学"和"审美"范畴,斥之为精英的故弄玄虚;否定与这两个范畴相关联的"批评"实践,斥之为不可回避的利维斯主义或新批评主义;主张围绕"各式各样的文化分析理论与方法的训练"这一核心目标,重建文学系。[1] 换句话说,他的主张与威廉斯在《马克思主义与文学》里的主张如出一辙,唯独没有后者的补充说明,即所有这一切批判都应被视为临时的清理活动,最终要用唯物主义方式对"文学"和"审美"进行重建。可以说,两相比较,伊格尔顿的论证更为成功:正如我在本书"导言"中指出的那样,当今文学院系的组织方式,不再围绕旧美学意义上的"文学"概念,也不是围绕那种看似唯心主义的文学"批评"工程,而是大体围绕"文化文本"及对这些文本进行剖析的工程。文学院系这一新的结构化原则似乎更具唯物主义特性,不过它并没有表达出此类结构仅仅是长期规划中的一个临时阶段的意思。[2]

读到伊格尔顿极有影响力的《文学理论入门》(1983)一书中的"英国文学学科的兴起"这一章,或读到他在续作《批评的功能》(1984)中对同一话题的探讨时,我们不免觉得,关于"批评"渊源的说法彼时已经众说纷纭,混乱不堪。[3] 两部作品都讨论了"实用批评"和"文本细读"的起源,但伊格尔顿认为利维斯在这两方面的发展中起到了举足轻重的作用,而随后才提及的瑞恰慈则被当成利维斯的追随者,以及"把剑桥大学的英国文学这门学科与美国新批评联系在一起的纽带"。[4]换言之,文学批评发展到此阶段,学科中人把"批评"的本质如此浓烈地重新描绘为利维斯主义或新批评主义,致使他们在时间顺序上犯了一个低级错误。这个错误又是情有可原的,如我们在前面看到的那样,即便心思缜密如威廉斯,他虽然提醒我们不要犯将"实用批评"与利维斯相对等的错误,实际上自己也没能避免。

伊格尔顿先是重述了威廉斯对"文学"概念和"批评"工程的反驳——这一重述在这门学科内颇有影响力;然后详细阐述了威廉斯对"审美"所做的重要批判。《审美意识形态》(1990)一书似乎可以看作他与威廉斯的分道扬镳之作。这部皇皇巨著包含一长串从鲍姆加登和康德以来的重量级美学家的名字,我们可以视之为一种审美辩护,以此抵御历史唯物主义者和文化唯物主义者对审美发起的全面攻击:

> 就我所见,那些政治上偏左的人士把审美单纯视为"资产阶级意识形态",亟待用另一种文化政治去攻克之、取代之。我想表明,"审美"一词在字面意义和历史意义上的确是一个资产阶级概念,它在启蒙运动期间孕育而生,并逐渐发展壮大;但只有那些毫无辩证思想的庸俗马克思主义思潮或"后马克思主义"思潮才会对此事实不假思索地加以谴责。(第8页)[5]

然而接下来,我们可以清楚地看到伊格尔顿与威廉斯在观点上的连续性,因为他针对审美所做的积极主张在关键要点上与前文论述的威廉斯的第一个保留条款完全一致。伊格尔顿写道:

> 从根本上讲,[审美]自主性这一概念具有双重内涵:一方面,它是资产阶级意识形态的核心组成部分;但另一方面,它也表明我们对人类的力量和能力的自决属性的重视,在卡尔·马克思和其他人的作品中,这一自决属性成了人们剧烈反抗资产阶级实用性的人类学根基。正如我试图表明的那样,审美是资本主义社会早期人类主体性极为隐秘的初始形态,与此同时,它也把人类精力本身想象为终极目的,这一想象是所有主导思想或工具主义思想的死敌。(第9页)

这与威廉斯对审美的描述如出一辙。如前一章所示,威廉斯也视审美为资产阶级思想的一个要素,它起到"拒绝把所有的经验都强行化约为实用性"的作用。若把这段话当成对审美的辩护,那么它充其量不过是给我们提个醒——用伊格尔顿的话说,"从《共产党宣言》发表以来,马克思主义从未停止过为资产阶级唱赞歌"(第8页)。如果有人感到这样的赞美不够热烈,那也是情有可原的。我们从中看不到这样的一种可能性,即在不全然放弃审美范畴的前提下,与资产阶级的美学传统相决裂。具体而言,上面摘录的引文并没有清除唯心主义美学对"自主性""自决"、反抗"实用性"的强调,所以没能在唯物主义(即工具主义)的意义上重建审美。

广义上讲,此类批判的力量来自一种感觉,即"文学""批评"和"审美价值"等概念本质上都是分层级的,并且是精英主义的,每个概念都起着合法化资产阶级秩序中最为等级化和精英主义的要素的关键作用。早在1988年的英国,伊格尔顿便直言不讳地指出,"高校中的文学系是现代资本主义国家意识形态机器的一部分"(第174页)。这个说法无疑是对的,也值得引起注意,然而问题的关键在于它的真实程度。一方面,何时,以及在什么样的语境下,研究文学的诸学科充当了对压迫势力合法化的制度?另一方面,何时,以及在什么样的语境下,这些文学学科能够成为我们抵抗压迫势力的手段?诸如此类的战略性问题,对我们来说至关重要,不过至今很少有人能结合特定的历史来回答这些问题。我们不妨以伊格尔顿为例,他在《文学理论入门》第二版(1996)的序言中这样评论道:

> 文学研究中真正的精英主义如今体现在这样一种观念上:只有那些拥有某种特定文化教养的人才能欣赏文学作品。有的人本能地懂得作品的"文学价值"所在,而有的人却不得其门而入。20世纪60年代以来文学理论的繁荣,一个重要原因便是这一预设观念的逐渐瓦解。(第viii页)

引文从前两句的一般现在时态,到最后一句的过去时态的细微转变,颇为发人深思:现如今(即1996年)真正的精英主义,是于20

世纪60年代便开始瓦解的观念。由此引出了另一个更重要的问题：这些从20世纪60年代就开始瓦解的文学精英主义的种种特殊形式，在伊格尔顿写作的1996年仍是文学研究学科最为突出的批判目标吗？换言之，时至1996年，文学与非文学之分，有教养与无教养之别——两者其实都是审美范畴上的——仍然是文学研究服务于现代资本主义国家的意识形态机器的主要手段吗？

我认为答案是否定的。原因有很多，为了不至于偏离正题太远，先在这里搁下这一观点：可以肯定的是，就文学研究与资本主义国家之间的关系而言，若说文学研究这门学科从过去三十年里学到了任何东西，那就是资本主义国家在当前的发展阶段不希望我们存在。在过去的凯恩斯主义资助体制下，文学研究尚能获得资助，因为人们觉得这门学科在维护自由资本主义制度方面，起到了合法化的重要作用。在新自由主义时期，国家资助逐年减少，如今几近彻底停资，这个现象理应使我们相信今非昔比。再回到伊格尔顿，倘若以宽容的态度公允地评价他的观点，可以说在英国内部有一种文化保守主义，它仍然潜伏在上文一直批判的术语里——然而必须补充的是，这种现象越来越不常见，当今任何严肃的分析都必将在最后总结道，合法化的主导形式已经迁至他处。[6] 总而言之，无论我们对当下或对1996年的学科形势持有怎样的看法，重要的是在20世纪70年代末和80年代初的英国学界，学科中人仍能明显感受到，这门学科内部对"文学"观念和对作为"批评"的文学研究发起的大规模攻击，乃至对相关的"实用批评"方法和"文本细读"方法及广义上的"审美"观念的大肆批评，都把目标实打实地对准了学科右派，即20世纪50年代利维斯主义和新批评这两派的残余势力。也就是说,在50年代之后的几十年里,两派的最后残余以不太精确的人文主义批评的各种形式不断涌现,其影响力仍可被人感知,那么在这样的学科语境之下,对这类保守力量发起批判在政治上自然是一种进步行为。

然而,当这一批判从英国传播到其他时空,英国特定的情形已不复存在了,同样的批判也就难以成立。如果说在20世纪50年代的英国,阶级剥削部分地被"有教养"阶级和"无教养"阶级之类有害的精英主义形式正当化,或曰被本学科的自由主义者坚信的审美品位的等级链正当化,且这种现象在20世纪七八十年代的英国仍有残留,那么20世纪80年代和90年代的美国却不是这样——这一时期的美国,对"精英"品位规则的佯装攻击,恰恰是偏右的自由主义话语的核心内容,直到今天依然如此。随着金融资本主义的转向和新自由主义的盛行,文化争鸣的方式也随之改变:资本主义内部的统治阶级的合法性,不再源自他刻意标榜的高雅品位,而是源自他们佯装对高雅品位做出的一番批判。往大了说也一样,20世纪中期不同领域内部存在的各式各样的自由主义,往往通过诉诸审美复杂性来为自身辩护,其所依凭的假设是,审美制高点与道德制高点是一回事;然而,20世纪70年代的危机过后,这一情形在很大程度上发生了逆转,新自由主义反倒倾向于摆出一副打破审美区隔的民主姿态。20世纪80年代早期,一个民主开明、崇尚自由市场的观念出现了,它认为任何诉诸审美价值的想法都不过是自命不凡的势利行为而应予以否定,并且要求我们承认,我们处理的问题其实不过是消费者的个体偏好问题,也就是"口味问题"罢了。这一观念在新自由主义感知力的诸多层面都发挥着作用。于是,在这个已然变化的历史语境下,威廉斯的审美批判仍被后人一再重复,却已显露出迥然不同的政治品格。[7]

新历史主义

现在开始探讨新历史主义,可能会给我们带来新的启迪。新历史主义曾在 20 世纪 80 年代末和 90 年代初占据学科主导地位,这一潮流在很大程度上仍然影响着当今流派纷呈的文学研究,尽管学者们常常以为(往往是误以为)自己在反对它。新历史主义是一个非常丰富多变的批评运动,所以我在下文对它的评论当然要具体情况具体分析。不过,我不会面面俱到地评估新历史主义的每一位重要人物,而是通过勾勒其处理审美范畴的大致轮廓,来理解这一潮流的政治品格。尤为重要的是,我将观察新历史主义者如何在新的语境下承接威廉斯的审美批判——放在这个新的语境下,威廉斯对审美所做的批判注定会有迥异的政治效果。为了阐述这一点,我们可以从早期的相关作品入手,不过我认为最简洁的办法或许是参照斯蒂芬·格林布拉特(Stephen Greenblatt)和凯瑟琳·加拉格尔(Catherine Gallagher)的《新历史主义实践》(2000)一书。这本书相当于新历史主义运动的宣言,尽管有点奇怪的是,该宣言产生于运动胜利之后,而不是作为运动之初的动员令。[8]就新历史主义与威廉斯的关联而言,值得一提的是，格林布拉特一度是威廉斯的学生，虽然格林布拉特和加拉格尔的灵感主要源自福柯。无论如何，该书最为突出地表达了这样一个要点：左派对审美所做的批判肇始于20世纪50年代和60年代，在70年代达到最为连贯和激进的形式，然后间接地渗入80年代和90年代盛行的新历史主义之中，这主要表现在新历史主义对正典性所持的保留态度上。与左翼审美批判早期的强劲有力相比，这一保留态度实在是非常温和。

尽管如此，格林布拉特和加拉格尔在书中传达出来的语气，给人感觉这是革故鼎新之作。阅读这份新历史主义宣言，你会立即读到这样的句子："我们鲁莽地冲破文学正典花园的藩篱，便开始面临非同寻常的挑战和令人困惑的难题"（第14页）。该怎么拿捏这句话的语气呢？我们得慷慨大度地予以解读，毕竟两位都写过好东西，又都擅长深入思考，然而我得承认自己很难对其做出正面点评。若拿里面的狂喜语气当真，这句话就成了新历史主义者献给新历史主义的颂歌，那结果只能令人尴尬；而若把里面的语气视为忸怩作态——或者用格林布拉特和加拉格尔的原话，"半戏谑"，我们不禁会问，这句话除了装腔作势，到底还要表达什么？公平起见，我能讲出的最好听的话莫过于，这句话的语气暗示（同时也准备好在必要时刻予以否认），新历史主义者"冲破文学正典花园的藩篱"这一行为是前所未有的、激动人心的，也是大胆越轨的（甚至有点挑逗意味，因为这毕竟是伊甸园，里面想必有人裸体）。如若属实，那当然再好不过，但是我们必须继续追问：新历史主义果真是全新的、激动人心的、大胆越轨的吗？新历史主义的最大问题是什么？

为了找到新历史主义的症结所在,我们首先不妨仔细看一下原文选用的母题(topos):逃离(而非被驱逐出)伊甸园。新历史主义者将其对文学经典的批判,比作对神权权威的勇敢逃离。考虑到本章目前追溯的这段文学研究史,我们可以说,这个类比源自当下已经近乎条件反射的认知:文学研究的审美进路即是新批评。确实,后文将表明,格氏和加氏所选用的母题,与弗朗哥·莫雷蒂在同年(即 2000 年)所做的论断用的母题不谋而合:文本细读理应被摈弃,因为"它本质上是一场神学操练",而现在"我们真正需要的则是做一笔魔鬼交易"。注意到这个隐含的等式,有助于我们初步猜测格氏和加氏的关注点。他们或许致力于提出某种政治主张,即如果说监控文学正典的范围,坚持文学与非文学这一审美区隔,是一种顽固守旧的基督教保守派作风,那么"冲破"这些"藩篱"可能会被认为是一种名副其实的世俗主义、自由主义,甚至可以说是进步主义行为。

《新历史主义实践》的前言里有一个暗含的类比,作者把新历史主义者"鲁莽地冲破文学正典花园的藩篱"的行为,与 20 世纪 60 年代的激进政治运动联系在一起。这是一个极具政治性的时刻。我们接下来依次考查这个类比的两个组成部分,从而确定该书到底提供了怎样的政治主张。在类比的第一部分,格林布拉特和加拉格尔详述了他们的主张,更充分地阐释了他们何以用一种激动人心的崭新方式超越文学正典的边界。两人一开始用的是左翼激进主义的言辞,但很快就滑向了对自由多元主义的赞美:

> 文化研究实际上内含社会抗争的成分,它使迄今被

排斥在正规的文化研究圈子之外的那些人能够强行闯入,或者更确切地说,它已经被我们这一代的批评家引入文化研究中来。他们:一群近乎疯狂的空想家,半文盲的政治煽动者,相貌粗鄙、脚踏钉靴的农夫,作品风靡一时而后被人遗弃的时髦男作家,帝国官僚,被解放的奴隶,被斥为无耻蹩脚文人的女小说家,无法轻易获得研究材料的知识女性,谣言散布者,地方政客,江湖骗子,被遗忘的学者等乌合之众。(第10—11页)

开头的用语"社会抗争"还有那么一点激进的意思,然而后面的措辞变化抵消了这一激进意味。从"强行闯入"到"确切地说,它已经被我们这一代的批评家引入文化研究中来"的这一措辞变化,提醒我们真正的政治斗争,那种需要一个群体或阶级参与其中进而"强行"实现某个目标的斗争,并不会在学术界发生。在学术界,仍然只有学者能间接发挥诸如此类的能动作用,这既令人遗憾又无法避免。在这样的情感结构下,如果我们还认为"文化研究实际上内含社会抗争的成分"会与通常意义上的政治事件产生直接关联,那我们就太幼稚了;恰恰相反,我们认为"文化研究"是一个全然发生在学院内部的课题。尽管如此,一旦否认文化研究能产生直接的政治效果的想法,我们便可以合乎情理地推测新历史主义的政治主张。一个暗含的政治主张是,从事新历史主义的学者把形形色色的人物"引入"文化研究,这一行为体现了民主与包容的精神;这种精神出于政治原因是可以令人接受的。

此番关于学术著作的政治意义的独特见解,在上述类比的第二部分变得更加明确。在那里,格林布拉特和加拉格尔断言,新历史主义作为学术界内部的运动与学术界外面的真实政治斗争(尤其是女权主义运动)确实有一定的关联,而且是一种历史性关联:

  文化阐释领域提供的这一开阔视野已经被提出且供讨论了一个多世纪,它在20世纪60年代末和70年代初的美国最终确立下来绝非偶然。在确立后的初始阶段,它反映了近来人们对边缘群体的包容态度,它把那些迄今被许多高等院校边缘化的、遮掩的,乃至彻底排斥在专业文学研究之外的群体也吸纳进来,譬如犹太人、非裔美国人、拉美裔美国人、亚裔美国人。尤为重要的是,它搅动了批评界的女性群体。女性研究,以及促其生成的女性主义,为新历史主义树立了重要却罕为人知的典范,它激励那些支持女性研究的人寻找新的研究对象,将这些研究对象暴露在批评界的观照之下,并坚持要求它们在大学课程设置中的合法地位。另外,女性研究还起到揭露学术话语的政治性作用。学术话语往往试图避免或遮掩其对某一党派或争辩的推崇,女性研究则将之隐含的意图显在化、政治化,并扰乱那些人们已经习以为常的审美等级,揭示其如何被有意无意地操纵,以限制女性具有的文化意义。
  诚然,扰乱审美等级秩序似乎并不会产生革命性突破——我们无意把课程设置的改变与国家衰亡混为一

谈；但是女性研究因拒绝让创造力仅仅成为一群训练有素的专家的惊人成就，它带给人们一种实实在在的民主气息。（第11页）

引文最后的语气与前面的"已经被引入"听来完全一致：它不顾那些具有明显政治意味的观点的威胁，坚持认为学术著作能直接产生政治变革的想法是天真的。持这种天真想法的人，则是"把课程设置的改变与国家衰亡混为一谈"。这个观点与20世纪80年代和90年代的政治氛围有很大关系，而新历史主义正是在这二十年间声名鹊起的。综上所述，新历史主义者的主张是，一旦认清那些（"革命性"）观点的幼稚之处，我们接下来就能开展目标适宜、更为实际可行的（"充满民主气息的"）政治工程，即通过"拒绝让创造力仅仅成为一群训练有素的专家的惊人成就"，来"扰乱审美等级秩序"。

我稍后要问，新历史主义者的主张暗含了一种怎样的历史性关联？还要接着问，有上述政治基调的主张，与其出现的特定时期的政治基调之间存在着更明显的历史性关联，那么前后两种关联是否完全吻合？不过此处，我们暂且尝试理解上面引文的论点，首先看一下引文最后一句中的"训练有素的专家"这个表达。它到底指代谁？如果我们要理解和赞美新历史主义者"充满民主气息的"政治工程，那么我们首先必须弄清楚，他们声称要"扰乱"哪些"等级"，"创造力"以前局限在哪些"训练有素的专家"的身上？对这类问题，我们务必要一丝不苟地进行语义解析，因为答案绝非显而易见。乍看这句话，我们好像在谈论曾经被边缘化的群体开始涌入学界:"犹太人、非裔美国人、拉美裔美国人、亚裔美国人……女性群体。"如此理解的话,原文的主张就成了:新历史主义给学术研究带来了新型的民主化,反对这一现象的那群"训练有素的专家"也就指代顽固守旧的非犹太老年白人男学者,他们先前主宰了学术界。但是这个说法又很奇怪,因为首先,人们不会立即把顽固守旧的老学者与富有"创造力"的"惊人成就"联系起来——毕竟"创造力"一词用来修饰文学家或创意写作者(而不是学者)似乎更贴切;其次,学术界敞开接纳新群体,当然对各种各样根深蒂固的偏见构成挑战,但人们一般认为这不会对学术研究的专业化本身构成挑战。边缘化群体进入学界成为学者,假以时日,他们在"训练有素"的程度上不亚于那些试图将他们阻挡在学界之外的非犹太白人男性。

刚才对新历史主义的政治工程进行的一番解析,出现了前后矛盾。我们再来试一下第二种解析路径,把这几行引文与前面引用的段落放在一起对照解读。也就是说,新历史主义的"民主化"工程,及其通过"拒绝让创造力仅仅成为一群训练有素的专家的惊人成就"来"扰乱审美等级秩序"的努力,对应的是新历史主义者前面所声称的向"彻底排斥在专业文学研究之外的群体"发出的"邀约"。这么理解的话,被干扰的"等级秩序"具体指代的就是经由审美判断而产生的等级链,它决定了课程设置的原则,限制了学习对象的范围,把课程内容局限于狭义的文学经典。于是,"干扰"的意思便是"改变课程设置",即"鲁莽地冲破文学正典花园的藩篱",引入新的学习或研究对象:"近乎疯狂的空想家,半文盲的政治煽动者,相貌粗鄙、脚踏钉靴的农夫",等等。此番解析无疑为"惊人的（创造性）成就"这一表述提供了参照,那么新历史主义者想要说明的是,他们打破了先前由写出经典文学作品的那些死去的白人男性垄断的创造力。不过这个解释听来也很奇怪,它与新历史主义者拒绝"让创造力仅仅成为一群训练有素的专家的惊人成就"这一表述相矛盾,因为人们通常绝不会把莎士比亚和华兹华斯这样的经典文学家唤作"训练有素的专家"。所以这一说法仍然令人十分费解。那些"训练有素的专家"究竟是谁？

这一主张在哪些方面起到推动"民主化"的作用,似乎很难断定,我们的结论只能是：它语焉不详,只起空洞的修辞作用而无实质性思想内容,对谁是"训练有素的专家"这个问题的忧虑是完全来自别处的干扰。这一模糊的主张存在于我们刚刚讨论过的两类异质人群之间：一类群体是由"我们这一代的批评家"在20世纪80年代和90年代"引入"学术研究的"乌合之众"；另一类是20世纪60年代和70年代"刚被纳入"学界的边缘群体。在20世纪六七十年代,许多边缘群体首次获准进入学术界；在20世纪八九十年代,一个混杂多元的人群首次成为文学研究这门学科的研究对象。上面的两处引文作为新历史主义的宣言彼此叠加,叠加后产生的重写本（palimpsest）似乎暗示两者具有某种因果关系。这个修辞策略使得作为学术运动的新历史主义研究与早期的进步斗争联系在一起,故而赋予前者一种政治权力。然而,新历史主义者对这一联系的论证却无处可寻。

倘若他们接下来论证两者的关联,论据将会如何呈现呢？也许可以做出如下表述：既然女权主义活动家曾为"女性研究"项目在高校的设立奋斗过,并获得成功,这一项目又对新历史主义"起

第三章　历史主义/语境主义范式

到了示范作用",那么新历史主义就可以声称它承袭了政治领域的积极力量。我完全不清楚新历史主义何以把激进女权主义的功劳部分揽到自己身上,但看上去它确实要这么做。然而,即便我们接受这样的论证方式,也没有理由接受这一说法:在女权主义运动过后的几十年里,新历史主义运动在它得以产生的政治语境之下,成了一股推动"民主化"进程的力量。现在让我们回到前面提出的确切的历史关系问题。新历史主义者声称,20世纪六七十年代的政治语境,对我们理解自20世纪八九十年代起主导文学研究领域的新历史主义运动最为关键。这一分期的最大问题何在?本书的两位作者都是思维缜密、注重历史和语境的思想家,为了弄清推动新历史主义运动的外部政治因素,他们竟然不把注意力放在该运动实际出现的那二十几年(保守主义当道),却聚焦于运动发生前的几十年(进步激进主义盛行),这难道不是相当奇怪的举措吗?一个可能的解释是,参与设立"新历史主义"研究项目的学者的感受力是在早期浓厚的进步主义氛围的熏陶下形成的。那么接下来还必须解释,随着周围情势的彻底改变,这一情感结构后来为何要么发生本质改变,要么仅仅发生效力(valence)上的变化。在缺少这类扎实的历史分析的情况下,我们很难不去怀疑,格林布拉特和加拉格尔渴望从新历史主义与20世纪60年代激进主义的假定关联中得到好处,却又对他们眼下这一运动的真正政治品格避而不谈。

一旦对新历史主义有了这样的感观,亟待回答的问题就成了影响乃至决定这一运动的真正政治品格的当代境遇。当我们厘清新历史主义者面对的具体情势,就会发现他们使用的论述风格与强调重点都十分成问题。譬如,格林布拉特和加拉格尔的那种忸怩作态——假天真、"半戏谑"(第 124 页)——的论述风格,无论在该书还是在新历史主义核心人物的诸多作品中都普遍存在,其主要目的似乎是应对一个更棘手的问题,即出于各种复杂原因,学者们公然放弃了把学术研究当作激进政治实践的理念,而这些人又想走在学科前沿,这意味着他们不能单纯地分析问题,还必须努力解决现实的政治问题,进而为自己的研究提出政治诉求,唯有如此才能推动学科进展。新历史主义学人总在作品中暗示其主张具有实实在在的政治性,然而每当这一主张即将要转化为现实的政治实践时,闪烁其词的忸怩口吻便又重现,暗示我们不该把这些话太当真。这一认识有助于我们理解新历史主义运动广为流行的原因。新历史主义者时而宣称其"政治"意图,时而又对之予以否定,这种话术想必对学界中的很多左派人士极有吸引力。这些人名义上持左翼立场,但实际的物质利益及其相应投入其实掌握在新近被新自由主义化了的机构手中,后者似乎承诺支持他们对物质利益的追求。

回到这段具体的文学研究史,我们发现,格林布拉特和加拉格尔能表示他们推崇的方法论具有进步的政治效力,依赖的仅仅是过去几十年里逐渐嵌入这门学科的一个假设,即挑战"重文学文本、轻非文学文本,重某些文学文本、轻其他文学文本"这一审美特权,在某种程度上,相当于挑战普遍意义上的"特权"。前面已经说过,这个假设一度以论点的形式被人提出,学科中人用其对一系列全然不同的境况做出诚恳回应。譬如威廉斯,他一直在对抗英国根深蒂固的社会保守主义,后者往往隐庇在"文化"一

第三章 历史主义/语境主义范式

词、"有教养/无教养"这一对立,以及与这些概念相关联的种种抽象概念和精英主义背后。这种形式的社会保守主义,至少在20世纪四五十年代和60年代早期的英国是真实存在的,作为学科与准学科的英国文学研究,为这一保守主义源源不断地提供一组支撑观点,从而为其在智识上提供了深厚的合理性基础。威廉斯对"批评"工程,乃至对与之相联的"审美"和"文学"范畴及"实用批评"方法所做的严厉批判,便生发于一种切身需要,他觉得自己必须直面萦绕于他周围的政治环境,与活跃于其中的保守力量相抗衡。然而20世纪末期的美国却没有类似的政治语境。于是,我们一方面要承认诸多新历史主义作品的感召力(或曰夸大其词的激动语气),另一方面还要体认新历史主义者身处的实际政治语境。两相权衡,结论呼之欲出:从我们当下的角度来看,新历史主义无非是对威廉斯的批评工程的重复,在针对具体的局部状况做出语义暧昧的回应中,前者披上了后者的进步主义外衣,却系统地清除了后者所拥有的真正的政治力量。

  对于这一结论,很多保守人士无疑会提出异议,因此这里有必要对新历史主义的政治效力剖玄析微,即便不花大量篇幅探讨,起码应抛出几点更为详细的考虑要素来坐实我的判断。下面我仅用三个例证简单谈一下。首先,新历史主义者声称,他们用后结构主义的"表征无所不在"这一洞见来审视唯物主义,进而成功地撼动了唯物主义的根基——在我看来,此番说法言过其实,它基本上是威廉斯对"基础与上层建筑之关系"所做的著名批判的延续。威廉斯的批判,用他自己的话讲,试图"用相互决定,但决定力有大有小的诸种作用力构成的场域这样一个更为积极的观念,来取代基础决定上层建筑这个公式"。[9]新历史主义者把"延续"描绘为"断裂",进而产生了重要的政治蕴意,它意味着威廉斯那本着坚定的社会主义信念、以毫不含糊的政治语言所发起的批判,在新历史主义者的手里被重新呈现为职业化的学术研究,这一行为的政治性较弱,它充其量不过是为难度小得多的左翼自由主义事业添砖加瓦。

我要举的第二个例证便聚焦于职业化和制度化,以及学者日益专门化的研究与研究的最终受益人——作为非专业人士的普罗大众——的关系等问题。就此而言,新历史主义重申了威廉斯的批判工程的一个要点,即他对学术专业化的危害发出警告,然而往往剔除了该要点中引人关心的政治内容。威廉斯多次强调,针对学术专业化、学科化、职业化的恶果,理论完善又切实有效的抵御行动就显得至关重要。他把这一思路追溯至文化研究的起源,也就是英国的工人教育和成人教育这一具体语境,这类教育在当时已具有准学术性乃至准制度性的特征。威廉斯描述的彼时英国的情况,与我们当下新自由主义式的大学里的情况已有天渊之别,所以我把威廉斯的一大段相关原文都摘录于此,否则我们几乎无法理解他的观点:

> 由劳动人民和其他群体组成的本地自我教育机构……一直遵循这样一个原则,即当与人们的生活情景和生活经验相关的知识体系被划分为多个学科门类之时,便会产生学术性问题。……学者们从各自所在的单位搬来了大学经济学、大学英文或大学哲学,并原封不

动地引入本地教育机构,学员于是想知道这些学科究竟是怎么一回事。此番交流最后没有沦为"这些都是很不切实际的学术性问题"之类的民粹主义。不过,学员们坚持认为:(1)每门学科与他们自身处境和经验有何关系,必须予以探讨;(2)每门学科本身存在种种不尽如人意的地方,因此,他们保留了一个重要原则,即他们这时有权自己制定课程大纲。……权利远不止于此,[人民]还可以接受测试,看他们是在遵循[学科规范],还是在以贴合现实的方式表达[自己的观点]。……事实上,他们还有自行出题这一更为基本的权利。毕竟,这些人有资格说:"噢,你要是告诉我那个问题超出了你的学科边界,那就请一位所在学科能解决这个问题的人来回答,要么你就跳出你的学科,尝试自己回答。"(第156—157页)

这段话有诸多内涵,仅就我们当前的讨论而言,其意义在于,它表明:威廉斯的工程力争与高等教育体系要求的专业化和职业化保持距离,同时又不得不与这一体系紧密合作。[10]新历史主义迫不及待地采纳了威廉斯反抗专业化时所用的言辞——在新历史主义代表人物的著作中,对"训练有素的专家"的批判随处可见,如前所见,这类批判往往显得莫名其妙,含糊其词——然而那套言辞从未演变为积极有效的批判。原因无他,只因在文学研究史的这一阶段,新历史主义者恰恰是他们自己所批判的"训练有素的专家"。这在政治上是令人不安的,但正如新历史主义的核心人物经常感受到的,这一结果不可避免,因为那些想在新式科研院所发挥作用的学问家，当然不会对专业化发起真刀实枪的挑战。他们对"训练有素的专家"反复施展的言辞攻击，在我看来正表明了他们对新历史主义政治效力的隐忧。为了实现明确的政治目标，威廉斯在学院内外同时发力，然而到了新历史主义者这里，他们仅仅生搬硬套威廉斯的言辞，空洞地赞美"跨学科性"。一言以蔽之，新历史主义者单纯在学院内部对学科细化进行抵抗。

在这一窄化的批判空间内，新历史主义者最常津津乐道的跨学科，一般都发生在文学史与某门学科的学科史之间，所以学科跨度其实没想象的那么大。只有从学科完全专业化的角度看，他们在学院内部进行的跨学科实践才能对学术专业化构成有效挑战。与此同时，专业化在其他层面的实际进展和持续深化，从把学术作品与其名义上的受益人相剥离开来的总体趋向，到学科内部的具体领域与子域之间边界日益清晰固化这一局部变化，都只被认为是现代学术不可避免的一个环节。因此，正是在这种吊诡的局面下，格林布拉特和加拉格尔在《新历史主义实践》的前言中提到他们自己对"时期划分怀有保守谨慎的兴趣（因为我们两个都是在特定的研究领域接受训练，成为该领域的专家的，所以对这一领域的地理界线和时间界线十分重视）"时，语气虽然不乏赞许，但只是一笔带过（第7页）。新历史主义者讲了很多拒斥专业化的话，但似乎一直没有为自己的专家身份从思想层面做出辩解：他们成为专家，因为他们受训成为专家，仅此而已。照这么说，他们连对学科内部的专业化都无法发起任何有效的挑战，更别指望他们像威廉斯那样，去直面与学科内部的专业化相关的，但本质上更为严重的另一种专业化,即不断地把学术研究与其声称致力服务的普通大众剥离开来。

与前两者相比,第三个例证最为关键,它考察的是新历史主义者对威廉斯的审美批判的承续,结论是双方的审美批判在方式和语境上皆不相同,故而必然有着迥然不同的政治品格。如前所述,威廉斯早在1977年就已经开展了大规模的审美批判,试图根除正典性这一意识形态。二十年后,格林布拉特和加拉格尔声称,新历史主义促发了"经典范围的急剧拓展",于是:

> 那些迄今为止一直为人贬低或忽视的作品,也可以被视若珍宝,在本已拥挤的课程设置里占据一席之地,或者令文学股市里的经典作品的市值下跌。(第10页)

威廉斯对经典性的传统根基——包括审美范畴及特殊的审美价值或审美状态——的全盘否定,到新历史主义这里则被转译为文学经典的重新洗牌。或者更确切地说,套用格氏和加氏的比喻,他们承诺为审美市场输入新鲜血液,让它变得跌宕起伏,扣人心弦。这一思想贫乏的市场隐喻,连同其必然的政治效力,提示我们这样一个事实:威廉斯的审美批判在当时是一场深刻的变革,而二十年后传到新历史主义者的手中,却遭遇退化和降维。

从思想层面上看,两方审美反应的差异,实际上源于各自对哲学美学发展史的不同参悟程度,而这一不同又可以归因为广阔的政治界和文化界的操纵力。为了回应棘手的学科状况和国情带来的种种压力,威廉斯认为有必要认真了解哲学美学传统,与之建立密切关系,于是才有了我们所看到的他在著作中对哲学美学的阐释和批判。在这之后,伊格尔顿认为有必要提笔著书,继续这一哲学美学批判。然而在新历史主义的主要作品中,类似的哲学美学批判却无迹可寻。这意味着在美国,到学科史的那个发展阶段,已不再有任何颇具影响力的学科中人采用那些在传统上围绕"审美"展开的自由主义意识形态批判。学科合法化的主导形式如今已经发生转移。这在文学研究学科内部引发的必然结果是,以格林布拉特和加拉格尔这两位美国的文学学者为例,他们认为无须对唯心主义哲学美学提出的问题进行强有力的应答,因为大环境中没有什么力量迫使他们这么做。新历史主义者对"审美"一词置若罔闻,这种态度原本令人费解,现在看来也说得通了。他们极为有限的那点审美批判力,实际上源自新批评的幽灵:

> 以文化保守主义的眼光来看,[扩充经典]可能造成我们对高级艺术的独具匠心之处视而不见。就此而言,新历史主义反其道而行之,倡导弱化审美客体本身。我们认为这一反拨不无道理,至少在某些文学批评家动辄不切实际地要求文学之独特性的情况下,更是如此。在这些批评家的一片欢呼赞叹声中,艺术品几乎完全脱离了语义的必要性,成了人类放飞想象力的标志与体现。它体现了未经异化的劳动,是对人类精力的完美表达与实现,人类的余生只能用来热切地凝视它。艺术品浑然自成,不仅免于周围环境的羁绊(它神奇地化俗世羁绊为嬉戏),还不受其创造者的意图的支配。最贴合艺术品的

类比物可能是天主教的圣餐……(第11—12页)

此处备受批判的"审美"观念承袭自新批评,它假定"艺术品"是自成一体的,免受有用性与外在环境的束缚,脱离于作者的意图,并用宗教术语对其大肆渲染。也就是说,尽管时过境迁,审美批判仍停留在上一代,大体上还只是针对唯心主义美学的批判,尤其是针对新批评所推崇的新康德主义美学(上面的引文是对这一美学的戏讽)的批判。这种形式的审美批判二十五年来未曾改变,然而其背后的历史语境已发生天翻地覆的变化,新批评已是几十年前的事了。如果说威廉斯的审美批判是为了直面他身处的文化中活跃着的诸种强大的保守势力,那么新历史主义者倡导的"弱化审美客体本身",用他们自己的话说,则是为了直面"某些文学批评家……动辄不切实际地要求文学之独特性……一片欢呼赞叹声中"这一行为。由是观之,在这一历史阶段,审美批判的目标已经变得无足轻重。

我不想对审美批判问题喋喋不休,但有一点必须指出。上面引文中的"动辄……要求"似乎暗示,批判对象虽小,它起码是真实存在的。可是时至2000年,新批评或伪新批评派的审美立场对这门学科还会构成重大威胁吗?甚或在新历史主义如日中天的20世纪90年代呢?新历史主义的许多后起之秀在学院接受训练的20世纪80年代,情况又如何呢?大体上说,答案都是否定的。在这方面,我们不妨与弗兰克·兰特里夏(Frank Lentricchia)早在二十年前提出的时间节点做一比对。他在影响甚广的著作《新批评之后》(1980)中指出:"到了1957年前后,新批评的衰亡及其未竟的文学事业,把我们置于批评的虚空之中"(第4页)。[11]对有些人来说,这个日期可能为时过早,毕竟那时尚有新批评的残余,但大体而言,人文学科的科学化(制度层面)和威廉斯等人所做的批判(思想观念层面),早就使文学批评从审美批判上移开。时至90年代中期,历史主义/语境主义范式已经主宰这门学科至少十年之久。

实际上,到了2000年,"审美"范畴似乎对这门学科内部的历史主义研究范式造成的威胁如此之小,以至新历史主义的主要人物再次引入这一词语,借以展示自己的包容性时,该词的丰富含义已大打折扣。为了看清这一点,我们不妨留意一下《新历史主义实践》的前言中由该词组成的若干词组。词组的意义大多比较正面:如"审美乐事""美的光泽""[审美]惊异感""审美快感""审美满足感""审美赏析",等等。不太友善的读者可能会说,这些词组无外乎都是"好看"的意思。[12]这些新历史主义者是有着很高水准的思想家,之所以做出此番阐述,是因为他们与使用"审美"一词的真实论敌缺乏互动和商榷,于是该术语的内涵在其笔下被大大减损了。"审美"一词在威廉斯的笔下可是极为深奥精妙的,此与前者恰好形成鲜明对比。

要而论之,威廉斯对"批评"工程,乃至与之相联的"文学"和"审美"范畴的全面批判,起码在早期阶段,瞄准的是英国右翼这个真实存在的目标,然而当这一批判在20世纪80年代和90年代的美国得以延承,却被瞄向截然不同的目标。那时的美国有着与彼时英国迥然相异的大环境,大学内部的新自由主义力量系统性地支持文学研究的学术模式,而对文学研究的批评模式则不予理睬。在这样一个新近变得职业化和科学化的背景下,知识探索的学术模式,即单纯作为知识生产——在当今的文学研究学科内部通常被构想为历史知识的生产——的脑力劳动,则成了文学研究的核心要务。原因无他,既然新历史主义自认为毫无必要探讨漫长的美学思想史,那么它自然觉得没有必要针对"批评"工程发起持续的批判。正如我们所看到的,无论是威廉斯还是伊格尔顿,都觉得有必要抨击作为批评家的利维斯和新批评家,两人采取的办法是对批评工程本身进行毫不隐晦的批判,这就为一种新近历史化、学术化的文学研究模式的建立铺平了道路。在20世纪八九十年代的美国,大学制度正在加速新自由主义化,在这一背景下,文学研究界的专家不再需要站出来为以知识生产为己任的学术模式做出明确辩护。于是,在无须对批评工程进行批判的前提下,新历史主义确立了自己在这门学科的主导地位。

回到学科史的大语境,既然新历史主义时期只有审美批判而无须同时对批评工程做出批判,那么,仔细留意审美批判在这一时期发生的变化是很耐人寻味的。一个常常发生的情况是,学科中人批判审美思维,理由是它把特殊事物当成普遍事物,故而产生了沾染意识形态的不准确的知识。奇怪的是,在学科史的宽广视野下观照,这一审美批判失败了,因为最初那些对审美范畴恪守承诺的批评家,从未把知识生产视为主要任务。新历史主义者罔顾事实,误把知识生产当成早期批评家的核心要务,在此误解之上推进的审美批判是一个引人深思的新发展,且与该学科所处的制度状况密不可分。

弗雷德里克·詹姆逊

现在是把目光转向弗雷德里克·詹姆逊的合适时机,因为他是这一时期文学研究彻底走向政治化的主要代表。与新历史主义者不同,詹姆逊无疑注意到介入哲学美学的必要性,或者说注意到为自己拒绝介入哲学美学而做出辩护的必要性。即便如此,他所处的环境从未给他施加很大压力,要求他必须针对批评工程展开批判。从这个意义上讲,他的作品具有这一时期文学研究的典型特征。詹姆逊就特定问题所做的剖析有诸多出彩之处,尤其是他在意识形态阐释学领域的方法论创新,以及他把后现代主义指认为资本主义晚期的文化逻辑等方面,无不闪烁着智慧的光芒,又具有现实关怀。不过,我无法就这些方面一一展开论述,毕竟我们志不在此。诚然,詹姆逊所做的重要分析因与本学科的其他作品在立场上的鲜明对立而显得雄辩有力、妙趣横生,然而我们最感兴趣的却是他对哲学美学所做的批判,原因在于该批判准确地道出了这一时期文学研究向前发展所基于的那套预设。如此说来,虽然詹姆逊并未明确做出审美批判,但审美批判依然是他的工作重心,因为它揭示了当下的文学研究学科的所有主要从业人员共有的一个至关重要的预设,我们据此能毫不费力地看到这一时期的学术著作——哪怕如詹姆逊的作品那般彻底反传统——其实都具有当今的学科特征。

下面的这段话引自詹姆逊就"世界文学"概念所做的一场演

说,他在里面谈到了哲学美学问题,这或许是他针对该问题做过的最清晰、最简洁的评论了。

[在我们试图理解"世界文学"观念的过程中,]一个误导性的问题是关于审美价值的哲学问题——在我看来它是一个假问题。事实上,它掩盖了一个更为棘手的哲学问题,即普遍价值与特殊价值的对立这个真问题。每当人文主义批评家提到"价值"问题时,他们脑海里默认的其实是"普世价值",正是这一"普世价值"观念,每每催生了种种过时而无用的"世界文学"观念。我认为把重点放在普世价值上是不对的,且有误导之嫌;即便在西方正典的框架内,普世价值观念也是徒劳无益的,它只能引发各式各样的假问题和不必要的疑问,比如:威廉·福克纳与哈尔多尔·拉克斯内斯(Halldór Kiljan Laxness)[1]相比,谁更伟大?他俩有谁比托尔斯泰还要伟大吗?《约婚夫妇》(*I Promessi Sposi*)[2]与《红楼梦》相比,哪部作品更具普世性?

我不会对这些无谓的问题穷追不舍。……价值问

---

1 哈尔多尔·拉克斯内斯(1902—1998),冰岛作家,1955年诺贝尔文学奖得主,代表作品有《原子站》《被出卖的摇篮曲》《独立的人们》《冰岛姑娘》《莎尔卡·瓦尔卡》等。

2 《约婚夫妇》(1827),意大利作家亚历山德罗·曼佐尼的经典长篇历史小说,是意大利家喻户晓的古典文学名著,可与但丁的《神曲》媲美,被誉为反映17世纪意大利波澜壮阔的社会历史现实的一部百科全书。

题本身是一个历史问题,它只出现于事实之后,且无须依据先验范畴加以分类。[13]

简而言之,这段引文批判了新康德主义美学、唯心主义批评模式,以及人文主义者的空洞虔诚的言辞——此番有理有据的批判是激进左翼思想对文学批评这门学科的最大贡献之一;与此同时,这段引文还从批评工程移向了以分析、描述和分类为主的工程,这一反身性转向(reflexive turn)一次又一次地削弱了其批判力度。现在可以看得很清楚了,这正是威廉斯所做的那种批判——尤其是他对利维斯和新批评的批判。后两者反复重演的批评性判断行为,使文学研究学科开始热衷于划分作品的等级和经典性,由此导致20世纪中叶这门学科的大量研究工作陷入困境。因此,在某种意义上说,这也是瑞恰慈所做的批判,伊格尔顿所做的批判亦如此,两人都致力批判这门学科反复上演(尽管每次的目标都各不相同)的唯心主义美学。虽不能说詹姆逊的上述批判承袭威廉斯——若真要对詹姆逊思想的主要影响源做一番探究,恐怕就要进入一个全然不同的领域了,也许要从萨特和马尔库塞追溯——威廉斯的批判仍是我们理解詹姆逊思想的最关键环节。前面已经说过,威廉斯的批判形成于20世纪50年代和60年代,在发表于1977年的《马克思主义与文学》一书中臻至完善。三十多年后,也就是詹姆逊做出上述评论的2008年,这一批判已经变得具有反身性。尤为值得注意的是,威廉斯的两则保留条款如今均被撤销。于是我们几乎意识不到,在资产阶级抵抗万物商品化的行为中,审美一直是关键的抵抗要素;更重要的是,我们也几乎意识不到,左派应该把审美批判理解成一场清理活动,为唯物主义审美的重建扫除障碍。

威廉斯的审美批判,是他对"批评"工程进行批判的背景下而做的,它在很大程度上促使文学批评被文化分析取代。为了理解詹姆逊的审美批判的语言,我们需要看到,继威廉斯的审美批判之后,在美国语境下,詹姆逊眼中的文学研究即为文化分析,他不再从批评的原初意义上去理解文学研究,并据此提出具有现实意义的问题。与当下文学研究领域的大多数从业者一样,詹姆逊默认自己作为学问家的本分是进行文化分析。用直白的实证主义表述方式解释一下,他的意思是:生产关于我们的文化史和文化现状的准确知识,与此同时发展出各式各样的方法和理论来辅助这一知识生产。这是他作为文学研究者的自我角色定位。同样地,作为左翼知识分子的詹姆逊,他的自我角色定位是马克思主义文化理论家,其任务是文化诊断,若涉及实际的治疗,则必须采取政治实践的形式,并以严格意义上的学术探究来指导这一实践,但政治实践本身又是独立于学术探究的。[14]我们从詹姆逊对"价值"一词的定义中,能更好地体会这一点。既然他断然否决了人文主义者的"普世价值",那么他希望我们采取"价值"一词的哪种更为正面的含义呢?他积极主张,"价值问题本身是一个历史问题,它只出现于事实之后,且无须依据先验范畴加以分类"。诚然,詹姆逊在别的地方是有能力对"价值"一词做出深入透彻的思考的,不过单看这句引文,他实际上把"价值"的含义简化成了诊断性价值:不太严谨地说,"价值"被压缩为证据价值——即有助于学科中人做出准确分析的那种价值。换句话说,该词的丰富含义被扁平化为对学术研究有"价值"这一特殊含义。

带着这个观察结论,再回到詹姆逊对传统美学的批判,我们难免要问,"审美价值问题"真的可以被简化为"普遍价值与特殊价值的对立"问题吗?这一简化意味着什么?为了弄懂詹姆逊的论点,我们需要考虑到一个事实,即当他审视早期人文主义批评家秉承的"普世审美价值"模式的时候,他所理解的"价值"其实是学术模式下的价值。在新型的学科范式及其包含的若干预设的背景下,唯物主义者是这样进行审美批判的:"审美价值"的意思一定是"普世价值",因为20世纪中叶的人文主义批评家们就是这么认为的;而"普世价值"是无法接受的,因为它忽略了历史特殊性,从而阻碍人们生产准确的文化知识。但是,那些征用"审美"一词,将之作为基础性概念去构建自己独特的文学研究模式的批评家,真的旨在知识生产吗?答案基本是否定的,至少批评家们最初的构想不是这样的,他们眼中的文学研究不是为了生产知识,而是为了训练和培育读者的能力。从这个角度看,"审美价值问题"就不是一个假问题,而是一个真切的现实问题,它不可以被化约为"普世价值和特殊价值的对立"问题,因为原则上为了实现某些目的,我们是可以阐发一种对"普世审美价值"毫无执念的美学的。

詹姆逊的美学批判忽视了两个要点,一是唯物主义美学是可行的——威廉斯对此早就有所认识,他曾设想以唯物主义为根基最终重建新的美学思想;另一个要点甚至连威廉斯本人也未曾意识到,即审美批评工程与唯心主义普遍论(idealist universalism)之间并不存在必然的关联——事实上,我们在前面已经看到,瑞恰慈开展的审美批评工程,就是用来批判唯心主义普遍论的。詹姆逊对老派的人文主义者提出的一连串问题("威廉·福克纳与哈尔多尔·拉克斯内斯相比,谁更伟大?他俩有谁比托尔斯泰还要伟大吗?")给予了措辞严厉但恰如其分的指责,这很容易引起人们的共鸣,原因在于他其实是在指责20世纪中叶流行的那种唯心主义审美批评,后者衍生于利维斯和新批评,且与他们一样痴迷于批评性判断。然而可以肯定的是,倘若认为审美批评工程本质上就是确立各具特色的经典作家的相对等级序列,并据此全盘否定审美批评工程,那就大错特错了。事实上,作为学科的文学批评在初创期已经对诸如此类的审美问题做出了极好的回应,其所传达的美学立场也正是文学批评赖以确立的根基。看清这一点,我们只要回想一下20世纪中叶稍微往前一点的学科史。如果真的有詹姆逊指责的那类无趣的人文主义者问起"《约婚夫妇》与《红楼梦》相比,哪部作品更具有普世性?",文学批评在其初始阶段给出的答案还不赖吧?它的答案:"喜欢'好'诗而厌恶'坏'诗并不重要,重要的是能够同时利用好诗和坏诗来整理思维。"

文本细读,何去何从?

如前所述,本书追溯文学研究这门学科的发展史,主要聚焦于三个面向:文学批评工程、哲学美学批判和方法论。行文至此,我们已经看到,其中前两个面向的发展陷入一片混乱。批评工程在其发端显示出的左翼自由主义政治倾向,后来被保守派收编,于是左翼人士斥责它在政治上无可救药地保守,对它不屑一顾。批评工程如今基本为人遗忘,即使学科中人论及那些湮没无闻的批评家,也只是把他们当成业务糟糕的学问家而已。取代批评工程的,是学术性工程,这已成了当下文学研究的广泛共识。这个共识的影响力如此强大,几乎没有引起人们的格外关注。同样地,审美这一范畴也遭到驳斥,尽管没有被人完全遗忘。文学研究作为一门现代学科的成立之初,审美本来是以颠覆唯心主义的面貌出现的,但很快就被重新融入唯心主义这一主流美学思想之中了,继而被左翼人士批判为无可挽救的唯心主义。如今的审美批判,多是转向自身的反身性批判。瑞恰慈在早期所做的审美批判已经变得黯然失色;威廉斯的两则保留条款,尤其是明确要求审美批判应被看作一场清理活动,为最终实现唯物主义美学的重建做准备的第二个条款,也都无人问津。

那么,我们聚焦的第三个面向——批评工程的实用武器,即"文本细读"和"实用批评"这两个文学研究方法——又有怎样的发展轨迹呢?我们在前面已经看到,两种方法在这门学科的初始阶段是用来训练读者的审美能力的。我们也看到,批评工程很快在哲学和政治取向上出现了逆转,进而导致两种方法也随之发生重大变化。它们曾经的用途是帮助读者"更好地整理思维",而不是用来学习评判一部作品的"好"与"坏";可是到了第二个发展阶段,这些方法却成了操演批评性判断的舞台。在第三阶段又有怎样的变化呢?倘若这一时期的文学研究果真发生了划时代的变化,从文学批评和学术研究兼而有之,变成了学术研究一家独大,那么这是否引发了方法论上的根本性改变呢？

  针对这一问题，我有两种答案，尽管各不相同，但都是肯定回答。下面我来解释第一种肯定回答。我们前面已经看到，学界对学术型研究的新共识，导致这门学科在阅读目标上发生深刻变革，从审美教育（无论我们选择赋予审美一词哪种含义）这一原初目标，转变成为了历史文化解析而阅读。有鉴于此，我们有必要具体了解"实用批评"和"文本细读"这两个术语的发展动向，看看它们后来各自有着怎样截然不同的命运。如果说"实用批评"在剑桥大学这一罕见（应该叫反常）的飞地之外基本被弃之不用，那么想必部分原因在于，它太容易让人联想到20世纪中叶流行的那种"批评"——批评是为了做出专业的审美判断，而如今人们对这样的批评观念颇为抵触。相比之下，"文本细读"这个术语很容易摆脱其与旧批评观念的联系，留用至今。然而，一旦切断了两者的关联，"文本细读"那原本丰富的含义就变得贫瘠单薄，于是它现在仅被用来表达任何一种试图从文本的微小单元里得出非凡意义的阅读实践。这样一来，一个事实被掩盖了：20世纪早期和中期的批评家眼中的"文本细读"与当今这门学科所谓的"文本细读"，从许多方面来看都是非常不同的实践。总的来说，早期的批评模式专注于微小的文本单元进行文本细读，其目的是把文本当作审美客体；而当今的学术模式专注于微小的文本单元进行文本细读，其目的则是理解文本教给我们的历史文化知识。为了更好地阐明问题，或许可以说，当今的文本细读是用来把注意力集中于微小的文本单元上的一种方法；而对早期的批评范式来说正好相反，文本细读则是为了使用微小的文本单元来聚集注意力。当然,这一说法过于简略,接下来还需补充,早期的主要批评家眼中的美育远不止培养"专注力"(attention)那么简单,至少还应包括情感的培养,自我意识的培养,心理洞察力的培养,以及对价值的理解力的培养等。沿用旧词来标示一种近乎全新的阅读实践,这极大地掩盖了文学研究在我们当下这一阶段发生的巨大变化。

此番观察有助于我们注意到,在近来有关"文本细读"的讨论中,很多人提出了有意思的见解。其中,乔纳森·卡勒(Jonathan Culler)的见解是最为有用的提议之一,他呼吁学科人士深入思考那些掩藏在"文本细读"名下的一系列迥然不同的阅读实践。[15]我这里提出一个历史分期,把文本细读分成三大类,算是对此次讨论的一点补充:它的初始形态是工具(不过未能得到充分开发),用以培养读者的审美——接近唯物主义意义上的审美——感受力;它的第二种形态,注重就所读到的事物的普世或终极审美价值做出批评性判断;第三种形态的目标是把微小的文本单元当作诊断工具,用来分析历史文化现象,而全然不顾审美考量,甚至经常隐隐地反对审美考量。每种形态的文本细读,都对微小的文本单元给予密切关注,这或许是它们唯一的共同点。

我们也可以换种说法并得出类似的结论。如果说"文本细读"要求读者专注于微小的文本单元,其目的至少部分是训练某种专注力,那么我们需要接着往下问,每种形态的文本细读各自的"诉求点"(focus)是什么,并由此训练了哪种具体的"专注力"?举个明显的例子,新批评派在进行文本细读的时候,旨在培养读者对文本的专注力,视文本为一个统一体;而我们当下的历史主义者/语境主义者所做的文本细读通常不是这样,他们有时声称,文本细读的目的乃是训练读者对文本的意识形态内容的专注力,这与新批评的文本细读实践有所不同。我们还可以举出很多类似的例子,诠释文本细读各种版本之间的差异。再强调一次,沿用同一术语来指称极为不同的实践,不仅掩盖了潜在阅读方法的多样性和丰富性,也掩盖了文学研究这门学科在我们这一时期发生的诸种真正的历史性转变,其中最主要的即为从文学学术研究和文学批评兼而有之的文学研究模式,转变为文学学术研究一家独大的单一模式。

我们还须看一下文本细读捍卫者的立场,以此诠释文学研究在方法论上的根本性变革。简·盖洛普(Jane Gallop)在这方面较有代表性。她在21世纪前十年提出一个支持文本细读的观点,该论点以这样一个敏锐的观察为前提:文本细读在过去三十多年里的最大威胁,来自文学研究持之以恒的历史化。[16]她不无悲哀地评论,文本细读"在我们拒斥新批评家生成的文学正典这一精英主义观念的同时,也被当作一丘之貉,于是与永恒的普遍原则这盆脏水一同被倒掉了"——读到这里我忍不住拍手称快。在这篇论文的最后一部分,她探讨了激进教学法方面的问题,并主张我们应该感谢文本细读这一实践,因为它使得"文学课堂能真正替代囤积式教育",在囤积式教育的课堂里教师只不过是强行往学生的脑袋里存储知识。盖洛普的立场很难让人不产生认同感。

在认可其观点的洞察力和感染力之后,我们还需更进一步,尝试重新思考这一观点包含的诸多要素。在某些重要方面,盖洛普的立场留有其本该予以批判的制度力量的痕迹。就此而言,我们对文本细读这一方法的思考,最好从其与批评工程和审美范畴的密切联系入手。盖洛普的做法与近来对文本细读的许多辩护相似,她也认同文学研究第三阶段的一个基本预设,即批评工程和审美范畴应该被拒斥,但与此同时却赞成作为方法的文本细读,认为它是学者们开展研究工作的利器。可是拒斥了前两者,也就必然导致对后者的拒斥,因为我觉得少了批评工程和审美范畴,"文本细读"绝不会复杂深刻到哪里去。当盖洛普说,"我在这里不是要争辩历史主义与作为文学研究方法的文本细读的各自优势,我丝毫不怀疑两者都能生产出有价值的知识",我们从中可以看出,即使她反对文学研究的"历史化",她的本意似乎是,学科中人现在应该从学术的角度,而非批评的角度捍卫文本细读(第183页)。倘若我们的目标是知识生产,那么我们何以用文本细读这一方法来取代"囤积式"教育或者知识转移式教育?如果你的回答是文本细读能让学生自行生产知识,那么我们只成功了一半;我觉得更好的说法是,文本细读不是知识生产本身,而是一种教化实践,你也可以管它叫濡化(enculturation)实践,然后在这个认知基础上向前推进。

  类似地,盖洛普对文本细读的价值的论证,与她所试图批判的文学研究的历史化潮流,差不多是一脉相承的,因为两者基于同样的逻辑,都是彻底弃绝从审美角度为文学研究辩护。她用文本细读来为文学研究辩解,把文本细读当作文学研究得以存在的理由,而当她为文本细读辩护时,却诉诸文本细读作为一种方法在处理政治文本、历史文本和理论文本——而不是文学文本——

时的有用性。考虑到威廉斯对文学这一范畴所做的巧妙批判,可以肯定地说,文学研究的合法性迟早要建立在文学观念之上,若连这一见解都予以反对,那是不是太幼稚了?当然,我这么说不是为传统意义上的文学范畴辩护,而只是从最基本的层面说,这门学科不仅仅要能为其研究方法做出解释,还得为其研究对象做出合理解释。要是文学研究做不到这一点,那么就连深信文本细读有价值的人也会,且必定会这么说:大学只需向法律、政治科学、哲学等专业的学生传授如何在自己所在的学科内学会仔细认真地阅读就够了。这个回应正确而无趣。可以想象,这门学科若不立足于文学文本,将会促生充满意识形态的阅读实践——确实,这不难想象,因为在某种程度上这类阅读实践已经存在了。

若要真正回应文本细读的价值问题,除了密切关注任何文本的微小单元,我们还应回过头来问一下我们所说的"文本细读"到底是什么意思。就此而言,我们必须提出这类问题:我们所采取的阅读实践,究竟要培养什么样的能力和感受力?什么类型的文本最适宜培养这些能力?换个看似幼稚的说法,我认为文本细读这一方法无法构成文学研究这门学科得以存在的理由,除非这门学科能够证明,被细读的文学文本自带一种特质,使其成为该学科致力于培养的那种能力的绝佳训练场。于是我们再次看到,审美范畴证明是不可或缺的,因为毋庸置疑,文学文本和其他审美文本正是培养各种能力和感受力的极为豪华的训练场。其所培养的审美能力中的"审美"一词,是我自始至终一直在试图指向的那种唯物主义和实用意义上的审美。应当说明,每次论及于此,我都只是粗线条地勾勒一番,而若要继续沿着这条脉络深耕拓展,则是一个哲学和方法论层面的工作,而不是文学史方面的,因此需要另行著书。

总而言之,针对上文提到的那个大问题,我的答案是肯定的:开启我们当前阶段的文学研究的学术转向,确实导致这门学科的核心方法论的深刻调整,其表现是,"文本细读"如今充当的是学术实践,而不再是批评实践。此即为我的第一种肯定回答,现在解释一下我的第二种肯定回答。有人可能注意到了,"文本细读"虽然在实践层面已经焕然一新,但其旧有的基本原则仍突兀地保留着,这属实破坏了我所建构的学科史的对称性。倘若这一时期的学术转向果真如我断言的那般影响深远,"文本细读"难道不应该像"实用批评""批评"和"审美"那样销声匿迹吗?这一时期关于批评的终结和审美的消亡的说法理应让我们预期,起初作为批评和审美的工作利器而研发出来的阅读方法,也同样会遭到左派人士的批判,理由是这一方法据传源于新批评、利维斯主义和其他保守思想,故而无可挽救地受到牵连,于是左派会呼吁学科中人拒斥文本细读,并用更为妥当的学术型方法取而代之。这种情况为何没有发生?事实上,它的确发生了,只不过略迟了一点。毫无疑问,弗朗哥·莫雷蒂(Franco Moretti)——当今最有趣、最标新立异的学者之一——恰好因为提出这类观点而蜚声学界。

弗朗哥·莫雷蒂

与詹姆逊一样,莫雷蒂的作品带来了诸多具体的创新点。这里无法逐一列举,为了便于当前的讨论,我们注意一点就够了:莫雷蒂最广为人知的、最具挑战性的观点,是关涉文学研究方法论的——他批判"文本细读",提倡他称为"远读"(distant reading)的阅读法。在文学研究这门学科的较长历史视域中审视,这次对"文本细读"的批判和拒斥颇为耐人寻味,它是以开展学科改革的名义施行的,旨在打造一个更为客观、量化,因此更为"科学"的文学研究学科。

莫雷蒂在《世界文学猜想》一文中首次提出"远读"这个术语,该文最初于2000年发表在《新左派评论》杂志上。[17]他在文中认为,学界已经开始致力"世界文学"研究了,所需处理的文本规模随之急剧扩张,文学研究在这种情势下的唯一出路便是避开文本细读而采取"远读"。莫雷蒂首先是这么抛出问题的:

> 世界文学研究,到底是什么意思?我们如何进行世界文学研究?我从事的是1790年至1930年间西欧的叙事文学研究,谈及英国或法国以外的文学就已经感到自己像个冒牌专家了,遑论世界文学。当然,比我读得多、读得好的,大有人在,但是这里我们所说的世界文学毕竟涉及几百种语言和文学,读得再"多"恐怕也无济于事。更别提我们才刚刚开始重新挖掘玛格丽特·科恩(Margaret Cohen)所谓"伟大的未读之书"。我说我从事的是西欧叙事文学研究,其实连这都算不上,我的研究对象充其量不过是西欧叙事文学中的一小戳经典作品,在已出版的文学作品中甚至连百分之一都占不上。

诚然，有些人读得更多，但问题的关键是，市面上光是已出版的英国小说就有三万种，或许多达四万种、五万种、六万种，没人知道确切的数字，也没人读过这些小说，以后也不会有人读。然后还有法国小说、中国小说、阿根廷小说、美国小说……读得"多"总归是一件好事，却并非解决之道。（第45—46页）

要阅读的文本实在太多这个问题，莫雷蒂提供的一个大胆方案是干脆放弃阅读，用别的办法取而代之。注意到这一点，有助于我们从一开始就能发现，他后来提出的"远读"一词纯属用词不当，因为其描述的方法根本不涉及阅读。这个术语出现在别的地方时，含义等同于科学或社会科学领域内诸多学科所用的常规方法，其客观性无可争议，与"数据分析""数据挖掘"（只不过它要使用特殊的搜索引擎）或其他类似标签都大同小异。客气点说，我们要是用这类常见的名称，而不是用"远读"来为这一阅读法命名，那么它听起来就没那么新颖别致了，甚至与我们进入人文学科时隐约怀有的初衷不相符。一旦注意到这个问题，我们自然会问：究竟为何选择"远读"来命名这一阅读法？

这篇论文后来被收录到《远读》一书里。在为该篇论文所写的新序中，他声称（确切地说，他只是声称而未做出实质性解释）"远读"这个术语是意外或作为玩笑而出现的：

这一备受批判的词语搭配是后来才纳入这篇论文的，最初用的是"连续阅读"（serial reading），影射计量史学的基本程序。然后不知何故,"连续"这个字眼消失了,"远"却保留了下来。"远读"在一定程度上有玩笑的意味,用以在咄咄逼人的争论中缓和一下气氛。不过似乎没人把它当成笑话,而这种认真的态度很可能是对的。(第44页)

这个术语"不知何故"突然出现了;他还主动揣测自己使用"远读"时的意图,并告诉我们该术语有开玩笑的意味,尽管没有人真的把它当成玩笑。"这种认真的态度很可能是对的。"他承认道,但同时又怀疑那些批评他的人相当缺乏幽默感。老实说,我希望这一连串的误解尽快涣然冰释,这样莫雷蒂就没有理由再抱怨我们呆板无趣了。他在这本新书里强调自己是清白的,但我们显然对此难以信以为真,毕竟该书的书名不是别的什么"关于方法的论文集""量化文学研究",也不是"连续阅读",而正是用了"远读"。为了检验"远读"是否纯属意外而重读这篇文章,我们发现"这一备受批判的词语搭配"事实上被反复使用,很多时候还出现在论文的关键处。这种论述风格其实是颇有挑衅性的,而这恰恰是莫雷蒂的特色,他正儿八经地提出论点时常使用这样的论证模式。平心而论,我认为作者对"远读"问题的回避,反倒成功地赋予它一种新的紧迫性。创造出这个术语的真正利弊得失是什么?为何决定要用"远读"一词,凸显它,并一次又一次地使用它?为何它一下子成为流行语?为何其创造者转而否定它,却没有真的否定它?诸如此类的深层分析对我们有何意义?

"远读"看似是作为"细读"的反义词而提出来的,然而正如乔纳森·卡勒指出的那样,两者绝非彼此的对立面,因为它们描述的不是同一类事物——这里真正的对立面是数据分析和阅读本身。[18]这样一来,我们的问题就变成:把反对普通阅读说成是单纯反对"文本细读",这么做何益之有?为了弄清真相,我们仔细审视莫雷蒂对"文本细读"所做的著名批判:

> 文本细读(包括它从新批评到解构主义的种种化身)的缺点在于,它难免只能依赖寥若晨星的那一小撮文学经典。只有当你认为真正重要的文学作品屈指可数,你才会心甘情愿地把时间和精力花在个别文学文本上。这如今已成了文学研究的前提,虽然人们对此尚无意识或避而不谈,但这一前提坚不可摧。如若不然,文本细读就毫无道理。你要想把目光放远一点,关注经典以外的文学作品(世界文学无疑需要这样做,它若不超出文学经典,那就太荒谬了!),文本细读就无能为力。文本细读不是用来分析非经典文学作品的,它只用来分析经典文学作品。文本细读本质上是一场神学操练——它只对极少数备受重视的文本进行极为严肃的讨论——然而我们真正需要的则是做一笔魔鬼交易;我们知道如何去阅读文本,现在让我们学习如何不去阅读文本。远读中的"远",我再重复一遍,是获取知识的先决条件。(第48页)

"文本细读(包括它从新批评到解构主义的种种化身)"这一术语,

无疑囊括了该方法在不同历史时期所引发的人们习以为常的见解。希望大家能清晰地看到,时至我们当前阶段,学科中人对文本细读持有的普遍看法具有很大的误导性,不仅错判了它的源头,还过度地限制了它的实践范围。如前所述,这一阅读法早在新批评之前就已经产生,其初始目的与新批评有着重大差异;直到今天,那些秉持历史主义研究范式的学者——他们与"新批评"和"解构主义"的关系不大,甚至毫无瓜葛——仍然在继续采用文本细读法,只不过这一方法呈现出与之前完全不同的形式。为此,针对"文本细读",我们要比莫雷蒂的上述分析更加细致入微,既要反思它在过去的每个历史阶段究竟是怎样的阅读法,也要思考它以后能成为怎样的阅读法。

分析至此,想必我们对这些要点已经有了较为清晰的认识。这里尤为关键的是,尽管莫雷蒂把重点明确地放在文本细读在方法论上的不足,他的观点在许多方面听来都像极了之前的那个颇具政治色彩的观点。莫雷蒂告诉我们,"文本细读本质上是一场神学操练——它只对极少数备受重视的文本进行极为严肃的讨论——然而我们真正需要的则是做一笔魔鬼交易"。莫雷蒂此处影射的其实是新批评运动,其观点的说服力,主要源自我们对那种旧式的"神学操练"所持的反对态度——我们在前面已经看到,这一反对态度与其说事关严格意义上的方法论,不如说事关政治,因此总是具有某种政治品格。看得出来,莫雷蒂的观点很有说服力,这多半是我们脑海里的一个残存印象的缘故,即新批评及其衍生出来的种种立场对文学研究这门学科仍然构成潜在的政治威胁,无论是在《世界文学猜想》一文发表的2000年,还是在

《远读》一书出版的2013年,莫不如此,因此仍然需要我们予以抵制。莫雷蒂以批判"文本细读"之名,行批判广义的文学阅读之实,这种表述方式带来的一个主要好处是,学术研究的科学主义转向,被赋予某种左翼政治色彩,好像这一新型的研究范式旨在批判形形色色、陈旧过时的唯心主义。倘若支持数据分析便意味着反对文本细读,且文本细读"本质上"即为新批评,故而是唯心主义的,那么数据分析看上去就是真正具有唯物主义特性的研究方法。[19]此番逻辑推演可能会令我们感到别扭,不仅因为新批评早已不是文学研究界的一支重要力量,也因为具体的政治经济和文化状况已经发生了天翻地覆——甚至在许多方面与过去截然相反——的变化,致使新批评无法发挥其以前作为一支重要的保守势力的作用。

我们发现,莫雷蒂的立场其实大部分已经清晰地呈现在我们面前,倒不是由他自己出面做出解释,而是学科中人逐渐接受的那套预设体系使然。这套体系随20世纪70年代末和80年代初的文学研究的学术转向而来(如今学术范式已成为这门学科的主导范式),主要涉及批评和审美等范畴。毫无疑问,恰恰有这门学科拒斥文学批评在先,莫雷蒂才认定自己的任务是以文学文本作为获取社会历史知识的途径;毫无疑问,恰恰有这门学科拒斥审美在先,莫雷蒂才认定自己的任务是论及全部"伟大的未读之书",而不只是讨论那"一小撮经典作品"。"伟大的未读之书"是由玛格丽特·科恩最先提出的,这一表达似乎在暗示,审美区隔必然导致阶级区隔,会让我们陷入精英主义的困局。这个隐含的预设,以及莫雷蒂把文本细读比作"神学操练"而予以否定的背后所隐含的预设,放在过去是左派提出的合情合理的政治观点:前者是对唯心主义美学的批判,后者是对唯心主义批判的批判。而如今,这些政治意图明确的观点,只能以所剩无几的残存形态出现,我认为这是当代文学研究领域的一大特点。值得一问的是,这些合情合理的政治观点及其他类似的政治主张都去了哪里?为何学科中人不再直截了当地提出这类观点,而非要含蓄地将之隐藏在一个似乎只关注方法论、保持政治中立的争论之中?倘若它们果真被直截了当地提出,在目前这个全然不同的局面下,此类观点对我们来说在政治上仍然可取吗?

要回答这类问题,一个办法是继续发问:那些能够写出或读到下面这番话而不深感前后不一致的思想家,他们眼中的文学研究是什么样的,这一工程有何价值?莫雷蒂告诉我们,文本细读作为方法论是不够的,理由是:

> 它难免只能依赖寥若晨星的那一小撮文学经典。只有当你认为真正重要的文学作品屈指可数,你才会心甘情愿地把时间和精力花在个别文学文本上。这如今已成了文学研究的前提,虽然人们对此尚无意识或避而不谈,但这一前提坚不可摧。如若不然,文本细读就毫无道理。(第48页,字体区分为原文所做)

在批判莫雷蒂的这一观点时,如果我们以阅读为例证,甚至提及"最喜欢的书",难道不会显得缺失学科性(undisciplinary)吗?可当我们暂且从非专业角度来思考,莫雷蒂此处所做的论断便显得相当扎眼,因为显而易见,人们一直心甘情愿把时间和精力花在个别文学文本上,而不觉得有任何必要去声明这些文本是屈指可数的"真正重要"的作品。人们走近文学的原因多种多样,未必都是为了掌握整个文学领域。若非如此,莫雷蒂的论证其实是在遵循他自己心目中的那个"尚无意识或避而不谈的前提":就学科目的而言,文学变得"重要"的唯一方式是作为一个总体系统,从而文学作为诊断工具可以用来分析历史文化力量的总体系统。到了学科史的这一阶段,任何别的前提或方法都"毫无道理"。

莫雷蒂的工作成功地延展了这样的学科逻辑。具体而言,这正是学术转向在批判"批评"和"审美"时所用的逻辑,我们在前面提到的威廉斯针对这两者所做的批判便是一例,而莫雷蒂实际上延展了这一逻辑。他指出,一旦我们断定"批评"和"审美"本质上是康德主义、唯心主义和新批评主义的,并且以此为由而摒弃两者,我们也没什么理由继续秉行文本细读——甚至连阅读本身都应一同抛弃。与许多学科中人不同的是,莫雷蒂认为批评、审美和文本细读三者必须放在一起思考,一荣俱荣,一损俱损。整个"量化文学研究"工程就目前的构成来看,恰恰是建立于这样的见解之上:我们一直在探究的批评、审美和文本细读这三条思考线路,互相缠绕,难解难分,中断了前两条线路,也就必然要中断第三条。莫雷蒂声称,世界文学研究"无疑"要超越文学经典,如若不然"那就太荒谬了!"读到这里,我觉得我们必须察觉到一位充满活力的思想家的恼怒,他由衷地相信,文学研究这门学科的治学理想就是知识生产,最好能"科学地"生产知识,然而他却频频发现,自己所属的学科尚不清楚,全力奉行这一治学理念到底意

第三章 历史主义/语境主义范式

味着什么。可以说,这有点像《皇帝的新装》里的小男孩遇到的问题:只有莫雷蒂愿意指出我们目前所陷入的"荒谬"处境。之所以荒谬,因为学科中人一边通过诉诸学术标准——科学地生产历史文化知识——来为文学研究辩护,一边却沿用原本为文学批评这一完全不同的任务而创造出来的工具和概念,譬如文本细读,以及在经典与非经典之间所做的审美区隔。

因此,如果说莫雷蒂对文本细读的反驳引发了诸多争议,那么只不过是因为我们很少看到有人如此孜孜不倦地贯彻过去三十年来支配文学研究这门学科的核心逻辑,即抛弃批评工程,拥抱学术工程——前者立志为普通受众施行审美教育,后者致力于为专业受众生产历史文化知识。事实上,莫雷蒂的观点之所以离经叛道,原因恰恰在于他毫不犹豫地奉行这门学科当前的正统观念。他勇于承担这一学术立场带来的全部后果,拒绝被学科发展的停滞不前绊住自己的脚步,这无疑表明,他是一位真正的思想家,值得我们钦佩。然而,在承认这一点的同时,我们还需追问,是否有某些至关重要的疑点被忽视了——譬如,莫雷蒂所秉持的立场旨在应对过去的某一状况,而我们现在所处的情势已大不相同。

莫雷蒂的扛鼎之作《曲线图、地图、树形图——文学史的抽象模型》(2005)的卷首引语取自罗伯特·穆齐尔(Robert Musil)[1]的几句话:

---

[1] 罗伯特·穆齐尔(1880—1942),奥地利作家,其代表作《没有人性的人》被认为是一部重要的现代主义小说。

> 想要获得真理的人成了科学家。想要尽情施展主体性的人可能会成为作家。但是想获得介于真理与主体性之间的东西的人,应该成为什么呢?(第1页)

这与纯文学家们在20世纪初面对的问题有几分相似,即在以科学严谨著称的现代研究型大学里,如果有人关注文学在审美和塑造主体性方面的功能("尽情施展"),那应当如何就此展开研究?莫雷蒂给出的答案是"文学史的量化研究"。该方法与我们这一时期文学研究的核心逻辑极为一致。[20]他的回答与威廉斯、伊格尔顿、詹姆逊及其他很多左派前辈们对此问题的回答基本一脉相承,只不过更加科学化,但本质上都是意识形态批判。沿着政治光谱往右看,该领域的许多左翼自由主义者(他们构成了这门学科的主流),从格林布拉特和加拉格尔起,针对这一问题给出的答案是探究文本的嵌入性(embeddedness),并据此修撰文学史和文化史。无论其政治倾向如何,所有给出的答案都有着共同的思想底色,即它们都认为文学研究的任务是文化分析。这是当今文学研究界占主导地位的历史主义/语境主义范式的基本特征。然而,针对穆齐尔的问题,我们还是有可能提供一个全然不同的答案的。例如,我们可以从科学严谨地记录主体性的发展史入手,继而积极尝试开创新方法,用以科学严谨地培育主体性。为了开展这样的文学研究工程,我们首先需要做到两点,一对主体性的生成与培育的过程做一番哲学解析,二开创一套严谨的阅读方法论。于是,这里我们与 I. A. 瑞恰慈重逢,又回到了叙述的起点。

历史主义/语境主义范式的广泛性和丰富性

　　本章仅列举了五位人物,算上我对盖洛普的快评一共也才六位,因此有人可能会说,我对他们的分析不足以验证这门学科的整体情况。显然,这些人在某些关键方面并不具有代表性——比如六人中的四人都是声名卓著的"白人男性"。但我相信没人会否定他们是文学研究领域近几十年来出现的重要人物,他们引领了学科潮流亦是不争的事实。我们当然可以轻而易举地补充一些例证,收录其他相关学者或研究潮流。我对那些具有鲜明的"学术"特点的新工作就只字未提。我们这个时期流行起来的"书籍史"或"文献学"便是一例,指出这个研究领域的任务是知识生产,完全是多此一举。另一个例子是深受威廉斯影响的学者爱德华·萨义德,他的思想激发了这一时期文学研究的一个重要流派。说萨义德及其追随者的工作从属于主导范式也是多此一举,因为后殖民主义研究领域的核心工作显然是以典型的历史主义/语境主义风格开展的。值得顺便一提的是,萨义德为了跳出这一范式,采取新的批判立场,明确呼吁"回归语文学"——学术范式的胜利及其影响之大由此可见一斑。无论如何,我相信本章探讨的几位人物已足够说明问题,我们从中能初步摸清当前研究范式的大致轮廓。

　　有的读者只熟悉这几位关键人物的研究路数,对学术范式的其他代表则不甚了解——抑或对其也是了解的,但可能还需稍微了解一下该范式在多大程度上已达成学科共识。有鉴于此,这里有必要开列一个清单,扼要介绍学术范式的其他重要实例。我从近三十年出版的一系列重要著作中摘录了几句话,附在下文,这些引文很好地呈现了文学研究的学术取向这一大工程的特点。这样做稍显奇怪,学科中人一般不会在未经分析的情况下便将一长串引文原封不动地铺排开来——但我认为这样做是很有用的。尽管过于简明扼要,这些引文也能让我们领略历史主义/语境主义范式的广泛性、丰富性及完美的连贯性。另外,这种做法有助于提醒我们,任何一个思想范式的正常运作,都离不开种类繁多、五花八门的研究工作。这里汇集的例证包含了多方面的探索:有的研究几乎直接以文学为契机进行文化史的书写,而有的则剖析(往往以"理论"的形式)某一特定的文化进程;有的研究对较明显的文学或审美现象进行历史梳理与分析;有的赞同用新批评提出的词汇来处理具体的媒介;有的企图对特定文类进行历史化,诸如此类。毫无疑问,这一阶段的思想界既错综复杂,又精彩纷呈,学科中人在多个层面上开展研究课题,课题与课题之间有的密切关联,有的截然相反。我要指出的是,这种复杂性的背后有一套隐约可见的预设,学科中人对于文学学科应当做出什么样的研究工作已有共识。

最后说明一点:我知道许多读者想跳过下面的引文,或者只想匆匆一览,不过既然已经坚持阅读到这里,何妨认真通读这些引文?这里汇集的句子——姑且不论我对每段引文所持的个人看法——相当于一个索引,每个条目都代表我们这一时期最出色的学术型思考范式,供读者品评。一旦你能领悟到,这些重要程度不同的课题全都遵循同一个学术范式,就好比质量不一的物体共同围绕一个质量巨大的物体旋转,你就会接受我的观点,洞悉这个其实很简单的规律。

在考察女性作家在差别很大的文类上取得的成就时,我们发现了一个看起来独属于女性的文学传统,这一传统受到许多女性读者和女性作家的关注和重视,却始终没人能为它下一个完整的定义。……为了理解这一女性传统在发展过程中逐渐摆脱的焦虑,我们对19世纪女性作家创作的文学作品进行了仔细探究……

桑德拉·M. 吉尔伯特(Sandra M. Gilbert)和苏珊·古芭(Susan Gubar):《阁楼上的疯女人》(*The Madwoman in the Attic*)

(纽黑文:耶鲁大学出版社,1979年)第 xi 页

本研究探讨进化论被小说家所同化和抵制的某些方式。……本书的关注对象是维多利亚小说。……然而,进化思想一旦成为嵌入我们文化之中的预设,而不仅仅是引发争议的话题,它就会产生更大的影响力。……进化思想植入我们文化的过程,是本研究的另一个主要关注点。……正是由于我们生活在一个充斥着进化思想的文化中,我们才难以察觉进化思想所激发的想象力在我们对世界的日常解读中起了多大的作用。

吉莉安·比尔(Gillian Beer):《达尔文的情节》

(*Darwin's Plots*)

(剑桥:剑桥大学出版社,1983年)第2页

本书认为,莎士比亚在他的十四行诗里创造了一个令人耳目一新的诗意主体性(poetic subjectivity),这一主体性在后文艺复兴文学或后人文主义文学中具有非同寻常的威力,因为它打破了他之前的十四行诗中的那种规范化的诗意人物和诗意人格,并由此获得进一步扩展。

乔尔·法恩曼(Joel Fineman):《莎士比亚的说谎的眼睛:诗意主体性的创造》(*Shakespeare's Perjured Eye: The Invention of Poetic Subjectivity in the Sonnets*)

(伯克利:加州大学出版社,1985年)第1页

我希望证明,[维多利亚小说的]用意……是确认小说读者的"自由主体"身份。……我进一步假定,传统小说……仍不失为我们文化的重要考量因素。……所谓"小说之死"……实际上意味着小说元素无孔不入的渗透与扩张。……因此,当我们谈及维多利亚小说与……大众文化时代的关系,我们看到的是当今时代谱系中的关键一段。

D. A. 米勒:《小说与警察》(*The Novel and the Police*)

(伯克利:加州大学出版社,1998年)第x页

关于西方受惠于中世纪阿拉伯文化这一点,我并未找到两者之间无可否认的重大关联,没有建构出新的"证据",也未能找到遗失的手稿。本书讲述的事实,没有什么是以往的诸多讨论中未被揭露或未被引证的。我只想解释,为什么在那么多罗曼语系的文学史家看来,别人使用的文本、引证的事实、做出的新发现是无足轻重或是可以忽略不计的,然后简要地提出一个思考视角,以彰显这些文本、引证和新发现的重要性,将之从被人遗忘的冷宫中请入思想的正殿。

玛丽亚·罗莎·梅诺卡尔(María Rosa Menocal):《阿拉伯与中世纪文学史》(*The Arabic Role in Medieval Literary History*)

(费城:宾夕法尼亚大学出版社,1990年)第 xiv 页

《衣柜认识论》提出,始于19世纪末的关于同性恋/异性恋(暗指男性)的定义,长期以来一直危机四伏,如今已成为普遍痼疾,它对整个20世纪西方文化,对其思想和知识的许多重要节点,都产生了结构性的——甚至分裂性的——影响。

伊芙·科索夫斯基·塞奇威克(Eve Kosofsky Sedgwick):《衣柜认识论》(*Epistemology of the Closet*)

(伯克利:加州大学出版社,1990年)第 1 页

因此,乔叟的主体性似乎是一个值得研究的课题,

不仅由于这一课题本身有趣,也不仅为了复原一个动辄被曲解的过去……而是由于探究乔叟的主体性可能有助于我们理解自我构建这一辩证过程本身所涉及的种种议题。在塑造世界和扭曲世界的巨大社会经济力量面前,历史知识也许显得虚弱不已,不堪一用,却不应被彻底摈弃。

李·帕特森(Lee Patterson):《乔叟与历史的主体》(*Chaucer and the Subject of History*)

(麦迪逊:威斯康星大学出版社,1991年)第12页

无论隶属右派、左派,还是中间派,这些族群最终选择退守文化民族主义这一观念。……与此对立的另一个更困难的选项是:对克里奥尔化(creolisation)、异族通婚(métissage)、混血人(mestizaje)和杂交(hybridity)等现象进行理论化。本书探讨这一历史性融合所产生的重大后果中的一个小方面,即黑人的离散经历——别的族群后来的离散经历也产生了同样的效果——所催生的立体声、双语和双重焦点的文化形态。我把这些离散黑人所拥有的感受结构、生产结构、交往结构及记忆结构,试探性地称为黑色的大西洋世界。

保罗·吉尔罗伊(Paul Gilroy):《黑色大西洋》(*The Black Atlantic*)

(伦敦:维索出版社,1993年)第2—3页

尽管学者普遍认为,英法两国对版权的系统性使用或者出现作者所有权的迹象可以追溯至18世纪和19世纪……但是有人注意到,早在16世纪就有了对文学所有权的萌芽意识,只不过当时的意识比较模糊。本书指出,早在16世纪的头十年,使用方言土语创作的作家就已经在这方面做出了不懈努力,这些人通过提起诉讼、运用特权、诉诸初期的版权法、监管作品的出版与发行等手段,来保护其作品不受侵犯。

辛西娅·J. 布朗(Cynthia J. Brown):《诗人、赞助人与印刷商》(*Poets, Patrons, and Printers*)

(伊萨卡:康奈尔大学出版社,1995年)第3页

若不是对往昔的那种批评充满怀旧之情,何必要关注诗歌的形式及其复杂精妙之处呢?在《形式责任》一书中,我用"有历史依据的形式主义批评"来观照浪漫主义美学,从而激活当今人们对批评的兴趣。……我要阐明的观点是,浪漫派对诗歌形式所投注的热情……使其参与关于其所在的历史时刻的重要讨论之中。

苏珊·J. 沃尔夫森(Susan J. Wolfson):《形式责任:英国浪漫主义诗歌的形成》(*Formal Charges: The Shaping of Poetry in British Romanticism*)

(斯坦福:斯坦福大学出版社,1997年)第1页、第30页

《家庭照片》一书以拍摄的图像文本为研究对象,企图创造出一套让我们得以谈论家庭摄影的具体元素的理论词汇。……我们需要的是一种论述语言,借以阐明家庭照片的隐秘性和常规本性,从而凸显家庭照片的种种规约,并挑战这些规约背后的意识形态的威力。……我在本书中考察当代话语中折射出来的"家庭"观念,探究这一观念对某些塑造后现代心态的创伤性转变进行协商和斡旋的能力,以及家庭观念为这些创伤性转变所施加的暴力提供不在场证明的能力。

玛丽安·赫希(Marianne Hirsch):《家庭照片:摄影、叙事与后记忆》(*Family Frames*:*Photography*,*Narrative*,*and Postmemory*)

(剑桥:哈佛大学出版社,1997年)第10页、第13页

如果说本书只有一个核心主张,那就是:英美现代主义一方面急于肯定人类生产和创造的价值,另一方面又对不受人类意识操纵的物体世界向往不已,两者之间的张力构成了现代主义的核心驱力。

道格拉斯·毛(Douglas Mao):《实物:现代主义与生产的考验》(*Solid Objects*:*Modernism and the Test of Production*)

(普林斯顿:普林斯顿大学出版社,1999年)第11页

我将要论证的是,小说的兴起与其说是因为它挑战

了遏制其发展的审美等级和社会等级,不如说是因为它把这类阶层分化投射到读者身上。小说远非消弭阶级区隔或性别区隔……而是内化乃至重建这一区隔。

利亚·普赖斯(Leah Price):《作品选集与小说的兴起》(*The Anthology and the Rise of the Novel*)

(剑桥:剑桥大学出版社,2000年)第7页

家庭生活不仅是维持饮食、习俗与行事方法等英国文化的构成要素的关键,同时也是以进步之名注定要被推翻的惨败境界,如何以成为可能?……《展演家庭生活》一书试图分开考虑早期现代英语戏剧中显露出来的这一矛盾,进而揭示这些戏剧给观众或读者带来的既相互矛盾又无比强大的共鸣。

温蒂·沃尔(Wendy Wall):《展演家庭生活:早期现代戏剧中的家务活与英国身份》(*Staging Domesticity: Household Work and English Identity in Early Modern Drama*)

(剑桥:剑桥大学出版社,2002年)第5页

虽然家居室内……直到18世纪晚期才开始出现在高水准、高级别的诗歌和散文里,这一家庭内部的意象在19世纪小说和诗歌中一跃占据最重要的位置。本书试图解释,散文作品中描述在地位和功能上发生的这一变化,背后有着怎样的历史文化变迁。

辛西娅·沃尔(Cynthia Wall):《物的散文:论描述在18世纪的转变》(*The Prose of Things: Transformations of Description in the Eighteenth Century*)

(芝加哥:芝加哥大学出版社,2006年)第10页

本书的大部分工作都将致力破除人们对"莎士比亚"和"中国"之间的文化排他性的幻想,同时也不罔顾这一事实:即便每次阅读都是一次重新书写,人们对某个经典文本的多次重写也并不总是意味着对常规假设的彻底反思。正是基于这一信念,我将探讨莎剧演出中透露出来的对中国的跨国想象,以及莎士比亚在(从1839年第一次鸦片战争至今的)中国文化史上的地位。

黄诗芸(Alexa Huang):《中国莎士比亚:文化交流200年》(*Chinese Shakespeares: Two Centuries of Cultural Exchange*)

(纽约:哥伦比亚大学出版社,2009年)第5页

本书提出的基本假说:蓄奴制度和品位文化对现代身份的塑造至关重要,且在塑造的过程中,两者不是各自独立的,而是异卵双生,彼此相似却又有所不同。

西蒙·吉坎迪(Simon Gikandi):《蓄奴制与品位文化》(*Slavery and the Culture of Taste*)

(普林斯顿:普林斯顿大学出版社,2011年)第xii页

为何人们总是沉溺于对传统良善生活的幻想,比如相信夫妻之间、家人之间、政治体系、种种机构、市场存在着恒久的互惠性,哪怕有大量证据显示这些事物并不稳定,十分脆弱,且代价昂贵,仍然深信不疑?……我的国家情感三部曲——《国家幻想的解剖》《女性的诉苦》和《美国女王去了华府》——的读者能看得出来,这些问题在探究美国在过去两个世纪以来的美学、爱欲和政治方面至关重要。……《残忍的乐观主义》将扩大"三部曲"的关注范围,地域上延伸到美国以外,时间上延伸至当代此刻。

劳伦·贝兰特(Lauren Berlant):《残忍的乐观主义》(*Cruel Optimism*)

(达勒姆:杜克大学出版社,2011年)第2—3页

问题恰恰在于,大多数对现代性的解释都只承认其欧洲面向,而否认其混杂形态,认为书写欧洲或西方的历史……可以无须参考其他地方的历史。然而,倘若我们能够证明,像狄德罗和伯克这样的作家和思想家,其思想的形成深受他们对蓄奴制和殖民征服的反思,那么我们应当也能重构启蒙运动、殖民主义和现代性之间的关系,让它们彼此贴靠,通过相互之间富有成效的对话得出新结论。

苏尼尔·M. 阿格纳尼(Sunil M. Agnani):《正确地憎恨帝国:两个印度与启蒙反殖民主义的限度》(*Hating

Empire Properly: The Two Indies and the Limits of Enlightenment Anticolonialism)

（纽约：福德汉姆大学出版社，2013年）第 xxi 页

本书讲述的是种种历史事件和历史反转的故事。这些事件和反转导致了西班牙裔美国人未将自己想象为新兴国家的主人，而是想象为美国内部出人意料的、加剧种族化的一个族群。……该书试图追踪与美国拉丁裔知识分子的生活有关的思想和文本的流通路径。这是一部历史……

劳尔·科罗纳多（Raúl Coronado）：《未曾到来的世界：拉丁裔书写与印刷文化史》(*A World Not to Come: A History of Latino Writing and Print Culture*)

（剑桥：哈佛大学出版社，2013年）第 17 页

第四章　批评无意识

库恩告诉我们,没有一种范式能彻底主宰其所在的领域,所有范式都必定遭受质疑、招致不满,并受限于种种附加条件。作为总括性观点,库恩的这句话无疑有助于我们理解文学研究在过去几十年里发生的情况。历史主义/语境主义范式目前主导这门学科,且已主导几十年,然而像所有主导范式一样,它并非全然不受困扰,总有人觉得该范式的限度之外,还存在更为重要的东西。不少出色的研究已经感知并探测到现有范式的限度,尽管尚未有所突破。这些质疑主流范式的批评工作获得了人们或大或小的支持。如果相信文学批评工程具有政治——我想再加个修饰语,"人性的"——意义,那么我们会对这些不同形式的异议感到十分好奇。历史主义/语境主义范式在当下的强势地位,难免使人悲观地预测,文学研究这门学科仍在朝着与主导范式大体相同的方向发展。然而,是否存在一条隐匿的发展轨迹呢?回答这个问题的途径之一,是回顾文学研究的近期历史,考察不同的思想家如何尝试挑战学术范式的边界,并评判这些尝试在多大程度上可以被视为即将到来的新型批评范式的雏形。这项重探文学研究史的工作自然既是推想性的(speculative),也是施为性的(performative),前者易于被误认作预言,后者易于被误认作宣言——但无论如何都值得一试。那么,当我们回顾这门学科近来的发展史,我们能否从中发现蕴含文学批评的潜在未来的一粒种子?

本章将带您一览文学研究这门学科近年来涌现的一些有趣的新趋势。究其本质,这些新趋势并非属于"文学批评",但在较长的历史视域下看,它们表达了对现行范式的不满,甚至在隐隐地尝试与其划清界限。为便于讨论,我把这些新趋势划分为三大类:钟摆(Pendulums)、暗示(Intimations)、扩张(Expansions)。出于对历史主义/语境主义范式的狭隘性的不满,有些学科中人主张回归该主导范式一向竭力诋毁的术语,此为"钟摆"趋势。我们当下形形色色的"新审美主义"和"新形式主义"就是该趋势的代表,这些新发展与呼吁回归旧范式的复古行为不同,并且力图与后者划清界限,真正地开创新局面。"暗示"这个类目包括因对主导范式不满而主张新型阅读模式(譬如"浅读""修复式阅读")的近期发展,以及情感研究方面的相关进展。我认为,此类提议隐晦地表达了审美(或至少是"情感")教育对这门学科的必要性,尽管这一育人工程目前还不尽完善,它的实施还不够系统,未能自成范式。最后一个新趋势是"扩张"。近三十年来,文学研究领域出现了很多要求大幅度扩张研究框架的提议,这些提议均被我归拢在"扩张"类目之下。其中涉及的关键词按出现的先后顺序排列如下:"跨国""全球""深邃时间"(deep time)、"世界文学""人类世"(Anthropocene)等。依我之见,这些词语需要与一系列坚持不懈地冲破语境主义一贯狭小的思考范围的集体努力放在一起解读。这类寻求突破主导范式的尝试似乎仅仅在延展该范式的影响范围,不过你若理解其内在动机——对学科细化,甚或学术专业化本身的失望——那么这类突围的尝试,也可以解读为这门学科在表达综合性的批评范式在深层结构上的缺失。

考察这三大趋势的发展过程是相当激动人心的,不过我还是要在本章伊始就指出,三者的发展史略有重复。我们在本章会反复看到同一模式:一位敏锐的思想家在其局部研究领域受阻,而这个阻碍实际上是主导范式的界限之一,尽管它并未被如此看待;这位思想家不满于受此钳制,继而批判主导范式的某些要素,然而此番批判后来被证明是片面的,出于历史原因,主导范式本身从未充分、全面地为人所注意;由于片面,此番批判转而被重新纳入主流的学术研究中,不过该批判的内核仍然指向主导范式之外。我们一旦辨识出这种批判模式,便会发现它在多种多样的不同批判话语里反复出现,于是我们意识到,这其实是个普遍现象,任何个案分析都无法做出完整周密的论证。因此我将在下文指出,近几十年来在方法论方面做出有趣成果的思想家,事实上都在致力解决同一个问题:真正的批评范式的缺失。这些成果聚合了大大小小的局部创新,每类创新都不满于主导范式的某个特定要素,却又不能将这些要素加以整合,无法统一明确地表达所有不满,因此现在仍处于"前范式"(Preparadigmatic)的发展阶段。说得积极一点,我们周围涌现出来的若干新趋势,可能会成为一个开端,它将标志着集体探求一个能真正替代主导范式的批评范式的开始。

我知道,很多人会认为此番论断带有倾向性,因此失之客观——毕竟,我仅择取当代批评界最具影响力的思想家为例,直截了当地断言这些人不太明白自己在做什么,然后把他们的提议解读为可能永远不会实现的未来的先兆。我会在本章末尾对此做出更多解释,这里仅强调,我的论断其实并没有听上去那么荒谬。如我们所见,20世纪的大部分时间里,文学研究学科有两种范式并存,既然一种已经丢失,我们自然期待这门学科当前的研究成果会表达这一范式的缺失。这种表达很可能是含蓄隐晦的,而不是清晰明确的,因为参与其中的思想家面临的是一个前所未有的局面:以历史的眼光来看,真正的批评范式的缺失对这门学科而言是一个相当新奇的问题,文学研究作为一门学科自20世纪20年代兴起以来还从未遇到过这种情况。这番话听来令人稍感宽慰,唯一需要补充的是,这门学科面对的难题其实也不算绝无仅有,因为从广义上讲,20世纪20年代的批评革命大体上也要设法解决同一个问题,即创立一个真正的文学批评范式,这一批评制度将会以严谨且可重复的方式培育新式的深度主体性和集体性。这门学科能否解决批评范式缺失的难题,以及能否比20世纪初解决得更好,我们将拭目以待。但愿最终能寻得一个更好的范式。

当我们穿行于多种多样的发展趋势,追踪每种趋势的局部争辩、僵局、突破时,我们很容易在心里将它们彼此对立起来,让它们一争高下。哪些新发展趋势的反响更好?我们应当相信它们提出的哪种建议方案?诸如此类的问题都很好,却不是我关注的主要问题。我尽量认为,引发此类趋势的挫败感在很大程度上是真实存在的,也是合乎情理的,新趋势所提出的最有趣的建议方案的精华部分都是有价值的,至少在其各自领域内是这样。因此,我的导入问题是这样的:我们如何能同时接受这些反主流范式的新趋势?怎样才能把它们提出的最佳议案汇成一股趋势,而不顾其各自截然不同的侧重点?沿着这条宽泛的提问思路,我们面临的重要挑战是对下列三种提案进行明确区分：第一种是充满怀旧意味的提案，它呼吁复兴20世纪中叶文学批评的残留形态；第二种提案把反对主导范式的潜在异见来源重新聚集在一起，并含蓄地将其纳入主导范式；第三种提案播下了激进批评范式的新兴形态的一粒种子，它能否生根发芽尚未可知。

上述方法论问题最后都归结为政治问题。然而读者很快会发现，我在"残留范式""主导范式"和"新兴范式"之间所做的区分，并非主要基于思想家们公开声明的政治立场。坦率地说，很多提出令人激动不已的方法论主张的思想家，在我看来也不免持有幼稚的自由主义政治立场；与此同时，出于前文已经探讨过的原因，这门学科有许多令人敬佩的左派思想家，即便我本人更赞同他们的政治立场，他们却是主导范式——我们急需想办法超越的那种范式——的坚定倡导者。因此，这里区分出"残留范式""主导范式"和"新兴范式"，不能简单依赖思想家自诩的政治立场，而应依据思想家采取的美学主张，因为我认为美学问题是十分重要的根本性问题，它决定一个人对文学的地位与价值方面的态度。笼统地讲，我把那些主张回归传统唯心主义美学模式的提议称为残留范式；把那些一直以来持续呼吁大规模否定美学话语的提议称为主导范式——近来新出现的若干学术范式也显然在此行列；最后一种范式最具推想性，我把那些从唯物主义视角思考文学的美学价值，并致力于为其唯物主义构想奠定根基的范式称为新兴范式，其中能初显真正意义上的文学批评端倪的范式是最为典型者。

最后需要附带说明的是，我接下来的研究方法，与前几章一样,尽可能避免仅仅列出人物名单,而是通过聚焦具体人物来测量这三种发展趋势。另外,也考虑到本章探讨的主要是当代批评领域的活动,我需再次重申,我的目标既不是对近期批评成果进行综合全面的分类,也并非要列出一个最佳研究的荣誉榜。显而易见,本章考察的所有人物都举足轻重,不过我不敢妄断他们果真代表了本学科最激动人心的研究成果——事实上,正如人们所预料的,当下最好的研究成果很大程度上仍是主导范式做出的;我也不是说这些成果是近来对抗主流范式的全部进展。确切地说,我之所以单独挑选出这些新发展趋势及其代表性人物,是因为他们提供了一系列合宜的参照点,从中我们能摸清当下反主流的那一类重要歧见的大致轮廓:它们是一系列不满于现行范式或与之充满紧张关系的点,彼此互不相关,只有整体观照这些参照点,粗略地视之为一个新兴范式,才能连缀出一个清晰连贯的图景。

第一部分:钟摆

如前所示,我们当下的历史主义/语境主义范式得以开展,部分原因在于它对审美范畴发起的大规模批判。所以,那些被人寄予厚望地称为崭新的、更为激进的批评范式一开始就呼吁以不同的方式复兴审美,也就不足为怪了。就此而言,自称"新审美主义"的批评形态始见于20世纪90年代初的英国,随后出现诸多其他形态:时至90年代中期,美国学界以"新审美主义"为名目扎堆出版了内容涵盖整个学科领域的批评作品;专门研究某一历史阶段的文学研究者,譬如研究近代早期的专家,研究维多利亚时期的专家,美国史专家等,也纷纷自我描述为各式各样的"新审美主义"。此外,还有许多人也使用这一标签,却不能简单地将其纳入上述类别,比如寺田玲(Rei Terada)较早提出的"新审美主义"一词,旨在反驳解构主义的抨击者,从而为解构主义辩护。[1]当然,其中某些作品比另一些作品在内容上丰富厚重得多。依我之见,英国较早发表的一组相关著作最有趣,随后出现的多组同类著作在概括及回应相邻学科领域的清晰度方面,都较之略为逊色。早期英国的"新审美主义"发生的重要场所包括:① 由剑桥大学带头发起的复兴晚期康德美学的尝试;②《新左派评论》杂志挑起的另一场辩论,内容围绕阿多诺思想的复归——它带来的困惑与启迪同样耐人寻味;③ 伊泽贝尔·阿姆斯特朗(Isobel Armstrong)的作品——我个人觉得她的新审美主义思想最有意思。这些作品集群最后采用同一标题,这可能会诱使我们得出它们来自同一转向或运动的错误结论。事实上,这些作品在大多数情况下都是局部发展,各行其是,并不十分清楚别处同样冠以新审美主义标题的研究在做什么,即便我们可以甄别出它们共享的思想倾向,它们各自提出的实际研究方案也有不同的含义和影响。因此,我们最好把20世纪90年代兴起的各式"新审美主义"视为一系列异质的局部簇,它们各自独立,共同——有时以相似的方式——回应了主导范式的反美学基调。

千禧年之际,"新审美主义"研究有所整合统一,同时术语发生转变。通读2000年以来发表的相关作品,我们首先发现局部簇之间越来越意识到彼此的存在,具有里程碑意义的论文专辑已经出版、为人阅读;其次,我们发现"新审美主义"这一术语吸引的追随者越来越少,实质上已逐渐被"新形式主义"取代。然而从广义上讲,两个标题下各自提出的论点却极为相仿,各自的代表人物其实也基本是同一拨人。若要不偏不倚地纵览总体发展趋势,那么最好把"新审美主义"和"新形式主义"视为同一时间线上的两端。我这样做也不无顾虑,原因不在于如今的某些"新形式主义者"对早期的新审美主义研究毫无了解,而是因为在同一条时间线上追踪两者的发展史,我可能会犯一个常见的错误:混淆"审美"与"形式"之间的差别,使得"审美"悄然滑入"形式",于是讨论中真正关键的问题被遮盖,参与讨论的人无法看清这一点,进而诱发一些更具体的混淆,这些混淆构成当今该领域的许多重要作品的底色。

新审美主义(New Aestheticisms)

首先从几种"新审美主义"谈起。大多数情况下,20世纪90年代聚拢在各式新审美主义旗帜下的思想家至少注意到这门学科自80年以来由于普遍拒绝审美范畴而产生的重大转变,并感知到因排斥审美而导致的某种重要成分的缺失。至于缺失的"成分"到底为何,则言人人殊。有人关注的重点是,文学研究学科如果不就具体的文学文本的美学价值做出缜密判断,将会遭受巨大损失。此类说法背后的逻辑通常是,既然审美判断无论如何都难以避免,我们如若不愿做出明确判断,就只能被动地进行隐含判断。这很令人遗憾,因为隐含判断往往意味着默许最为传统的批评准则，而无法摆出我们自己的判断原则以供进一步批判。另一些人尤其怀念审美所具有的区隔能力，即它可以是区分文学与非文学的一种手段。此类说法背后的逻辑是，排斥审美，就没有办法定义文学性的本质，于是我们只能任由文学作品被简单而泛泛地视为"一般文本"中的一种而已，从而无法体认文学文本的独特性。还有人认为，由于未介入审美问题，这门学科已困囿于一种猜疑式和诊断式的阅读模式中，这固然有助于意识形态批判，却不利于培育读者从文本中获得审美愉悦的能力，因而无法在读者与文本之间缔结一种积极关系（此观点在随后的二十年间余音不绝，即便原先强调的审美缺失本身已经不再是关注重点）。这三种论调时而彼此独立，但在大多情况下，被该时期的新审美主义的核心工作同时发出，只是侧重点略有不同。总而言之，认同新审美主义的思想家都觉得回归审美是必要的，并认为问题的关键在于我们能以何种方式复兴审美。

如前所示，这几种新审美主义观点所描画的学科地图是有准确之处的。它确实表明，人们对审美范畴的批判曾经如此广泛而彻底，以致这门学科的很多关键人物也对之全盘否定。它还表明，审美批判是使这门学科的基本研究取向发生大规模转变的根本原因。另外，这一研究取向的转变，使新审美主义者留恋的那种具体批评活动在原则上更加难以辩护，在实践上更加难以操作，所以时至20世纪90年代，文学研究这门学科不再拥有那种能做出明确而缜密的审美判断的典范方法，不再拥有能够清楚界定文学与非文学边界的典范方法，也不再拥有一种与文本愉悦建立积极关系的典范方法。在这一时期，历史主义者/语境主义者的审美批判使那种范式性的批评工程在原则上显得退步,至少对许多人来讲是这样——甚至尚未被主导范式的批评原则所说服的人也倾向于追求与审美无涉的别样批评工程,因为他们觉得后者更激动人心。在这个意义上,可以说新审美主义从一开始就受益于其对学科周边地形的透彻理解。[2]

必须补充的是,在若干重要层面上,新审美主义流派整体上显然难以看清它所回应的全局势态。不仅审美范畴——以及使得我们做出审美判断、定义文学性、邂逅文本愉悦的那些广为接受的方法——被悉数摈弃,同样被摈弃的还有一套完整的批评范式。这套批评范式尽管本身有诸多缺点,却曾提供了统一的方法,把上述不同的批评工程同时整合为一个目标相对一致的思想实践。如我们所见,因失信而被摈弃的,实质上是一个完整的综合体,我们以往用这套合成方法进行文学研究。最有洞见的观察者不需后见之明也能及时认清这一点,然而就整体而论,新审美主义当局者迷,未能看到文学批评范式的陷落。正是对靶子的大小的低估,在某种程度上导致新审美主义未能击中靶心。由此而带来的一个结果是,新审美主义作为一个整体潮流不仅对其所攻击的目标懵懂无知(从某个角度看,它攻击的应该是文学学问本身的胜利),对其努力捍卫的东西亦不甚了解(它隐隐捍卫的是文学批评实践本身)。新审美主义者实际上是在为文学批评本身辩护,由于看不透这一点,他们也就往往无法充分领会左派批评家如何以其强大的影响力使 20 世纪中叶的批评模式名誉扫地。因为新审美主义看不清大图景,加之出现时间较早,以致我们不好甄别它到底"新"在何处,有时很难看出它与捍卫传统批评范式的旧审美主义有何差别。这些旧审美主义是对传统批评范式所做的残余辩护，它们在面对当下的批判时都不堪一击。尽管新审美主义的主要拥护者都竭力与之区分，却尚未能真正撼动学科现状，使本学科朝着他们指出的方向取得长足进展。

新审美主义的倡导者一直设法提出新观念，以期有别于——用约翰·J.乔因（John J. Joughin）和西蒙·莫尔帕斯（Simon Malpas）的话说——"主张回归由慈祥和蔼的批评元老构成的理事会所掌控的那种艺术理念，即视艺术为普遍的、非政治性的人类活动"（第3页）。[3]乔因和莫尔帕斯对新审美主义历史的透彻理解可谓出类拔萃，然而引号里的夸张词语恐非特例，或可表明新审美主义对旧审美主义的否定向来少之又少。事实上，常常发生的情况是，新审美主义既支持审美范畴，也赞成对审美范畴进行历史主义/语境主义批判。二者并重，难免令人困惑，于是人们似乎出于惯性又退回到老一套的措辞上。以乔治·莱文（George Levine）的《审美与意识形态》（1994）一书为例，这部论文集后来被视为新审美主义的自由派在美国的开山之作，继而又被"新形式主义者"同样奉为新形式主义的开山之作。在该书的前言，莱文首先按照常规动作提出辩解：他无意探讨"超验或普世价值"，也不打算否定审美"从历史上来看受制于意识形态"的事实，诸如此类。莱文接下来为审美做出一个新的承诺：审美不应该成为当下反审美批判的牺牲品。然而他是这么论述审美的积极意义的：

> 审美仍是一个几乎允许自由发挥的罕见甚至独特的空间，政治和意识形态的真实关联在此处至少部分被

绕开了。……在审美世界里,类似于客观和非个人性的东西是可能存在的。……在审美开辟的空间里,人们不必立即做出伦理与政治决定,这些迫在眉睫的压力被推迟了。(第17页;字体区分为本人所做)

"几乎""至少部分""类似于""推迟":看到此番表述,即使是新审美主义的支持者,也很难说引文提出了任何新颖的审美观点,因为它听起来像极了对旧审美观点的重申,只不过语气更为谨慎而已。一旦接受人们当下对唯心主义美学的批判,同时又接受审美观念,那就得赋予其新的内涵才行。莱文的这类论点为我们提出了新的、更易于接受的审美模式,抑或只是用缓和的语气老调重弹?

我们很容易得出后面的结论,但是考虑到新审美主义是一个整体趋向,这样的结论未免下得太快、太狠了。更准确,也更为宽容的结论是:这个问题至少在宏观层面还不能给出最终答复。新审美主义作为反对主导范式的异见派,其呼声发自边缘,意见众多且驳杂。因其生发条件尚欠火候,这个萌芽中的异见派从整体上讲尚未能明确区分出何为旧有的残留观点,何为新兴观点。不过,既然承认了新审美主义在推陈出新方面的含混性,那么也应当注意到,其整体的不确定性所引发的一个直接后果是,各式各样的唯心主义死灰复燃,与人们为辩护旧审美范式所做的最后一搏如出一辙:比如对本该自治的审美领域的政治化行为进行再批判,比如重新致力于建构一个目的存在于自身的审美模型——在最糟糕的情况下,重拾"为了美而美"这个表述所具有的超验力量的信念。除了几个重要例外(将在稍后探讨),自由主义阵营通过呼吁回归康德来恢复唯心主义美学,规模较小的左派阵营与之相呼应,只不过他们呼吁经由阿多诺这一中介回归康德,理由是马克思主义者提出的康德美学既非资产阶级美学,亦非自由主义美学。新审美主义者很少明确指出,一种有别于自律美学的另类美学观是可取乃至可能的;能深刻体认到这门学科的批评范式最初是建基于"他律"美学之上的,则更难得一见。每当思及此番问题,我们便会对威廉斯的"保留条款"被人遗忘而感到遗憾。可想而知,倘若新审美主义者所回应的反审美立场被看作一场清扫活动,扫除本领域的唯心主义美学,最终目的是重建唯物主义美学,那么事情就会变得一目了然——尤其是对转向阿多诺的左派而言。

然而,左派毕竟占少数。这意味着,任何如实评判新审美主义主流工作的学科人士,都必须认清其强烈的自由主义品格。我刚才提到了新审美主义研究中反复出现的三种相关论点,而当我们聚焦于其自由主义内核时,这三种观点往往归结为一:文学研究在左派手里被过分地政治化了。重读当今持自由主义观念的新审美主义者的研究,此类观点不绝于耳。一般而言,这些批评家用较为慎重的语调表达这一看法,将之作为传统自由主义学说发表的有理有据的声明,不过他们偶尔会放弃这种有节制的言说风格,于是我们能从中听出更为深层的弦音:"政治正确已经走火入魔啦!"且看莱文的表述:

> 显而易见,尽管我对上面概述的发展并不十分倾心,但我反对的是还原论和简单化,而不是新审美主义

的整体发展趋势。与我尊重的大部分同事一样,我的"反对"(anti's)是无可挑剔的:我反对基础主义,反对本质主义,反对普遍主义;我也不相信此类反对能无来由地让我们超越偶然性。我欣然接受小写的新历史主义(new historicism),也承认理解文学作品需要参照其与一时一地的关系;对于必然令人感到不适的多样性和不可判定性,我也能轻松接受,反而批评中若少了这些,倒总让我焦虑不安。(第2页)

莱文的这段话具有某种历史价值,因为它简明地概括了人们期待中20世纪90年代的那种自由主义立场,甚至字里行间透露的情感也是那个年代所特有的。这段话的核心要旨是对一切采取"批判思维"的重要性,尤其是在事关重大主张的问题上("偶然性""一时一地""必然不适""多样性""不可判定性""焦虑");因为不得不接受外界强加的政治("我的'反对'是无可挑剔的"),这段话也流露出一丝不满情绪。其所明显缺失的,乃是对政治本身的任何积极承诺。事实上,政治很快成了敌人。紧接着上述引文,莱文说道:

  当下批评界令我感到担忧的地方是,尽管有如弗雷德里克·詹姆逊、爱德华·萨义德、斯蒂芬·格林布拉特和伊芙·科索夫斯基·塞奇威克(且不说本合集的几位撰稿人)等批评家已经极大地丰富了文学批评的可能性,然而他们对文本敏锐且复杂的感悟,乃至他们对文本所具有的重大文化意义的强烈信念,却常被他们的追随者抛诸脑后,于是在这些追随者手中,批评实践被简化为政治立场的操练。在当前的批评领域,人们常常贬低文学,诋毁审美经验,或将审美经验简化为神秘的意识形态。(第2—3页)

正如莱文在前一段话中提出的主张,即他反对的是"还原论和简单化,而不是新审美主义的整体发展趋势",这段引文中的"在这些追随者手中"一语也同样有逃避责任之嫌。确实,或许可以不无公允地指出,引文的批判目标模糊不清,致使句子语法受损:真的是詹姆逊这伙人的"敏感"和"信念"使得其追随者把"批评实践被简化为政治立场的操练"吗?想必莱文要说的是,与他们的追随者不同,詹姆逊及其同僚拥有"敏感"和"信念",而恰恰是这两样东西的缺失才使得其追随者的批评实践只剩"政治定位"。经此重释,引文的语义变为:若对文本的含混性缺乏大度开明的欣赏,对文本缺乏适度的尊重,就会陷入政治挂帅的境地。重释后的语义更谦虚适度,可以令人接受,也能在批判政治化的同时避免对拥护文本政治化的主要思想家进行反驳。然而,引文的语法混乱,致使歧义丛生,其行文给人一种强烈的感受,好像詹姆逊及其同僚才是这番"简化"的罪魁祸首。[1] 于是,詹姆逊及其同道未

---

[1] 这里,本书作者是在对莱文的引文进行语义解析,以揭示莱文的深层情感和批评动机。为便于读者对照,译者把引文中的关键原文摘录于此:"... their sensitive and complex relation to texts and strong conviction ...in their followers, reduce critical practice to exercises in political positioning."

经对质便被责备,莱文故作不偏不倚状,却难掩其攻击性。

此类新审美主义作品真正要反驳的,并非詹姆逊的那些任性妄为的追随者,而是整个文学研究范式的反审美倾向。在这方面,老派自由主义者所做的断言最为常见,也最有力:我们任由唯心主义美学的堡垒遭受破坏,致使文学让位于政治,而我们理应把文学从政治中挽救出来。莱文此处异乎直截了当地表达了这个观点,不过大体而言此观点实属典型。温弗里德·弗卢克(Winfried Fluck)用更复杂精致的形式提出了同样的论点,他坚称,马克思主义的"美学政治化"目前已经走了极端,其结果只能是同等程度而方向相反的"政治美学化"。若想到引语借自本雅明,我们就能体会这个观点所具有的政治力量了,其效果几近于"物极必反""共产主义即为法西斯主义"这类传统中间派的奇思幻想。[4]再以埃默里·埃利奥特(Emory Elliott)为例。在新审美主义的另一部标志性的论文集《多元文化时代的美学》(2002)的前言中,埃利奥特力图使自己有别于保守的"文化斗士们"(他们捍卫的"是主要由欧美白人男性书写的经典"),他声称"内含身份冲突和文化冲突的议题充满个人情绪,因而容易滋生极右和极左,并且会压制那些寻求协商、不稳固的中间立场的人"(第10页)。为了使自己有别于保守派,似乎也有必要与左派区分开来,于是表现出不偏不倚的姿态便又成了题中应有之义。我们被告知,所有此番对政治议题的粗谈都压制了中间派,现在是时候让那些被噤声的人——"协商"和"不稳定性"方面的自由派专家们——站起来发声了。

有些读者会觉得我对自由派的批判过于苛刻,也许诚如斯言，毕竟上述提到的基本都是自由主义的旧有形态，它早已被新的模式取代。然而，那些反对文学研究被过度政治化的中间派所提出的混乱观点，一旦出现，都应给予严厉批判，表面上越温和的观点恐怕就越该批判。兹事体大，尤其对于我们左派人士而言，我们也需要审美，但要从根本上反对自由派对审美所做的政治表达。读到莱文的"必然令人感到不适的多样性"的时候，读者也许容易对此表述浑然不觉，然而"多样性"真的就"必然令人感到不适"吗？谁会感到不适？"无法避免"（inevitable）一词暗含不祥之感，为何像莱文这样有着主体性地位的人，会在1994年感到多样性是"无法避免的"？我们或许可以费力地为此措辞开脱，认为这句话只不过把"批判思维"这一传统自由主义的修辞术（诸如"适应不适"[1]这类表述）与支持"多样性"这一传统自由主义术混搭在一起了——但是坦率地说，这个措辞蕴含的潜在情绪显露出一种令人不安的基调，听来似乎平等本身就带有一种必要的恶。批判思维与多样性的修辞术若运用得当，通常能成功地掩盖这种潜在的情绪。我知道，在深层情绪层面进行的批判常被解读为对人不对事的人身攻击，而我此处的解读当然意不在此——莱文作为学者抑或个人都无疑高尚得多。不过，我们若要理解新审美主义现象的核心，就应该实事求是地认清这种情绪，考察其如何普遍贯穿于新审美主义的作品之中。大体而言，我们看到的是一个日益年迈的中间派队伍，他们发现左派做得过火了，并据此赞成对左派进行保守抵制。我曾在第二章指出，雷蒙·威廉斯对审美所做

---

[1] 原文为"comfort with discomfort"。

的初步批判已经清除了各路唯心主义审美,却未能找到占领这片审美空地的新思想。此处,我想以如下评论为雷蒙斯的比喻作结:一块已被清理的闲置空地若未能被及时占用,资本主义之花很快将再度生根发芽。不过,此番对新审美主义的点评似乎过于残酷了。

毕竟,并非所有行"新审美主义"之名的一系列互不关联的作品都具有自由主义政治倾向,有的也具有明确的左翼倾向——尽管其中部分作品出自文学研究领域之外。此处有必要简述一支更为进步的新审美主义派别,并将之与保守的自由主义审美主义相对照,从而阐明问题。这两支新审美主义派别是"非利士人之争"(Philistine Controversy)的交战双方,论战发起于《新左派评论》杂志,后在《非利士人之争》(2002)和《新审美主义》(2003)两部著作中得以延续。虽然都自命为广义的马克思主义者,然而双方的核心提议皆为回归传统的康德式的艺术自律观念——此观念起码与历史唯物主义极难以调和。为便于讨论,我们不妨聚焦于争论的一方,他们自封为庸俗的"非利士人",也主张回归审美,不过他们是以自认为更合宜的唯物主义方式回归审美的。戴夫·比奇(Dave Beech)和约翰·罗伯茨(John Roberts)是"非利士人"一方的代表,两人视另一派"新审美主义者"的立场为故态复萌,且敢于直言不讳地指出来,譬如它们用"自由主义妄想"这个精妙措辞来做小标题(第35页)。他们认为自由派审美主义者的立场是退化的,并掷地有声地对其予以回应,呼吁最大限度地践行现行的左翼审美批判:

> 阶级、种族和性别衍生出了种种具体情况,且构成了断层线,人文主义的宏大范畴和主导文化的正统地位因此而分崩离析,这是一项政治成就。凭借处于不同主体地位和社会位置的"被支配的语义"的解放,艺术才得以"世俗化",这是一项政治和文化成就。我们要驳斥的,恰恰是对这项成就的贬低。(第32页)

不过,他们的立场绝非对现行审美批判的简单重申。对比奇和罗伯茨而言,左派战胜唯心主义旧美学,是一项需要人们捍卫的"政治成就",同时也是一个需要超越的错误。归根到底,审美不应该被抛弃,而应该被重新思考。因此,他们满怀遗憾地提到"一个时期,当时左派对美学的态度并非全然忽视,而是冲劲十足的怀疑和指责";两人拒绝像左派那样把任何"美学探讨都简化为意识形态探讨",在他们看来,美学的意识形态化是左派自"20世纪70年代和80年代早期"以来的膝跳反应(第16页)。

在这方面,"非利士人"与他们的批判对象"新审美主义者"并无二致。论战双方曾面对同一问题,即如何在不放弃原有的反审美批判的前提下重探审美;对双方而言,问题的答案在于重探审美自律观念;双方也基本一致同意,为了名正言顺地回归看似唯心主义的语言风格,他们需要诉诸阿多诺的权威。双方的区别在于,他们对阿多诺的审美自律观念有着截然不同的解读。比奇和罗伯茨认为,只要左派意识到"把审美与社会相隔离,对维持艺术的自主自律并非必要"这一点,此派就能回归审美自律(第35页)。你若觉得此番观点掏空了审美自律的大部分原意,你我所见略同,不过我并不打算在此裁判上述种种观点。[5]我们当前的目标是揭示"非利士人之争"的关键意义,即,从理论上讲,它为当下文学研究领域的左翼人士提供了一种思考典范。该争论虽然有诸多缺点,却是难能可贵的,它代表了明确奉行马克思主义的人士的努力:在不抛弃左派当前的反审美批判所取得的进展的前提下,他们尝试通过争辩来构想出一种新颖、积极的审美观念。遗憾的是,该争论(尤其在其初始阶段)主要发生在艺术史和哲学领域,乔因和莫尔帕斯晚近出版的论文集《新审美主义》中纵然出现了几位见解独到的文学思想家,后者用不那么康德主义的角度对审美自律做出了新的思考,可惜此番努力最终对文学研究领域的影响颇为有限。对这门学科的左翼人士而言,"非利士人之争"仍然标志着一条尚未走过的路。我们在下文会看到其他路标,也通往那条路。

新形式主义(New Formalisms)

回顾新审美主义这一潮流的自由主义主流,我们见不到比奇和罗伯茨那样对反审美批判的全力奉行。随着时间的推移,新审美主义者声称反驳的原初反审美立场在表述中变得越来越模糊,他们也越来越倾向于把"美学"与"形式"混为一谈——以致"形式"最终取代"美学",进而导致他们对其力图改变的学科状况无法像以前那样从总体上加以清晰把握。沿着时间线,阅读当今的各种"新形式主义",我们屡屡看到的是,那些宣称打破窠臼的思想家其实要么呼吁回归文学批评的残旧形态,要么只是重复历史主义/语境主义这个主导范式的思维和言说方式。

于是,我们来到了本章标题所指示的"钟摆"趋势,因为这里出现了一个典型模式:有人想起一个简单如常识般的规律,即思潮走向如同钟摆一样回旋往复,然后此人以之为默认理由呼吁回归老一套思想。在较早一些时候,莱文这样写道:

> 文学思想家为了反抗新批评的过度形式主义,一直诋毁形式要素。我相信,本书在推动审美重构方面能做出的最大贡献,是把钟摆用力推向形式要素。……实际上,本书恳求一种新型的形式主义……(第23页)[6]

后文将回到此处暗示的"新型的形式主义"。我这里要说的是,中间派似乎比较青睐钟摆这个比喻,它让人觉得从长远来看,每个引人反对的极端都会最终摆至其对立面,因而历史被呈现为以一个基本的中间立场为重心来回摆动的钟摆运动。不过,对于一个走投无路的中间派而言,钟摆运动并不那么令人宽心:如上面的引文所示,虽然历史的钟摆已经摆至一个极端,历史看上去是站在我们这边的,但与此同时历史似乎也是对我们不利的,因为我们不得不"用力推"钟摆,才能使其复归自然状态;这让我们感到自己极为渺小("用力推"),甚至像个可怜绝望的受害者("恳求")。

久而久之,"审美"逐渐被"形式"取代,之后钟摆一次次地摆离形式,然后又回到形式,只是每次复归后,"形式"的要旨有所变化。蒂莫西·佩尔特森(Timothy Peltason)在1999年这样说道:"目前尚未有人提倡一种新型的形式主义,不过这个职业的钟摆逻辑很可能会促成其出现。"保罗·J. 阿尔珀斯（Paul J. Alpers）于2007年如是说："随着新历史主义的兴起，批评的钟摆从形式摇荡至语境，现在有许多迹象表明钟摆又在往回摆动……"同在2007年，斯蒂芬·科恩（Stephen Cohen）为这个比喻提供了一个新颖的观点："作为理论创新的来源，历史形式主义应该用来激活新历史主义，方法是在新历史主义中融入这个时期的形式复杂性，借此创造出一种能敏锐感知到历史和意识形态的形式主义，从而阻止'形式—历史'之间的来回摆动。"[7]几个人的说法中，科恩的观点尤其暴露了钟摆比喻所支撑的那种幻想：可能人们真正想做的，是要把历史的钟摆停在重心处，这样一来就不会再产生极端的情况了。此外，蕾切尔·萨格纳·布尔玛（Rachel Sagner Buurma）和劳拉·赫弗南（Laura Heffernan）2013年在评价新形式主义的时候也恰如其分地使用了这个比喻："称这些新方法为形式主义的人明白，经过历史主义及其所谓最强烈的表现形式——即意识形态批判——长达几十年的霸权，这门学科的钟摆又荡回至文本，新形式主义又卷土重来了。"[8]

我指出形式主义的此番循环往复，目的不是批评那些恰好用钟摆比喻的人，而是要阐明一个更为普遍，对许多人来说可能显而易见的观点：人们对"新审美主义"和"新形式主义"立场的呼吁，部分源自一个预设，即文学研究这门学科以钟摆似的运动方式前行。也就是说，当下被强烈拒绝的，人们应当期待它终将回归。在时间线的起始，莱文既呼吁"新审美主义"，也呼吁"新型的形式主义"，钟摆比喻对他而言似乎是合乎情理的，却又令他不安，这种矛盾的内心情感揭露出他的艰难处境，他彼时的立场与左派早期激烈批判审美的立场仍然十分接近。然而到了时间线的末端，最初的反审美批判要么势头减弱，要么被弃置不理，"回归审美"这个具有争议性的提议也被抛弃，取而代之的是更易于为人接受的"形式"一词。正是在这个时间点，我们看到，那些感觉钟摆现在正朝着他们希望的方向摆动的人开始满怀信心地使用这个比喻了。

我是不是对这个比喻太较真了？为了回应这个问题，我首先指出，历史从不会像钟摆那样向前发展（文学研究学科百年以来的发展轨迹从未像钟摆那般）；然后思考频频依赖钟摆这一预设背后的问题症结所在。拿钟摆来隐喻历史的发展，常常表明人们误读了辩证法；我认为这里以钟摆来隐喻文学研究的历史也表明了一种概念上的僵局：人们想往前走，却不知如何前行，于是只能原路返回。呼唤钟摆的回归不只限于怀旧式作品，也是"新审美主义"和"新形式主义"研究的典型特征，两者分处时间线的两端，它们的差异主要取决于对这个问题的回答：文学研究学科究竟失去了什么必定失而复回的东西？对较早出现的"新审美主义"而言，答案是"审美"；对当今的"新形式主义"而言，答案是"对形式的关注"。我们能从术语的变化中，对"新形式主义"略知一二，除此以外，它的论证模式及论证动机便与"新审美主义"的十分相似。

要想弄清到底是什么力量促使"审美"滑至"形式"，最好从玛乔丽·列文森（Marjorie Levinson）对"新形式主义"所做的考察入手。对于任何探讨新形式主义潮流的人来说，列文森的研究现已成为标准的参考点。《何为新形式主义？》一文中，她在新形式主义内部划分出两个不同的阵营，一个怀旧、保守，另一个创新、进步。列文森认为两个阵营都呼吁早期模式的回归。第一个阵营是"规范形式主义"(normative formalism),此派:

> 发起运动,试图恢复历史与艺术、话语与文学之间的明确界限,并且把形式(追溯至康德,形式被认为是审美经验的条件,它客观、自成目的、嬉戏、令人愉悦、促生共识,故而既能解放个体,也有助于通过情感形成社会凝聚力)看作艺术的特权。(第122页)

列文森认为这类观点是"激发抵制的形式主义"(backlash formalism)而予以否定。通读她的作品,我们当然能理解她的意思:"新形式主义"名下的许多研究确实只是怀旧行为,这些研究把唯心主义美学视为这门学科的哲学根基,并尝试复原之,正如我们在莱文那里看到的一样。

实际上,此类作品也不乏精良之作。安琪拉·雷顿(Angela Leighton)的《论形式》(2007)就是很好的例子,该书在主旨上具有"规范形式主义"的典型特征,但在书写技巧上异常出色。这部著作首先追踪"形式"一词的各种用法,继而对个别代表性作家进行丰富细致的解读。可以看出,该书的阐释风格具有某派自由主义的特点,不过若管它叫剑桥大学本土的自由主义,又过于牵强。[1] 雷顿的论述极具合理性,有效地戳破了诸如王尔德和庞德那些魅力超凡又不切实际的人物提出来的夸大其词的断语。雷顿善用

---

[1] 该书的作者安琪拉·雷顿为剑桥大学英文系的高级研究员。

反讽,故而书中所有极端的说法都被调缓,被拉回符合常理的中间立场。这种论述风格使她的观点看起来极为合情合理,尽管事实上有些观点十分消极退步。《论形式》对个别作家进行了非常敏锐精妙的解读。此书作者很擅长拿捏论述的语气和风格,她无疑是比伊泽贝尔·阿姆斯特朗(我稍后再表扬她)更为清晰(也有趣得多)的写作者,然而最后的结论退化到旧有的立场,又回到我们再熟悉不过的那种审美神秘主义。她做出的几点积极主张都是格言警句式的,譬如"诗歌的空性智慧"(第265页);最后一章的题目是"空无"("Nothing"),这个主题可以让她谈论很多睿智和神秘的东西。总而言之,雷顿的思考丰富多样又趣味十足,在很多方面都代表了当代针对形式主义所做的最强力的阐述。但与此同时,我们也不免感到,兜转回到唯心主义美学的雷顿,已经走入了死胡同。

列文森对第二个形式主义阵营的解析同样准确。借用苏珊·沃尔夫森的用语,她称赞第二个阵营为"积极形式主义"(activist formalism)。列文森认为该阵营致力:

> 为当下还原式的重新解读历史的行为恢复其原初对形式的重视(这个阵营的批评家追溯至唯物主义批判的基础性源头——比如黑格尔、马克思、弗洛伊德、阿多诺、阿尔都塞、詹姆逊等人)。(第122页)

她称赞此派回到了真正历史主义的"形式主义"本源。此处,列文森试图在残旧的形式主义和新兴的形式主义之间做出明确区分——我认为这项工作至关重要。她是本着历史主义/语境主义的精神来执行这项任务的,通过拒绝回到唯心主义美学来遏制20世纪中叶批评模式的抬头,并对那些寻求更好的"历史解读"行为表示支持。我们应该稍微留意一下此处暗含的时代假设,即那个时期的人们相信,适当的"历史解读"本身就是好政治。[9]在我看来,列文森在"新形式主义"潮流内部划分出的这两个阵营,大体上是相当准确的,她反对那些强力召唤审美唯心主义回归的立场也无疑是对的。我只想补充一点:在较长的历史视域下观照,这两大阵营,一个呼吁回到20世纪中叶流行的唯心主义审美,一个呼吁重新致力历史主义/语境主义范式在其最佳或最"原创"状态时强调的基本要点。[10]顺着列文森的思路,"新形式主义"提供的选项是,我们要么回归残旧的形式主义,要么回归主导范式现存的最佳形态。文学研究的新兴范式依然无迹可寻。

话虽如此,却并非要否定最优秀的"新形式主义"作品所具有的丰富性和洞察力,只不过要把这一派名里面的"新"字限制在适度范围内。然而这仍是一个很令人沮丧的结论。为了找到名副其实的新兴范式,我认为更好的办法或许是把列文森的诊断分析反过来看,这样我们甚至能从她视为退化的作品中找到积极元素;当然,与此同时还要保留她对现存唯心主义美学的批判力——她的批判相当精准到位。若反过来看列文森的解析,关注她认为退化的第一种形式主义,我们能看出她其实试图把新审美主义与新形式主义割裂开来,以期更好地赞美后者的历史主义潜能。然而如此割裂是成问题的,因为尽管较早出现的诸种新审美主义有许多缺点,但它们至少有一个优点,那就是它们对研究领域的状况做出了基本准确的评估,即"审美"范畴已经被广泛摈弃,而这确实导致了新审美主义者所指出的那种后果。正是在这个层面上,我们说新审美主义作为一个整体发展潮流从一开始就对学科地形图有着十分准确的认知。然而随着人们越来越少地关注"审美"这一难题,"审美"日益(虽然尚未完全)被更普遍采用的"形式"一词所取代,学科地图也因此变得愈加模糊。一旦有这样的觉悟,再以忽视早期新审美主义为代价来支持后出现的新形式主义,就显得不甚明智了。

为了更清楚地认识这一点,我们不妨考察"新形式主义"的从业者就其在学科史上的地位所做的论断。列文森赞许的那种"新形式主义"作品,围绕学科历史大致进行了如下论证:在过去的二十至四十年来,"形式主义"已成为这门学科的头号敌人;摈弃"形式主义",好处是这让我们更加重视历史,坏处是这让我们疏忽了形式;因此,我们需要通过"新形式主义"来复兴形式,同时兼顾历史。不过,这里所谓的"形式主义"到底是什么意思呢?列文森认可的新形式主义者笔下的"形式主义"一词多指"对形式的专注"。这是一个非常宽泛的定义,也自有其可取之处。但与此同时,我们可以不失公允地说,这是该术语在现存含义中最为肤浅的一种。此番定义镂空了该核心术语的内涵,于是给那些尝试用"新形式主义"作为思考工具的人带来了困难。原因在于,若要接受"'形式主义'一直是历史主义的大敌"这一新形式主义的基本论断,就必须通晓"形式主义"更为丰富的含义,后者通常体现在四十年来出版的优秀作品中:在这些作品里,"形式主义"意味着对某种自我授权的、自给自足的、自治的、目的存在于自身的形式的追求——也就是说,形式主义致力于某种唯心主义美学。如果该术语被简单理解为"对形式的专注",那么它在获得这层新意的同时势必会丢掉一层原意,即人们用它来称呼历史主义的头号敌人。此处不妨重提一个很多人已经发出的质问:若说这门学科三四十年以来对"形式主义"的摈弃是在其"专注于形式"这个层面进行的,那么为何我们总能看到,三十年来所有的重要批评家都极为关注形式?

事实上,如很多人已经发现的那样,历史主义/语境主义范式从未敌视过形式本身。以新历史主义为例,虽然其主要代表们常常是新形式主义的批判对象,他们对形式却从未怀有敌意;若要更清楚地认识这一点,我们只需想想作为新历史主义范式的终极起源——马克思主义传统,该传统的主要任务通常是诊断形式所具有的社会意义——在这方面,詹姆逊是必引的例证。正如列文森正确地指出,"新形式主义"作品常常被迫地迅速予以承认此点,于是免除了对最知名的新历史主义者的一切指控,并奉詹姆逊为新历史主义的最佳实践者,最后告诉我们,他们的论断针对的是詹姆逊的追随者——前文刚提到的乔治·莱文就是这样的新形式主义者。[11] 如此一来,新形式主义者的论点无非就成了:我们应当继续开展现存的历史主义批评,而且要与当今最优秀的历史主义者做得一样好。这么看来,列文森支持的那种"新形式主义"里的"新"就显得有些苍白无力了。再说一次,"新形式主义"作品应该针对当前范式中的最佳者来展开争论,唯有如此,方能产生真正的"新"形式主义。然而我们这时发现"形式主义"存在很棘手的语义矛盾,究其原因,该核心术语在不同的讨论语境中发生了语义滑变,在论述新形式主义与学科史的关系时指的是一回事,在提议"新"的方法论方面又指另一回事。

"形式主义"这一关键术语的定义模糊,充其量是一种不自觉的、能催生有趣作品的语义混乱。不过,我们不安地注意到一个事实,即该术语的定义模糊,恰好方便宣传炒作:确实,多疑的观察者可能会说,这一术语使得某些新形式主义者用头号敌人的名头吸引大批参与者,后者进入之后却发现,此派提倡的只不过是寻常的历史主义外加形式而已。从学科主流研究范式的角度看,"新形式主义"具有强烈的历史主义/语境主义取向,又或多或少地支持这门学科长期以来对解读形式之意义的强调——再没有比这种立场更惬意的了。将之与学科史对钟摆假设的过分强调放在一起看,我们难免会暗自忖度这里有无强烈的职业野心作祟。如果"形式主义"是历史主义的最大宿敌,且你相信学科潮流如钟摆那样来回摆动,那么自称"形式主义者"以便随大流赶时髦难道不是明智之举吗?当然,他们不再提倡旧审美样式的"形式主义"(那无异于自杀),而仅仅提倡以历史主义/语境主义的最佳样式来"关注形式"。从职业野心这个阴暗角度看待问题,多疑的观察者有误读"新形式主义"的风险,认为其既非建立于自由主义也非建立于左派激进主义,而纯粹是建立在职业野心之上。

但是显而易见,最优秀的新形式主义作品不至于如此不堪。从"审美"滑至"形式",如果说这在许多方面意味着指引早期"新审美主义"的那种清晰的学科史意识丧失了,那么它在其他方面则有补偿性优势。"新形式主义"对形式问题的关注是实打实的,与许多——尽管不是所有——现存的历史主义/语境主义的研究工作形成鲜明对比；我们在评估"新形式主义"的时候，若将之作为寻常的历史主义/语境主义学术研究之内（而非与其对立）的一次重心转移，那么它自有其优势。不管怎样，新形式主义强烈求变的冲动，是它真切洞悉这门学科在当前形势下的局限性所致——从长远的历史眼光来看，这一迫切求变的要求尤为重要。也就是说，很多被新审美主义或新形式主义观点说服（至少在某种程度被说服）的人，其实是被一个相当准确的判断劝动的：这门学科的当前形态未能满足它应该满足的一系列重要要求，而无法满足的原因是，它缺失曾经具备的东西。于是，一切取决于我们认为它究竟缺失了什么。"新形式主义"作品给出的常见诊断——缺失"对形式的关注"是问题的核心，而罪魁祸首是"新历史主义"——依我看是很不恰当的，但作为一个整体趋势，从90年代初开始涌现的诸种新审美主义一直到今天的各式新形式主义，该潮流的基本直觉是准确的。我对这一基本直觉做了如下总结：首先，文学研究这门学科在20世纪70年代末、80年代初转向当前范式的时候，丢失了某样重要的东西；其次，丢失之物在某种意义上与审美或形式有关；最后，为解决这个问题，我们需要与"历史主义"决裂。[12]于是，接下来的问题是如何充分发挥直觉的优势，而不至于被它引入歧路，犯下常见的那种语义混乱之谬误。如果说列文森指出的第一支"新形式主义"——"规范形式主义"——因试图重振唯心主义美学而把这门学科引入了绝路，那么第二支"新形式主义"——"积极形式主义"——试图用形式来激活处于主导地位的历史主义/语境主义方法，似乎同样使文学研究走向了另一条绝路，毕竟我们真正追求的是打破主导研究范式。两支"新形式主义"流派使这门科学陷入相似的僵局,二者各自的钟摆运动仅仅牵着我们来回兜圈子,毫无实质性进展。我们该如何向前迈进,开创新局面?

这里,我们再回顾一下早期"新审美主义"的研究成果,其中有些作品对这门学科的全局状况有着十分清晰的认识,故而有助于我们思考创新问题。在新审美主义者看来,阻碍创新的根本原因是没能构建出一种审美范式,使之与我们当下对主流唯心主义审美思想的全力批判相兼容。如前所示,该障碍其实是历史主义/语境主义范式本身具有的一种主要思想局限,现在显得尤为清晰,足见某些新审美主义批评的内在洞察力。面对这一根本性障碍,许多"新审美主义"作品仅仅沉湎于旧范式,而眼光独到的新审美主义者却能真正理解该障碍的本质,甚至去描绘其边界,检验之,再对之施压。英国女权主义思想家伊泽贝尔·阿姆斯特朗就属于后一种新审美主义者,我把她当作"新审美主义"的典范。她的作品富含深邃的思想,代表了试图突破历史主义/语境主义思想的致命僵局的一种集体努力。本节的最后将对她进行简要探讨。

伊泽贝尔·阿姆斯特朗

在20世纪90年代写就的一系列文章里——其中若干篇后来被收录进《激进美学》(2000)一书——阿姆斯特朗试图追踪保守派与左翼反审美的趋同性,并由此揭示"文化唯物主义的'左翼'美学与撒切尔主义很奇怪地密切相关,成对出现"(第14页)。[13]她十分准确地注意到,这种"左翼反审美"源自伊格尔顿、德里达、德曼和布迪厄等人的作品,并对每位理论家展开轮番批判,其论证形式与我在本书第二章就威廉斯的早期作品所做的论证极为相似。阿姆斯特朗的论证是针对伊格尔顿的《审美意识形态》(1990)展开的,如下面的引文所示:

> 作为怀疑解释学(suspicious hermeneutics)方面的重要作品,这部著作与文化唯物主义的立场保持一致,但是扩大了批判范围。该书的主题无非是审美范畴的不可能性。[对伊格尔顿而言,审美范畴]和康德的作品格外有助于一系列不同的压迫体系的滋生[:]资产阶级霸权、商品文化,乃至最终的法西斯主义。(第16页)

这里提到了一个广为人知的看法:如我们所见,伊格尔顿的著作确实"扩大"了现存的文化唯物主义的审美批判,尤其延展了威廉斯的审美批判,超越了之前威廉斯的两条保留条款所设的限制。阿姆斯特朗基本接受伊格尔顿的审美批判,但她力求向前推进,从而开辟审美批判的新境界,于是她呼吁建构新型的,且能成功应对现行左翼审美批判所提出的异议的审美范式。

> 针对我们文化史中根深蒂固的审美政治和审美意识形态问题,伊格尔顿的研究进行了有益而精湛的剖析。然而该书的志趣并不在展望替代性审美上,或者说该书对想象一种新型的审美观念并不十分感兴趣。我在本书的第一章——标题为"审美与城邦:马克思主义

解构"——对伊格尔顿的观点做出了回应。本着兼容并蓄的精神,这一章寻求用其他方式来描述审美,从认知和情感两个维度来重新理解审美的内涵。(第 16 页)

伊格尔顿在论证中有时"无疑让步于右翼的审美概念",而阿姆斯特朗则寻求一种真正的"激进审美":它既不会在现行的唯心主义美学批判方面做出让步,也不会放弃右派传统上运用审美范畴所占领的地盘(第 45 页)。她很乐于反复使用这一批评策略,来回应其他重要的反审美思想家的论断:

> 德里达和德曼两人所解构的审美元素,是那种陈旧的个人主义艺术理论的组成部分,我们历来把这种艺术理论与 19 世纪联系在一起。此番过时的、以主体为基础的资产阶级审美观却被两人普遍化为唯一的审美观,故而他们的批评工作其实做得并不够到位。如此说来,19 世纪文本中潜藏的另类审美,要靠绕过德里达和德曼而不是与他们正面交锋才能实现。我接下来主要探索这种另类审美的可能性。(第 54—55 页)

与对伊格尔顿的回应一样,这里对德里达和德曼,以及后面对布迪厄的回应都采取了相同的策略。在面对每位思想家的时候,阿姆斯特朗的论证步骤是:首先指出,诸位思想家的审美批判并非简单地对审美范畴的批判,实际上是对某种特定唯心主义(往往是新康德主义)美学的批判;然后,她接受其批判的局限性,用别的角度重新思考审美,试着往下推进讨论,使之进入新境界。

我觉得这种论证方式和论点都极具真知灼见,展示了阿姆斯特朗即便没有我们现在的后见之明,仍对学科的全局境况有着精准的认知。她对本领域的各种力量部署洞若观火,从而对具体问题也能有清晰的把握。譬如,别的评论家一度把《审美意识形态》误读为伊格尔顿对复兴审美的呼吁,从而誉之为左派现存的反审美立场与新一轮审美回归的分水岭,比如根据比奇和罗伯茨的说法,伊格尔顿的著作"打响了新审美主义的第一枪"(第18页)[14];阿姆斯特朗却不受此类评论的迷惑,她能够准确判断该书的观点,视其为现存反审美立场的延展表述。在这些溢美之词中,我忍不住再加一句,她在性别问题上的敏锐性,使她屡次揭穿了当下许多审美话语——无论支持抑或反对审美——中隐含的男权主义,因此读她的作品时而会获得一种回心向善的教益。在各式"新审美主义"的提议者中,阿姆斯特朗仍是典范人物,她凭借清晰的学科意识明确区分了两种审美倾向:一种是对残留唯心主义的眷恋之情;另一种是对新型的唯物主义审美的真诚呼吁。简言之,她是极富洞察力的领路人,尤其在关键问题上,譬如这门学科内部的审美到底发生了什么,以及左派就此可能要做些什么,她都引领我们进行深入思考。

那么接下来的问题是,阿姆斯特朗对审美的积极反思能引导我们往前走多远,她提出了哪种另类审美模式,以及她是如何发展出这种替代性审美的?阿姆斯特朗的大致论证形式会令读者觉得熟悉,因为她反复提出的,正是打破主流唯心主义审美思想在审美与现实生活之间划出的分界线。"美学需要扎根于每个人都经历过的切身体验"(第58页);"我曾提议,艺术品应被嵌入日常的生命过程中,我们不能把它与人人都经历的体验相隔绝,视之为超越日常经验的一种特殊创造力"(第79—80页)。对阿姆斯特朗而言,若要使审美重新接触人的生命过程,她需要调兵遣将,援引一大批各色人物,派他们去摧毁康德式或后康德式的具体边界。于是,她调用列夫·维果茨基(Lev Vygotsky)和D. W. 温尼科特(D. W. Winnicott)的理论把审美与通常意义上的——而不是脱离现实生活的康德意义上的——游戏行为联系起来;她征用弗洛伊德、列维纳斯(Levinas)、保罗·利科(Paul Ricoeur)、西尔万·汤姆金斯(Silvan Tomkins)、安德烈·格林(André Green)、威尔弗雷德·拜昂(Wilfred Bion)等人的理论,并再一次结合维果茨基的心理学说,来挑战认知与情感的隔离;她援引英国哲学家吉莉安·罗斯(Gillian Rose)的哲学和社会学思想去消解后结构主义非此即彼的二元对立思维,从而使我们可以居于"断裂的中间地带";她还依据约翰·杜威(John Dewey)的学说大胆地提出自己的断言——"日常经验与审美生产是一脉相承的"(第163页)。以上仅列举几位她援引的思想家,若从头到尾读完她提到的全部人物名单,我们可以即刻领会阿姆斯特朗的旁征博引,她用力甚勤,召集了一支庞大的军队。她委托给这支军队的任务是,拆除一直横亘在日常生活与审美领域之间的壁垒,进而建造一种向外延展的新型审美模式。我认为这是一项关键任务,如前文所示,这也是任何有分量的学科史研究的题中应有之意。

然而,阿姆斯特朗调集的思想家的名单在异质性方面固然可观,它也正因此而有无的放矢之虞,使人怀疑她所主张的立场不够清晰连贯。当你的向导开始兴致勃勃地大谈可供选择的路线有多么丰富多样的时候，这可能意味着你将会眼花缭乱而迷失方向。她的语气总是充满自信，有时几近客观超然，但是我们不应该被此蒙蔽：她的自信，乃至她本着兼容并蓄的精神所使用的散弹射击方法，其实都是她孤立无援的战斗状态的迹象，表明她的批评工程使她在学科史中处于相对无依无靠的境地。她四处寻找替代性审美范式，如果说她面临选择过剩以致无从选择，原因或许在于这些可选之物无一是她真正想要的。我们费力地读完她艰涩难懂的论述，逐渐理解她针对具体问题阐发的富有启示性的观点，接下来自然要问有关理论整合的可能性这类广义问题。她一面把审美构想为一种游戏形式，一面致力于从"断裂的中间地带"进行书写，那么我们究竟如何把两者联系在一起呢？如果我们接受她反复强调的主张，即认知与情感不应被割裂开来，那么这究竟会如何改变作为游戏的审美理论呢？三个要素——作为游戏形式的审美、"断裂的中间地带"、认知与情感的融合——如何同时融入审美理论之中呢？这个问题很难回答。每个审美要素都颇具吸引力，都迫切需要深度探讨，而问题的关键在于运用怎样的语言系统来同时思考这些不同的要素。阿姆斯特朗对学科地形有着异常敏锐的理解，这使她认识到重新思考审美的必要性，也使她能以更为确切的方式反思审美，因此她能指出反思审美所需的一般条件和言说方式。不过，一旦我们抵达唯物主义美学那几乎无人知晓的地界，她会引领我们往里走一段路，却很快转身折回，换另一条小路进入，很快又往回走，如此来回反复。于是我们不禁怀疑，以这样的方式重探美学是否行得通。

在本书追溯的漫长文学批评史的观照下,阿姆斯特朗的立场有一个反讽之处,她四处寻找唯物主义美学,却未能看到唯物主义美学的早期征兆近在咫尺,就存在于批评范式的初期形态之中——她自己所属学科的根基。尽管她在论证过程中顺带对文本细读的历史做出了非常精确的剖析,比我所读过的相关资料更有见地,但是她仍然弄错了唯物主义美学的源头。[15]提及瑞恰慈,她说他"相信自己已经找到了绝对不失真的沟通技巧"。这正好说反了,实际上瑞恰慈几乎一直强调沟通中存在近乎无法克服的障碍:

> 唯一正确的态度,是把一次成功的阐释或正确的理解看作冲破万难之后才取得的胜利。我们不能再把一次曲解单纯地视为不幸的事故,而应该将之看作正常的或然事件。(《原理》,第315页)

我指出阿姆斯特朗对瑞恰慈的误解,并不是要批评她,毕竟瑞恰慈不是她的关注焦点——而是为了再一次强调,在文学批评史的那一特定时刻,对于批评源头,有多么莫衷一是,众说纷纭。彼时的状况如此混乱,以至对学科史有着非同寻常的洞见的敏锐思想家竟也对这门学科的奠基人做出不实论断,且无人提出异议。在学科史的这一阶段,文学批评的审美根源问题没能在大范围内获得足够的重视。阿姆斯特朗没有充分发挥摆在她面前的思想资源,反而把目光转向了杜威,后者提供的非本学科的不同路径将她引入一个似曾相识的终点,即她主张的"日常经验与审美生产是一脉相承的"这一反康德美学。在这方面,她与"新审美主义"

的自由主义主流的做法十分相似,譬如温弗里德·弗卢克也提议转向杜威的学说。其后果是,阿姆斯特朗与批评的起源彻底失之交臂。

需要澄清的是,我话里话外都无意声称,早期的批评范式能解决阿姆斯特朗提出的一切审美问题——它显然不可能。瑞恰慈本人所提供的具体解决方案,要么太自由主义,要么太过时,对她而言都无甚用处;这一范式下别的批评家在审美方面的想法更是乏善可陈。我要表达的是另一层意思:以历史主义/语境主义范式为主导的学科无法为她提供必要的工具,以使她意识到:作为一门现代学科的文学批评建立在积极处理审美问题的基础上——而这正是她试图解决的一类问题。她为此特意开辟了一个新的领域,于是与这门学科渐行渐远。指出这层意思很重要,因为正是受制于学科主导范式的阻碍,她才无法真切地看到,尝试在实践中处理非唯心主义或反唯心主义美学问题将是怎样一番景象——换言之,她不知道,如果把处理审美问题当作文化或政治介入问题,而不单纯当作一个理论问题,可能意味着什么。稍加回顾,我们会发现,早期的批评范式已向我们展示,当工具主义美学或初期唯物主义美学作为一系列实用的教育提案而被付诸实施时,无论在思想层面还是在制度层面都大有作为。正是由于思想和制度层面的同步发展,文学批评才得以作为一门严谨的审美教育学科于20世纪20年代诞生。当然,这门学科自身有很大缺陷,以致它很快便被保守力量收编。即便如此,文学批评仍是现存为数不多的一种制度化的审美教育学科,它所提供的方法精确严谨又广为普及,在英美资本的夹击下一口气存活了许多年。

于是我们想知道,在学科史的这一时刻,倘若有一位像阿姆斯特朗那样兼具洞见和信念的思想家成功地整合了手边可资利用的唯物主义审美要素,然后以此美学为哲学基础发展出一套全新的教学和批评工具,从而对广义文化进行积极的审美干预,会促生怎样的局面呢?在制度层面或许收效不大,毕竟全部的物质因素都于她不利;在这方面,阿姆斯特朗所处的历史关头与20世纪20年代现代批评诞生之际已经大相径庭。然而,即便在制度层面没有真正的进展,在纯思想层面却可能有重大进展。这个反事实的假设并非只是一种臆想,阿姆斯特朗其实已经看到这片思想领地了——她在一篇优秀论文的末尾问道:"当今的审美教育本可以成为什么样子?重视美育的社会将是一个怎样的社会?"(第80页)她对全新方法乃至全新制度的隐隐呼吁是令人感动的。这类至关重要的问题,是她沿着唯物主义审美这一思路引申出来的。事实上,该思路始于"新审美主义",它本该把我们引向阿姆斯特朗提出的这类问题,而不应误导我们陷入对唯心主义美学的怀旧,或陷入"虚无"神秘主义,或陷入令人舒适的"历史主义外加形式"这一僵局。考虑到这门学科能给她提供的帮助如此之少,她还能高瞻远瞩、严肃认真地提出上述问题,这本身就是一项了不起的成就。如何回答这些问题,这一任务仍有待完成。

第二部分:暗示

现在,我们开始往下探索文学研究三大趋势中的第二类。历史主义/语境主义范式有一个鲜明特征,这个特征其实已被许多人或隐或显地指出来了:它在方法上致力于一种诊断式——而不是欣赏式或治疗式——的阐释实践,权且称之为"怀疑解释学"。[16]然而近几十年涌现出大量反驳这类阐释实践的声音,这些围绕方法论问题展开的论证机敏巧妙,其中最具影响力的也许就是伊芙·塞奇威克、斯蒂芬·贝斯特(Stephen Best)和莎伦·马库斯(Sharon Marcus)了。塞奇威克主张用"修复式阅读"(reparative reading)取代"臆想式阅读"(paranoid reading)。贝斯特和马库斯主张用"浅读"取代"症候式阅读"(symptomatic reading)。顾名思义,两种争论均针对具体的阅读模式展开,不过我觉得它们其实指向了某种普遍特质,而该特质是任何阐释性的文化解析工程都不可或缺的元素,因此我们不能简单否定它或弃之不理。"诊断式阅读"(diagnostic reading)或许可以更好地描述这个普泛的特质,因为这一术语听起来更具概括性和中立性,它泛指以文本为工具来诊断宏观文化状态的阅读实践。若要找一个比它还宽泛的术语,不妨用"学术型阅读"(scholarly reading),这一阅读实践把文本主要看作文化分析的场域。无论是"诊断式阅读"还是"学术型阅读",每个都指向一系列广泛的阅读实践;而且,所指向的各式各样的阅读实践不仅对任何学术研究来说是必需的,对真正意义上的政治来说也不可或缺。倘若有人批判这些阅读实践,或者为了开辟新的阅读法而将之与其他阅读实践区分开来,那么他需要扩大批判范围,以便把现存的更多替代性阅读实践也包括在内——贝斯特和马库斯提出的"浅读"即为一例,这种阅读法旨在对文化进行精到的深度剖析,所以它显然也属于"诊断式阅读"或"学术型阅读"。[17]这不由让人担心,近年来涌现出的许多阅读法,看似是在批判这门学科的主导阅读实践,经一番仔细审视,发现它们可能原来还是历史主义/语境主义工程的延续,只不过换了个名字而已。

不过,这些对典范式的阅读实践的批判中,有些在其灵光乍现的时刻,已经朝着新方向迈进了——有时甚至意想不到地脱离了学术型文化分析这一基础工程本身。本节将探究这类新的阅读实践,尤其关注其中持有如下观点的批评家:与文本缔结一种(现有范式所达不到)积极的情感关系具有深远的政治意义。刚才在新审美主义和新形式主义那里,我们已经看到了两派对这层政治意义的强调,只不过它们的关注点在本质上是哲学问题,即寻找一个严谨的方法来重新思考作为价值之源的文学所具有的审美价值。在接下来的讨论中,我们会看到同一关注点再次出现,不过这次是出现在不同的阐释层面上:这里,我们探寻的是一种全新的阅读方法,它允许乃至培养读者与文本建立更为积极的情感关系。我把这类文学批评的新趋势统一归入"暗示"(Intimations)范畴。该词一语双关[1],既能点出探寻目标的某种特征,也捕捉到了此番探寻的未完成性。进一步解释,此阅读实践企图找到一个严谨的方法,我们借此方法与文学文本建立积极正面的亲

---

[1] 该词的词根"intimate"兼有两种词性,做动词时表示"暗示""预示",做形容词时表示"亲密的""私密的";前者的名词形式是"intimation",后者的名词形式是"intimacy"。作为概括文学批评的一个新趋势的名称,"Intimations"一词只有"暗示"之意而抹掉了第二层含义,故而作者随后说这个文字游戏可能是不成功的。

密关系(intimacy)，从文本中获得的亲密感被视为智识价值的核心所在；另一方面，依我所见，到目前为止，我们只找到了关于此方法的蛛丝马迹，搜寻行动会继续进行下去。我还想用"亲近"（Intimacies)一语——标题的"暗示"把这层意思掩盖了——指代酷儿理论这个特殊领域：在与文本缔结私密情感方面，酷儿理论在我们这个时期做出了极具感受力的探索；关于常见的私密情感所具有的性质这类广泛议题，酷儿理论也做出了最为有趣和深入透彻的思考。我可能要为标题里不太成功的文字游戏道歉，但无论如何，下面对三位主要人物的工作进行简要梳理，至少能勾勒出一个大致的思考模式。我们先从伊芙·塞奇威克和 D. A. 米勒入手，然后接着探讨与前两者稍微不同的劳伦·贝兰特。

伊芙·塞奇威克

伊芙·塞奇威克和 D. A. 米勒是我们这个时期酷儿理论领域最杰出的研究者，如很多人注意到的那样，两人的思想大体上并行发展。在他们的早期作品中，两人正是以酷儿理论为范式对文学文本做出了无比丰富的福柯式解读，塞奇威克的《男人之间：英国文学与男性同性社交欲望》(1985)、《衣柜认识论》(1990)和米勒的《小说与警察》(1988)即为关键例证。然而随着他们的学科资历渐深，两人都开始背弃塞奇威克所谓"臆想式阅读"，而转向更私密、更个人化的情感性阅读实践，寻找一种能与文本愉悦建立积极关系的严谨阅读法。在这方面，塞奇威克主张的"修复式阅读"实践堪称典范；米勒的《简·奥斯汀，或曰风格的秘密》(2003)一书短小精悍，也同样可圈可点。若说米勒这本《简·奥斯汀》把塞奇威克的"修复式阅读"理论付诸实践,是不大准确的,两人实际上各自从事独立研究;不过这么说也不算错得很离谱,因为他们在很大程度上参与的是同一场话题宽泛的对话,且他们显然是在同一时间、本着相仿的精神去探究同一类方法论问题的。

关于"修复式阅读",这里须多说几句。许多人突然对该术语大为关注,主要基于一种预设,即它提供了一种新的阅读法。但实际上,你若重读一遍那篇标题令人印象深刻的《臆想式阅读与修复式阅读,或你真能胡思乱想,你可能以为这篇引言跟你有关》,你会发现,塞奇威克并非在明确无误地提出新方法,她只是对同行的研究工作进行一番全面梳理——具体而言,塞奇威克是对一本论文集里收录的作品进行重新描述,她的那篇奇文正是该论文集的引言。[18]在探究她眼中较为出色的酷儿理论的时候,她发现这些研究有许多相同的侧重,若把后者整合到一起,就能形成某种更优的新型阅读实践。这些侧重点现在听来想必你已经耳熟能详了:"情感与认知并非彼此漠不相关的运作过程";"快感、悲痛、兴奋、厌倦和满足等情感都是政治的要旨,而不是与政治相对立的内容";最能说明问题的或许是这句——"之所以要深切地专注于文学文本,原因不在于文本的改造力能超越或掩盖日常生活的粗鄙,而在于那些文本能量就是日常生活之物"(第1—2页)。如我们所见,这几点在很大程度上也是从事"新审美主义"研究的佼佼者在同一时期所强调的重点,尤其是来自大洋彼岸的英国学者——确实,上面摘引的任何一句都可以作为伊泽贝尔·阿姆斯特朗的文章的核心要旨,尽管她是在很不相同的思想语境下进行书写的。由此可见,主导范式激起多个思想群体的不满,这些大体上互相独立的群用相似的措辞对主导范式予以批判。

与阿姆斯特朗一样,塞奇威克也想要:

> 打开一个思维空间,把问题从一成不变的"某项知识是正确的吗,以及如何判断真知?"往前推进一步,问"知识能做什么?——对知识的追求、占有与揭露,乃至对已知的知识的再次接受对我们有何影响?简言之,知识具有怎样的述行性(performative),以及人们怎样最好地把握知识的前因后果?"(第4页)

这里回荡着福柯铿锵有力的思辨之音。的确,塞奇威克紧接着就评论道,"知识不仅存在,它还施为——这个道理如今看来已是老调重弹了,算不上很了不起的顿悟"(第4页)。不过,她的洞见可不是老一套的"知识与权力的纠缠不清",恰恰相反,她从全新的角度洞悉了知识生产本身的无能为力。这个反常现象的意思是,知识说到底不具有述行性,至少在关键的地方没有。她让我们注意当代文学研究对"知识——揭露型知识——本身的效力"的"极度关注"(第17页)。在她看来,深信知识的揭露效果可能有误导之嫌,因为揭露真相并不必然促生任何积极的变化。然而文学研究拒绝承认这一点,反而一如既往地致力于用文学来揭露文化中的黑暗真相,仿佛此番批评工程一定能有所作为,引起改观。塞奇威克则认为,这项揭露性的工程徒劳无益。她感到文学研究目前的默认模式便是四处搜寻隐藏的威胁,或是寻找隐藏在积极情感背后的消极情感。正是基于这些感受,她诊断整个文学研究界都患上了疑神疑鬼的"臆想症"。

自然而然,她接下来思考这一切到底是怎么形成的。酷儿理论乃至整个文学研究是如何陷入如此单一的"臆想式阅读"模式的?若只针对酷儿理论这个局部问题,她认为自己找到了答案:

> 到20世纪80年代中期,多疑妄想……成了反恐同(anti-homophobic)理论尊崇的状态。它是如何从这一状态迅速传播开来,最终成为唯一被认可的**方法论**的?我一直在回顾我自己和其他一些批评家在20世纪80年代写的东西,试图从中追溯此番转变的缘由。从一个理论要点而跃升为方法论,这个现象现在值得我们注意,当时看来却是再自然不过了。部分原因在于多疑妄想本身的特质:简言之,它极易传播扩散。……鉴于多疑妄想症与恐同心理的动力机制存在一种特殊的紧密关系,那么反恐同作品中最唾手可得,又最富有成效的阅读实践往往是多疑臆想式的,在结构上可能就变得无法避免。(第6—7页)

这里给出的局部答案是,由于对恐同心理动力机制的关注,酷儿研究领域的核心研究对象自然落在多疑妄想症上了;该研究对象在本质上具有"传播扩散性",故而感染了本领域的方法论。我不打算在此就这一直觉的说服力进行充分评判,只想顺带一提,为了被它说服,你得对精神分析抱有极大的信心,相信精神分析能够作为工具剖析中等规模的阅读机制变革。就目前的讨论而言，更重要的是注意到这一事实："此类方法不仅支配了酷儿理论，也主宰了整个文学研究领域。"面对这一更大的问题，塞奇威克坦承自己也一筹莫展：

> 近来，酷儿理论之外的批评工程，比如女权主义理论、心理分析理论、解构主义、马克思主义批评和新历史主义等诸多流派，也开始频繁地尊崇臆想式阅读法。既然不那么容易从结构上解释这一变化，那么一定还有结构性原因以外的历史性原因来对其做出解释。（第7页）

正是在此处，塞奇威克这篇文章的分析方法触及限度：她把文化的病症诊断为"臆想症"，这使她能将之与心理过程相类比，进而把文化臆想症作为心理过程的共时结构来加以剖析，但是她无法以更普遍的方式追查文化症疾的病因。我说这番话不是要反对她，而是认可她的立场。她本人非常清楚，要理解文学研究的"臆想式阅读"转向，光靠解析妄想症的心理结构是远远不够的，"一定还有"更大的历史力量在起作用。至于到底是哪些历史力量，塞奇威克感到自己无力作答。

话虽如此，她至少时而点出了"历史性原因"所包含的种种要素。塞奇威克再一次（想必是无意识地）与阿姆斯特朗保持思维同步，她也觉得那些在凯恩斯主义制度下显得有价值的各式"揭露"，在她所处的时期已经不再具有真正的政治影响力——我们如今习惯把这一时期称为"新自由主义"，它在阿姆斯特朗那里以

"撒切尔主义"的名义出现,在塞奇威克这里则体现为"里根主义"和"抗税运动"。就此而言,她批判了支撑米勒《小说与警察》一书的福柯式假设,与此同时,她也批判了自己早期作品里隐含的福柯式假设,这一批判对象迅速扩大到广义的"新历史主义"——此处它被用来指代整个时期的文学研究工作:

> 1988年,也就是里根总统的两届任期结束之时,D. A. 米勒在书中建议我们追随福柯,去揭开"自由社会向每位公民许诺的,为其提供无微不至的长久'精神'关怀"的神秘面纱。说得好像这个许诺真能兑现似的!虽然心理健康保险的承保范围日益缩小,但我一点都不担心被我的心理医生诊断为心理变态,因为万幸的是我毕竟还有健康保险。自从抗税运动在各地掀起以来,美国政府,乃至越来越多其他国家的所谓自由民主政府,一直都在急于摆脱对其公民的关怀照料责任(参照"政府补贴计划"),又没有相应机制来弥补这一缺口。如此事态,你在新历史主义作品里是不可能读到的,这类作品里有的,只是世俗福利国家制度(它于20世纪60年代和70年代达到顶峰)的一段完整的发展谱系,以及事态何以会永远趋近鼎盛期的福利国家制度的确凿证据……(第19—20页)

通过这段话,塞奇威克要传达的观点是,福柯式/新历史主义式的揭露工程与其(有时候)声称要改变的真实历史境况之间存在错位。这里,她并未回答历史因果律这一大问题,即这门学科何以转向"臆想式阅读"。她也从未声称自己有能力回答这个问题,但是我们看得出来,她已经具备了作答的基本要素。我曾指出,凯恩斯主义制度的瓦解及随后的新自由主义转向,的确使历史主义/语境主义这一支配性范式提出的政治诉求与历史现实相脱节。然而,这并非全部的真相。在很大程度上,恰恰由于历史主义/语境主义范式在政治上的失效,"臆想式阅读"才大获成功——这么说来,新自由主义转向仅是其历史成因的一部分。

对周围的真实状况有了极为细致敏锐的体认之后,塞奇威克尝试摸索出一种更为深层的阅读实践,这一替代性实践会切实地介入现实历史状况,并试图做出改变。于是我们有了"修复式阅读"这一术语,它既是一种客观描述,也是一种主观规范。作为客观描述,它挑明了已经隐含在眼下许多文学研究(尤其是酷儿理论)作品中的修复式阅读实践。她认为,我们若消极地看待这门学科,那么放眼望去,可能只会看到比比皆是的"臆想式阅读":

> 具有颠覆性和揭秘性的戏仿,对当下所做的疑心重重的考古学探究,对暴力的隐藏模式的侦查与揭露——如前所述,这些极其容易操作和习得的揭示规程,已经成了文化研究与历史主义研究领域广为接受的流行做法。(第21页)

不过,塞奇威克鼓励我们用积极的眼光看待这一状况。她强调,"当下的多疑臆想式共识"这一转向不见得就"完全取代了"较为积极的阅读法。确切地说,这种阅读法"只不过……把不那么疑神疑鬼的认知方法加以剥离、否认和误认,实际上这些别样的认知方法一直有人践行,且往往被同一拨理论家在同一类研究工程实践着"(第22页)。于是,她意欲用"修复式阅读"这一术语来重新描述现有研究工作已经取得的成就,以便充分发挥修复式实践的强力功效,从而对这个据称(我对此深信不疑)灌注了批评工程品格的阅读法做出公正评价"(第8页)。此番对批评界现状的解读,既敏锐又大度。当然,为了追求方法论上的严谨,就不得不时常掩盖实际操作中迸发出的丰富性和异质性,若要对此加以反思,还须做更多的说明才行。

相较之下,"修复式阅读"这一术语背后的规范化野心则小得多:

> 我这里只能开出一剂小小的处方:当我们用不那么程式化的方式去解释修复式阅读法的成因,我们做出来的研究会更有趣,更能积极回应现实,更接近实情,也更有用。上面剖析了臆想式思维的几种不同成分,这能暗示若干具体又相异的维度,我们从这些维度中或许也可以找到替代性方法——这几页的论述其实已经在实践这一新的阅读法了。(第23页)

这一积极的主张出现在一篇极具争议性的文章末尾,其谦逊态度确实引人注目。也说不定如此一来,这个规范性主张反倒更具说服力。倘若把描述与规范两种成分合二为一,"修复式阅读"总的来说就表达了这样一种观点：在状态极佳的时刻，我们已经进行了大量有用的、非臆想式的阅读实践，只不过我们一直明确地忠于臆想式方法论，从而将这一事实掩盖和歪曲了。由此得出的一个合理推论是，我们应当放下这一方法论，不要再明确地奉行它，这样才能更好地看清已经处于执行中的其他丰富多样的替代性阅读实践。这一表述方式既让我们看到该理论主张的跨度，也让我们看到其限度；也就是说，我们在认可这个观点所具有的强劲力量的同时，又不免感到意犹未尽。一旦同意减少使用旧有的那套"臆想式"方法，我们自然想知道，能否找到更好的阅读法，而不是仅仅回到过去没有方法论做指导时的那片实践沃土。简言之，我们想知道，如何培植出一套更为积极的，至少与前一种阅读法同样强大而多样的新型的阅读方法。

在这方面，不止我自己希望塞奇威克更大胆更放肆一点。在2004年刊发的论文《非批判性阅读》中，迈克尔·华纳（Michael Warner）也表达了这一愿望，并在文中剖析了修复式阅读法的含义：

> 但是，修复式阅读是结构化的阅读或解释体系吗？在多数情况下，塞奇威克把它描述成局部的、细致的、非体系化的实践。……在她看来，这一修复式阅读与其说是由某个确定的批评工程来定义，不如说是由对批评工程疯狂加剧的体系化的拒绝来定义。与其说它是一套方法，不如说它是对方法的（有原则的？）逃避。（第17—18页）[19]

"有原则的"一语后面所加的问号可能稍显苛刻,但除此之外,我认为华纳的这番评价十分中肯。我只想补充一点,倘若有一位思维敏锐的思想家进入一个无范式可依的新领域,并努力追求一条有趣的思路,那么人们期待看到的,正是她能够革故鼎新。目前的情况是,人们已经感知到当前范式的局限性并对其加以摈弃,然而新范式还是不见踪影;这位思想家有意避开对方法论做出明确的主张,并且退回更基本、更异质,然而也更原始的实践层面。正是在这样一种广泛的学科局面之下,人们易于把方法论的阙如当作一种美德——就像塞奇威克那样。在塞奇威克和米勒(下文即将看到)两人的晚期作品中,我们能强烈地感受到当前方法论的局限性;与此同时我们也看到,两人都或隐或显地呼唤新方法论的出现,却最终没能等来这一新事物——我们最后得到的只是个人魅力、零星闪烁的才华、偶然性、独特的个人风格、可能性等。若要深究华纳在"有原则的"一语后面打上的问号,复原问号背后的隐忧,那么可以想见,秉行这类"原则"可能致使我们再次陷入以下窠臼之中:反制度主义、对任何形式的正向集体性的怀疑,甚至坏的自由意志主义、无政府自由主义,或单纯的新自由主义(许多人察觉福柯也有这一倾向)。

这么说又过于苛责。实际上,塞奇威克的晚期作品辞微旨远,极富启示性。她对学科态势的判断异常敏锐。指引她判断的一个直觉是(她没有使用一模一样的表述,但意思相差无几):在对压制性力量进行分析的时候,倘若缺少一种能让分析结果发挥作用,并使其影响真实发生的社会生活实践的典范方法,那么哪怕做出再深刻、再好的分析也无济于事。我以为,这类直觉恰恰是当下的文学研究亟须贯彻的。因此,对于那些正在寻觅一个崭新的、更为积极的、超越历史主义/语境主义范式界限的人来说,塞奇威克的晚期作品仍具指示意义——此言绝非敷衍之誉。"修复式阅读"本身可能不是什么新方法,更不意味着新范式的源头,但是你若愿意本着塞奇威克最初提出它时怀有的那种谦虚精神去接纳它,那么这一阅读法似乎确实能为我们指引方向。朝着那个方向探索,我们说不定最终能找到一个全新的、真正的批评方法。

D. A. 米勒

以塞奇威克的修复式阅读为导向,我们下面转向 D. A. 米勒,希望他的研究能带给我们一些进展。在米勒的作品中,我们将会看到同一模式在另一个层次上复现。想必读者记得,我在前一章的末尾列举了一长串引述,这些引述是用来速览历史主义/语境主义范式的大大小小的征兆。其中,我列举了米勒《小说与警察》中的一个片段,我认为这一片段最为简明扼要地概述了全书的核心论点。为方便读者,我把这段话再次摘录于此:

> 我希望证明,[维多利亚小说的]目的……是确认小说读者的"自由主体"身份。……我进一步假定,传统小说……仍不失为我们文化的重要考量因素。……所谓"小说之死"……实际上意味着小说元素无孔不入的渗透与扩张。……因此,当我们谈及维多利亚小说与……大众文化时代的关系,我们看到的是当今时代谱系中的关键一段。(第 x 页)[20]

这一历史主义/语境主义范式的实例堪称典范。不过,正如塞奇威克所言,"谁会为了弄清《小说与警察》的主要论点的真实性而去阅读这本书呢?"(第14页)该书真正的读者,她告诉我们,"是不断受到某些引诱的驱使,才得以忍受偏执理论那一沉闷的整体结构的;这些诱惑千差万别,促使读者小规模地参与文本创作,并经常给读者带来极强的愉悦感和心智满足感"(第22页)。对塞奇威克来说,恰恰是这些诱惑构成了该书的精华所在,而追溯这些诱因的过程,也就是把臆想式阅读重新描述为修复式阅读的过程。

我完全同意塞奇威克的看法。为了戏剧化地呈现这个道理,我再次把《小说与警察》的核心论点摘录于此,并还原上面省略掉的所有片语,以求说明问题。最能体现米勒著作的核心观点的段落,全文如下:

> 我希望证明,维多利亚小说的目的——这一目的既不断地、常常直观地体现在小说的主题上,也体现在小说的特有形式和接受状况上——是确认小说读者的"自由主体"身份;所谓"自由主体",不仅暗指这样一种主体:其私生活(无论是个人精神上的,还是家庭生活上的)能源源不断地生产不容争辩的证据,证明他是拥有基本"自由"的人;在广义上,"自由主体"也暗指这一主体珍重与信任的政治体制。诚然,此番确认主体的过程完全是凭空想象出来的,不过我最终将会提出,这一自由主体的身份也同样是想象之物——只有当他忘记或

否认自己在功能上被卷入充斥着监禁式管束或惩戒性禁令的体制之中,才可能最为充分地认清自我。我进一步假定,传统小说——也就是很多人为了标榜自己的现代性而不去阅读的那种小说——仍不失为我们文化的重要考量因素。我不是虔信维多利亚小说本身对当下重要,比方说,我在本书里着重讨论的传统小说除了一部以外,其余都已被美国公共广播公司推出的"经典剧场"搬上银幕;传统小说仍然重要的原因在于,它曾经行使的职能,并未随其一道消失。所谓"小说之死"(至少是传统小说之死)实际上意味着小说无孔不入的渗透与扩张,只不过它不再是分成三册装订的小说,而是自由散布在远为丰富广泛的文化体验之中。因此,当我们谈及维多利亚小说与(因为对这一时代没有更好的称谓而不妨管它叫)大众文化时代的关系,我们看到的是当今时代谱系中的关键一段。(第 x 页)

很显然,第一个版本里的省略号省略了大量信息,被删掉的不仅有论点之外的复杂性,也有题外话、警句、隐喻、限制条件、骤变、重新斟酌、暗示性实例、看似多余的(甚至刻意显得多余的)不耐烦的解释,以及语气和不自觉的风格特征,等等。正是由于这些标记作者个人化的东西跳跃在字里行间,本书的主要观点不好用三言两语来扼要引述。此番个人化的印记,你愿意的话,也可以看成米勒在思想上的永不满足——他要靠增补这些个人化的东西来获得思想的安宁。究其本质,米勒的早期工作属于典型的历史主义/语境主义范式,但它却不断受挫,总是触碰这一范式的局限。在《小说与警察》这部早期作品中,作者似乎就已经感觉到,他那具有浓重福柯色彩的历史主义/语境主义观点固然坚定强硬、不由分说,却不知何故始终不尽如人意,有种意犹未尽之感。塞奇威克上面为此书所做的注解,为我们理解米勒的早期作品提供了一条稍微不同的进路:这本书看上去应该是要聚焦于历史主义/语境主义批评工程,而实际上读者却已然听到弦外的杂音。

《简·奥斯汀》的开头部分与《小说与警察》的颇为不同,然而当文本附加的个人风格跃入眼帘并喧宾夺主的时候,两部著作又显得十分相似。个人风格开始表演,并且在各个层面上——演员、脚本、虚构的情节——都抢尽了风头:

> 我们这些从小——比方说十一二岁,也就是她刚开始从事创作的年龄——就阅读简·奥斯汀的人,无不着迷于她那诱人的文本声音。我们忍不住惊叹:"你说得真好呀,我真喜欢听你讲故事。你能够洞悉一切。"不过,爱玛·伍德豪斯的诉说以她的个人魅力迷倒了哈丽特,奥斯汀的文字不是凭借某个人的魅力迷倒读者的,我们却体验到一股更加激动人心的感染力。这个文本声音完全发乎于个人身体之外,不受它所厌恶的"个体性"或"奇特性"所束缚,自由自在地飘荡在文本中,以至它仿佛不出自任何一人之口。甚至在语言层面,奥斯汀的文本也限制人称的使用,极少用"我"这样的字眼来确

认语出作者本人,或用"你"来确认文本的接收人。在她的叙事声音的感化下,我们这些读者如痴如醉,赞叹不已,宛如自己正在偷听一场不是特意为谁上演的美妙演出。(第1页)

这里传达出来的批评声音是对它所描述的修辞效果的模仿,其高超的技巧相当引人注目。这一技巧体现在比较奇怪的地方:米勒此处用夸张的手法重演了奥斯汀制造的文本效果,由此训练我们去体验奥斯汀原文的微妙之处。米勒告诉我们,奥斯汀的声音发乎"身体之外",缺乏个性也回避个性,并接下来论证,其声音的非个人性不为别的,原来只是为了掩饰她本人的羞耻心("奥斯汀风格的最核心……是她与婚姻大事之间或是失败或是抗拒的,无论如何是令她感到羞耻的关系",第28页)。至关重要的是,米勒在向我们讲述这番道理时所采取的批评声音,即米勒的声音,似乎也在极力地保持客观而不夹杂个人感情,然而他的故作大惊小怪状又不断地暴露了他的个人化声音。

奥斯汀的小说往往第一句话就展露出语气的复杂性,在米勒这里也一样,他甚至在首行的开头部分就展示了这种复杂语气:"我们这些从小——比方说十一二岁,也就是她刚开始从事创作的年龄——就阅读简·奥斯汀的人"。米勒用的是"我们这些从小……就阅读"而不是"我阅读",他这么做仿佛在试图超越纯粹私人的经历,但是"比方说"(say)这个过于显眼的字眼儿随即挫败了这一尝试——该词常表示一种假装的随意,用在这里,它无法掩盖"十一二岁"这一具体情况实为自传性的细节,即米勒说的是他自己的阅读经历。很显然,开篇第一句的文本声音并非来自身体之外,而是米勒本人在说话;他努力掩饰自己却又故意让我们看到这一努力的徒劳,也就是说,他在扎眼地展演自己的欲盖弥彰。另一个夸张的例子出现在两页之后:"同样的发现却使女孩(有时甚至是不由自主地)变好,使男孩会错了意"(第3页)。不消说,这里的"男孩"就是因难为情而用来掩饰自己身份的作者本人。米勒施演自己的无能,为的是训练我们识破这一现象:每当文本声音听起来超然客观不夹杂个人情感,其实是作者在努力地隐藏、控制和弥补极为私密的个人羞耻感。奥斯汀用这一修辞技巧把我们蒙在鼓里,米勒则看穿了她的修辞把戏,于是他用慢动作向我们展示其马脚。恰恰是通过暴露自我,米勒为我们揭示了奥斯汀的文本机杼。[21]

我觉得此番操演极具说服力,它不仅在局部问题上颇有见地,更是克服重重困难,复苏了批评家真正的内在冲动。在发挥得最好的时刻,《简·奥斯汀》这本书不仅抛弃了"臆想式阅读"或"怀疑解释学",甚至连——我们干脆叫它——"学术性阅读"也一并抛弃了。诚然,全书并不一直遵循这种解读方法,米勒有时候还是会用我们熟悉的那套稳妥的理论来达成认知的精确性,借此控制自我暴露带来的风险;尤其到了本书结尾,我们看到米勒同样出于保险起见,最后还是把他的思考框架放在了奥斯汀身处的语境上。换言之,在本书结尾,深度的个人模式消失了,阐释风格又退回那种表面上更客观,能看出是历史主义/语境主义规范的模式上去了。尽管如此,如果我们聚焦《简·奥斯汀》一书(现在看来如此陌生以至显得)最引人注目的要素,并把这些要素从其周围惯常出现的语境主义抽离开来,那么我们会发现,这本书在最为强烈、最具抵抗性(或鼓舞人心)的时刻,把我们引入批评家个人与文本之间的灵性亲密关系,指引我们看到这一情感关系的深度和表达方式,借此攫取我们的智性关注。与文本缔结的亲密关系,必然沾染读者自己的癖性,而我们的某些共通能力又确保了这一关系的代表性,也就是说,别的读者也可能理解或共有此类亲密关系。如此一来,米勒自己对奥斯汀的切身体悟便获得了普遍性;他不仅是在洞察奥斯汀,也是在洞察人生。

我真希望读者能听出我的这番话与利维斯——具体来说,是利维斯笔下的阿诺德——的观点的一致性,因为你若听出来了,可能就会跟我一样渴望这门学科能摸索出一套更好的语言,用来阐述上述情形。正如塞奇威克所言:

> 一直以来,在阐述读者对一个文本或一种文化的修复式动机时,批评家使用的词汇如此痴傻,如此审美化、充满戒心,并且反智或保守反动,难怪鲜有批评家愿意描述他们所了解的修复式动机。不过,这一令人生畏的问题不在于修复式动机本身,而在于当前理论词汇的局限性。(第35页)

通过"臆想式"和"修复式"阅读之间的理论对比,塞奇威克为我们提供了一套至少能用来表达这一事实的语言:我们目前尚无言说那种真正意义上的文学批评的能力。然而,尽管她提出的"修复式阅读"具有启发性,这一理论最终却无异于拒绝了批评方法。

米勒这里也出现了同样的结果吗？我们可否这样看待米勒:他勇敢地拒绝了常规的历史主义/语境主义模式,却没能找到一种更为系统或可重复性的解读法,以至他的解读法成了具有超凡个人魅力的纯文学主义,即一种没有真正的方法、最终退回常见的语境主义主张的印象主义?

答案是否定的。实际上,米勒确实有一套严格缜密的学科方法,它不如"修复式阅读"或"浅读"那么标新立异,只是我们都熟悉的老朋友"文本细读"而已。(的确,米勒在《简·奥斯汀》最后一章的开头就反思文本细读作为一种阅读实践的历史和现状;后文对此将做进一步解释。)在搜寻一个更积极、更个人化的新型阅读方法的过程中,米勒其实是在隐秘地寻找一种崭新的、名副其实"批评"范式。他找到的恰恰是旧批评范式的核心工具,然后对其大刀阔斧地加以发挥,以至我们如今几乎认不出它来。米勒摆脱了学术型批评范式常见的诸多旧观念,深探文本细读的本源,进而获得一个新发现:文本细读方法有助于我们以严谨精确的方式探究纯文学式的或审美主义式的批评冲动。

米勒的批评方法固然可圈可点,不过他呈现出来的批评范式看似新颖,实则新瓶装旧酒,内里还是旧范式。这一批评模式能被别人随心所欲地加以重复吗?我想恐怕不能。很显然,米勒为我们展现的批评活动,未经大规模调整很难被普遍重复,不仅展现本身难以再现,使它得以发生的广阔学科语境更是难以再现。米勒的晚期作品,如塞奇威克的晚期作品一样,是在非常具体的机构场所为人接受和认可的,它出自思想家之手,具有极高的辨识度。两人彼时显然已经是业内的资深人士,因此不受体制内诸如"领域特异性"和"贡献知识"之类的迫切要求所影响，而这些顾虑在那个时候对于资历尚浅的从业者来说是没有商量余地的，在当下仍是如此。不难想象，一名博士生若要凭借这样的论文出去找教职，哪怕他做得再出色，也会遭遇极大困难；倘若他做出来的东西只是一名初出茅庐的批评家具有的一般水准，求职难度更是可想而知。试想一名从事文学研究的初级学者，他选择的写作主题是非二元论佛教思想的优点，然后像塞奇威克那样通过教学法去构思并完成这一写作计划；或试想一名新鲜出炉的博士，其博士论文只是要与文本建立一种个人化的私密关系，并声称由此发现的洞见具有代表性和智识价值，他却没有通过严谨的历史或语境剖析提供进一步证据。我不是说假设中的这类学者不可能被这门学科认真对待，但是我想，任何一位对本领域略知一二的人都不会否认，他们与那些从事常见批评工程的同行相比，将会面临闻所未闻的求职困难。

话虽如此，米勒取得的独树一帜的——尽管算不上开创范式的——成就，可不仅仅靠他的资历。显而易见，《简·奥斯汀》一书在其出彩之处，给我们提供了与主流学术规范的要求大不相同的一种文学批评进路。我想称之为更加"个人化"的文学评论，不过这里的情况很复杂，因为争议的焦点似乎恰恰是，我们能否与文本产生一种纯属个人的关联。这一可能性正是争议的焦点，该事实提示我们，米勒的这部著作为了产生预期效果，必须依赖它与非常具体的制度语境的关系。米勒著作的核心戏剧性，体现在它用高超的技艺赫然地表演了批判性阅读，而这在当时的语境下是出人意料的，甚至近乎危险的。于是，此书向我们展示了一个奇观,一位有着奇思妙想又能言善辩的思想家竟然抛弃主流学术方法,转而显露他与文本的亲密关系,这就好比走一条文本细读的钢丝绳,下面却没有(至少看起来没有)学术防护网兜着。也就是说,米勒一书的观点具有说服力,恰恰是因为它公开展示了勇敢面对自身的致命弱点的行为。这一致命弱点主要源自该书与当前的历史主义/语境主义规范之间必然相抵牾的事实。如我们前面看到的那样,当今的文学研究学科总体上缺乏系统地进行自我阐明的方法,若存在这一方法,那么读者与文本之间缔结的个人化、情感性的亲密关系便能成为思想价值的重要发生地——该方法不是通过语境化或理论化,而是要通过其自身的内在力量来实现文本的思想价值;说白了,这一方法并非主张用严谨的思维来做一番鞭辟入里且行之有效的文化分析,而是主张用其自身的力量和耐人寻味之处来培养我们的共通能力。在当前这样的学科背景下,"单纯地"诉诸个人与文本的亲密关系无疑是危险之举,这样的研究会被揭露为纯粹印象主义或纯文学主义,从而不可能被那些秉持最为严格的学术标准的人当回事。米勒将这一风险主题化,并在行文中将之演示出来,从而把控制了它。在最为人诟病之处,他通过表现个人风采来巧妙处理其脆弱性,向我们反复展演他如何把他那易受攻击的鲜明个性转化为批评的权威;也可以说,他以惊人的精确性表演了行文风格[1]上的不幸失败。在文风上,米勒不合常规;在主题选择上,他探究了小说家用

---

[1] 此处的"风格"为首字母大写的"Style",本书作者保留了米勒原文的写法,意在强调"风格"在米勒的文学批评中的重要性。

哪些修辞技巧去遮掩自我暴露带来的羞耻感。我认为,米勒的作品无论在文风表现还是在主题选择上,都是由多重因素决定的,两者在某种程度上表明的是:在一个原则上不会认真对待个人模式与情感模式的语境下,任何回归这类批评模式的尝试都必须甘冒风险。倘若有人主张与文学建立一种名副其实的批判关系,而大环境却把这一主张看作倒退的或欠缺学科性的,那么也许只能像米勒那样去写书,用一整本书剖析人们运用哪些修辞策略来遮掩因显露自己的独特个性而带来的羞耻感(即自我暴露的羞耻感),而与此同时又在书写中调用同样的修辞策略。若非这般,这门学科在那样的一个历史节骨眼上,怎能如此生动地呈现出一种个人化的文学批评,并大获成功?

看清这一点,我们便能深刻认识到,这次回归个人化的、情感化的文学批评,何以偏偏发生在酷儿理论领域。行文至此,我忽然想到,塞奇威克曾认为酷儿理论比其他领域更容易陷入偏执状态;她的这一直觉其实有误导之嫌,因为事实恰好相反。实际情况是,唯独酷儿理论敏于意识到该领域不应安于现状,而有必要推陈出新、继续向前。为何如此?我们需要对这一醒目实情做出解释,不过此处不打算展开来谈,只是想指出,早在个人化的文学批评出现以前,酷儿理论就已经对操演、个性、羞耻、自我暴露等问题做过深入透彻的集体思考了;此外,该领域的从业者为了过一种严肃的智性生活,一直在齐心协力恢复个人化关系的文学批评模式,试图超越学术模式中常见的那种单纯进行理论生产或知识生产的套路。在这方面,塞奇威克和米勒两人无疑是其中具有代表性的人物,原因恰恰在于他们的研究展现出了各自的风采、胆识、活力、个性和坎普风格。考虑到两人所处的时代特征，他们的研究通常又不可避免地采取了文化分析的形式，譬如，对性取向和社会性别做一番鞭辟入里的历史化与理论化，寻回失落的酷儿历史、酷儿人物与酷儿思路；抑或重新讲述情感在整体文化中的作用，等等。诸如此类的文化分析都蕴藏着丰富含义，有助于我们分析广义的社会性和主体性。不过，在历史主义剖析之外，他们也试图单刀直入，积极培育个性、主体性和集体性，从而体现出不同的批评模式，接近完整意义上的文学批评。

至此，我们注意到，酷儿理论内部存在一种真实可感的压力，它呼吁该理论建立以人类共同本性为宗旨的另类模式；与此同时，我们也能在这套理论体系内发现其赖以形成，并试图给予充分回应的基本历史条件的踪迹。种种迹象表明，文学研究学科内部，在所有推崇政治任务的领域和子域中，酷儿理论几乎是独一无二的，因为唯独它依然根植于鲜活流动的社会力量——这些集体性力量当时正在世界范围内取得进展（尽管这些进展本身很成问题）。要而言之，随着全球的新自由主义转向，针对阶级采取的集体行动裹足不前；由于对阶级所做的深层批判的搁置，针对社会性别和种族采取的行动虽然先是有所推进，随后也陷入停滞，甚至倒退。然而，在20世纪90年代和进入21世纪以来，性别平权运动再次高涨，人们为了争取一个涵盖范围更广，也更为人道的性别制度而做的集体斗争仍在取得持续进展，尽管如很多人注意到的那样，这些进展必然是来之不易的，有时甚至得不偿失。基于社会性别、种族和性取向所做的批判，在多大程度上与资本的决定性力量产生（或不产生）冲突，以及这一冲突在什么特定的时机才会爆发？探究这一关键问题会让我们离题太远，所以暂不予以考虑。上述论断下得颇为仓促，致使忽视了巨大的复杂性，但是该说的还是要说，哪怕冒着过度简化的危险也在所不惜。我的观点无非是，参与一种思想构型的人若能强烈感受到自己有责任对学院之外的更广阔的构型（larger formation）做出清晰界定，那么这一思想构型下的作品确实会彰显一种独特的品格。这里所谓的构型，不仅仅由其确定的"共同性"（identity）来定义，更是由其不断流变的品性所定义；也就是说，这一构型实际上是由它从总体上确认自己的发展轨迹的能力所定义的（这一能力总是有限的，但它确实存在）。

　　米勒对自己与"文本细读"历史的关系做出的一番评论，能有效地总结我的上述观察。下面的引文是《简·奥斯汀》最后一章的开头部分。我不想剔除里面不耐烦的气话，所以这段引文稍长。

> 试想文学批评在过去的某一时刻，文本细读在那时获得制度上的授权与褒奖，成了批评家取得职业晋升的主要工具；于是，他对一个**文本**的掌握能力，从中发现前所未见的**精妙细节**的能力，以及从全新视角深入阐明文本的能力，就好比他点燃嘴里叼着的烟斗，并在大衣的肘弯处缝几块补丁，能使他作为一名颇有造诣的英语文学教授而声名远扬。[1] 若有必要，再试想一下文学批评

---

[1] 身穿肘弯处缝有补丁的粗花呢大衣，嘴里叼着烟斗，是过去人们对大学教授的刻板印象。这里，米勒在表达另一种刻板印象，即在20世纪上半叶的某个时候，"文本细读"能力被认为是英文系教授的必备能力。

在未来的某一时刻,那时文本细读这一实践被彻底抛弃,敏感性精神(*esprit de finesse*)先前所具有的权威和声望全都让位给了几何学精神(*esprit de géométrie*)——后者是更为人熟知的"理论"。文本细读曾经帮助其实践者在教授职位系统中一步步往上晋升,如今却更加立竿见影地把他变成观念陈旧又喋喋不休的荣休教授。……设想文学批评的过去,不管我们是否经历过它,但这并不是说我们应考虑返回这个过去;设想文学批评的未来,哪怕这一未来真的即将到来,但这也并不是说我们应极力抵抗它。恰恰相反,在任何情况下让我情有独钟的,是处于卑微、无用、"小众化"状态的文本细读。原因在于,只有当文本细读的声誉尽失,不再仅仅是便于他人晋升的手段,它才能显露其本来的面目,即使它原初的使命有着高尚的理由(不过现在听来有点庸俗):文本细读有一个近乎幼稚的愿望,即在不抄袭的前提下,它要尽可能地接近原文。(第57—58页)

米勒这里对自己在学科史上所处的特定时刻的理解,可能存有争议,因为凭借后见之明,我们现在很容易看到,"理论"那时还尚未像他认为的那样成为支配性范式,而米勒却把当前的这一主导范式认作一种理论转向。对此,我们现在应该已经有所认识了。通过上面的引文,我真正想要指出的是,米勒此处捍卫文本细读(也就意味着捍卫文学批评),不过他所捍卫的恰恰是作为非典范方法的文本细读。他拒绝回到(当然是假想中的)20世纪中叶那种"获得制度上的授权与褒奖""职业晋升的主要工具"的文本细读;事实上,在他所设想的文学批评的未来(甚至当下),文本细读几乎完全沦为"理论",米勒却拒绝承认这会带来任何不良影响。相反,他坚持认为他最喜欢的是处于被贬抑状态的文本细读。所以,如果有人跟我持同样的观点,指出米勒在本书中其实是在为文学批评本身而战,那么还必须马上补充道,米勒在奋战的同时似乎看不到任何获胜的可能性。

分析至此,你可能会发现我试图对比的这两位思想家的相似之处,即他们都是在胜利无望的情况下才以无意获胜为优点。在米勒这里,这是一种政治优点:用他的话讲,文本细读是"卑微、无用、'小众化'";它"声誉尽失";唯其如此,它才能"显露其本来的面目"。与塞奇威克不同的是,米勒的确积极寻找一种阅读方法,与此同时他却主张,没有一个广义的范式来推广与普及这一方法反倒是好事。我赞成这个主张内含的某种精神,然而,当我仔细琢磨背后支撑它的政治感知力的时候,我便觉得应该拒绝这样的主张。此话怎讲?面对文本细读方法的失势处境,我们当然有必要时而捍卫其失败本身的可取之处,况且米勒如此胸有成竹地对其进行捍卫,这一事实也证明了他所处的更为广阔的文化构型的集体成就。然而把被贬抑这一事实说成是优点却只能在一定程度上奏效。概而言之,我们很难看到以此类优点为基础的政治有能力谋划出一个获胜之计。

所以,我们在两位思想家那里看到了同一模式:两人都指引我们看到读者与文本之间可以缔结一种更为积极、更为个人化,从根本上讲更为批判性的关系;不过,在两人的著作中,这最终未能促生一套新方法或一种新范式,以致无法用一种受到制度认可的方式来开展这一新型的文学批评;然而,对任何方法和范式的缺失,两人不仅欣然接受,甚至崇尚有加。在广阔的历史语境下观照,这个反应模式其实是局部问题和全局问题显示出来的征兆。小而言之,它说明真正批评范式的出现希望渺茫——我们无望组合出一套典范式的批评方法,从而无法用文学直接介入社会秩序。大而言之,这一反应模式体现了我们在政治上取得重大进步的可能性微乎其微——尽管在性别平等方面已经取得了切实成效,但是"小众化"似乎仍是我们目前所能期待的最好结果。我认为这两方面是那个时期存在的典型问题,左派当时对重大进步不抱希望实乃现实之举。

劳伦·贝兰特

现在我们简单谈谈劳伦·贝兰特,她是这部分要探讨的最后一位代表性人物。近年来,"情感理论"变得愈加引人注目,它已成为这门学科的研究成果中激动人心的一部分。情感理论的本质要点是,它坚决主张认知与情感的密不可分,同时呼吁对备受忽视的"情感"做出更为细致的研究。这一点我们在阿姆斯特朗和塞奇威克那里已经看到了,所以对这一主张应该是很熟悉的。面对当下对认知的一味强调,许多人觉得转而强调情感是颇有说服力的。不无公允地说,酷儿理论界及其相关的研究圈子,如今已经把大量精力都迁移到情感研究中,并且产生了积极和消极两方面的结果。在消极的方面,我作为一个非土生土长的美国人士冒昧评论一句,每当阅读顶尖的情感理论家的作品时,我不免感到,有一种美国特有的多愁善感被强加给外国人(对来自帝国的任何角落的人来说,这种强加感是他们日常生活中很熟悉的感觉)——尽管其中许多理论家有着看似激进的意图。相比之下,美国学界早期开展的大部分酷儿研究却不是这样。这一前后对比表明,目前的情感研究可能有某种成分,它唤起了那些名义上的国际主义美国思想家内心的纯粹本土的感受。这个现象是成问题的,且未被普遍认识到,我这里将其指出,却只能把它搁置一边,因为对这一问题的严肃追问势必会离题太远。无论如何,我认为这对许多非美国读者来说都是显而易见的问题。

此番普遍的情感转向带来的利弊得失,或许在一位具体的人物身上最为清晰可见。接下来,在本节最后,我们就将注意力转向劳伦·贝兰特,用她来揣度情感研究领域的整体工作。贝兰特的"国家情感三部曲"——《国家幻想的解剖》(1991)、《女性的诉苦》(1997)、《美国女王去了华府》(2008)——构成了情感理论近来研究的奠基之作。顺着三部曲读下来,一路读到她最新的杰作《残忍的乐观主义》(2011),贝兰特对历史主义/语境主义批评工程所做的强力而明显的承诺,令我们印象深刻。她一遍又一遍地告诉我们,"情感理论是意识形态理论史上的新阶段"(引自《残忍的乐观主义》一书的前言),并且对这一阶段进行了十分精准的探究,借此阐明她自己的研究不仅延续了历史主义/语境主义范式最重要的实践者的工作,也是对其进一步的发挥,包括雷蒙·威廉斯和弗雷德里克·詹姆逊在内的批评家正是以此范式的典范人物的身份,频繁地出现在她的著作中(第53页)。与此同时,如人们对前沿作品所期待的那样,贝兰特不乏非常规之举,向我们刚在第一部分探讨过的批评新趋势看齐。譬如,她强调,与近来出版的其他酷儿和情感理论方面的作品相比,"这本《残忍的乐观主义》更加注重形式",鲜明的形式主义是它的区别性特征;她还指出,这部新作"尽量避免症候式阅读所引致的讨论终结",换个说法,她主要想表达的是,她极力避免那种"庸俗的马克思主义者"所做的形形色色的经济决定论(第13页、第15页)。然而,此番非常规之举都没能扭转她坚定的学术取向,她的目标显然仍是文化分析。贝兰特经常本着剖析的精神,而不是破解迷思或去神秘化的精神使用"审美"和"形式"这两个术语,但实际上总是把两者当作具有自动记录功能的诊断工具,用詹姆逊的那套分析模式加以观照,于是便有了这样的论断:"我这里主张,情感经验被转译成审美或形式,能为历史进程提供证据";"我认为,20世纪90年代涌现出来的新的审美形式,表露旧式国家自由资本主义幻想对……做出调整的方式已发生改变"(第7页、第16页),诸如此类。

那么,史学家面临的难题是,到底应该把她——与她一道,把作为整体的情感"转向"——归入哪个阵营。一方面,她把新兴的伪批评词汇或原初的批评词汇聚集起来,使之回流至学术范式,因此她似乎是一股瓦解和遏制早期试图与历史主义/语境主义规范相决裂的力量;另一方面,如我们之前对其他人物的解读一样,透过她对主导范式的明确承诺,我们可以察觉到一股突破这一范式的隐含冲动。确定贝兰特乃至整个"情感理论"的归属阵营,是一个真正的难题,且兹事体大,因为"情感理论"在文学研究这门学科中已跃居关键地位,这一理论究竟是在遏制还是在扩展目前的反主流范式倾向,事关学科走向这个重大问题。考虑到情感理论在很大程度上仍处于形成之中,我们往往乐于静观其变,先看清楚事态如何发展再下定论。然而,这么做实乃失职之举。我认为最好的做法或许是第二种解读,即不顾贝兰特本人的显在意图,对其作品稍作批判性阅读,从而把目光停留在呼唤批评工程的几处文本细节上。我这么做的部分依据是,在如此动态多变的局势下,事情的发展方向尚待确定,这个时候描述(description)往往没有规定(prescription)那么有用。总而言之,我把贝兰特的作品视为当代情感理论所能提供的最佳典范,无论它实际上是否旨在突破占主导地位的分析模式,我们都可以对其善加利用,最终实现一个名副其实的文学批评工程。

为了更好地理解这一点,我们需要注意到贝兰特的文化分析工程与我们在第一章中称为早期批评范式的"诊断"成分之间的强烈契合。这方面的例子有很多,为便于讨论,我再次以瑞恰慈为范例——尽管这样会让人误以为他无所不包,而事实绝非如此。首先,看得出来,贝兰特所构想的"情感"观念是瑞恰慈眼中的"审美"范畴的一部分,后者包括一系列广泛的感情、评判习惯、冲动模式、适应技巧,等等。贝兰特本人在使用"审美"这一术语的时候,往往用它专指小范围内的具体艺术实践,不过她也时不时地让语义溢出,使其进入瑞恰慈所定义的范围更广的审美地带。当今的情感理论家们已经进一步扩大了"审美"一词的涵盖面,倪迢雁(Sianne Ngai)或许是最突出的例子。若以这种普遍的广义"审美"概念来度量贝兰特的作品,我们可以观察到,她旨在探究主体性和集体性具体采取何种审美方式去体验世界、回应世界,此乃其著作的核心内容,她用十分精准的语言把它表达出来了。[22]当她写道,关注情感能使我们揭开"一种本体感受的历史",我们不禁想到瑞恰慈对神经反应、对动觉想象的社会史,以及对脊柱微移动的直观效用的关注(第20页)。或者换个角度看,读完贝兰特再来读瑞恰慈,读到"经验充斥着原初冲动,充斥着这种或那种行为倾向的轻微刺激,也充斥着做这个或那个的初步准备……"这句,瑞恰慈对经验的这一内涵的强调会让我们觉得似曾相识;另外,本书读者可能还记得,我们在第一章中讲到瑞恰慈所做的一番诊断,他曾设想在比较意识形态领域进行田野调查,进而撰写出一部人类观念和感觉的自然志,它不仅探究人类公开承认的信仰,也探究"想象中的和处于萌芽中的人类活动或行为倾向"。[23]另一遥相呼应之处发生在贝兰特用"类型的消逝"(waning of genre)取代詹姆逊的"情感的消逝"(waning of affect)之际。经此替代,贝兰特为我们提供了一个理解类型的新角度:"在我们目睹某个事件的发生的时候,无论此事来自生活抑或来自艺术,类型都能为这一观察经验提供一种情感期待"(第6页)。这种切入类型的方式很容易得到瑞恰慈的认可,因为它可谓对审美范畴做了一番心理学阐述,并且它也强烈主张艺术经验与一般性经验之间具有连续性。两人的论述还有一个呼应之处。贝兰特告诉我们,通过追溯情感活动的形成,"世界运转机制的诗学,一种在实践中不断生成的理论,将在我们眼前展现"(第16页)。这个观点是对审美所做的相当精准的描述,可以说,它与早期批评范式所定义的审美概念不谋而合:从瑞恰慈到利维斯,早期批评范式把审美视为一种结构化的/创造性的(即"诗学")和启发式的(即"实践中生成的理论")活动,主体彼此相遇,运用整体文化中人们所共有的经验资源,把他们的经验内容重塑为价值之源。

通过对照,我要说的无非是,倘若从这个角度观照情感研究界,以下结论似乎仍然行得通:这门学科目前处于一个前范式阶段,在此期间,学科中人正在为实现一个真正介入现实的批评工程打基础。关于这些通过文化而传播开来的种种情感,一旦我们具备对其进行紧密追踪的能力,那么下一步自然是力图找到严谨的方法去培养它们了吧?就此而言,贝兰特所代表的情感理论就是一个很好的例子,因为尽管她的批评工程是以文化分析为基本导向的,且有着鲜明的历史主义/语境主义色彩,但是该工程的最终目标却与旧式美学殊途同归。分析至此,我当然意识到,我所提出的主张——即下一步自然是要冲向真正的文学批评——会被很多人视为无稽之谈,这些人会嘀咕:我们作为情感理论家,作为文学学者,我们介入世界的方式是分析而不是直接干预。确实,这一新的发展轨迹迄今为止或多或少仍囿于历史主义/语境主义所划定的范围内。尽管她一再强调情感,以及情感与认知的密不可分,贝兰特其实把大部分精力放在了认知层面,而在培养情感层面则不见得有多大作为。总体而言,这一时期的情感"转向"使我们能够对社会机体传播的情感加以诊断,然而,若要找到培育情感能力或审美能力的全新手段,发展出一套在不同深度和广度上培养这些能力的严谨方法,那就会引发一系列截然不同的问题,且需要完全不同的情感研究模式。平心而论,目前尚无确凿的证据表明文学研究正朝着这个方向发展。

不过,这种新型的研究模式已初露端倪。在 2004 年刊载于

《批评探索》上的一篇文章中,贝兰特透露自己是一个名为"芝加哥感受库"(Feel Tank Chicago)的学术/艺术/活动小组的会员。"芝加哥感受库"隶属于一个较大(其实规模显然还是很小)的"系统",该系统由诸多"基层组织"构成,散布于美国的多个城市。这些"基层组织"被冠以诸如"跨国女权主义""性与自由""以阶级为轴心组建性别化和种族化的社群"之类的名称。与我们目前的讨论最相关的,是一个叫"公共感受"(Public Feelings)的基层组织,贝兰特所在的芝加哥小组就是这个组织的一部分。关于该组织,贝兰特说道:

> 譬如,我们已经举办了一场国际政治抑郁者日(International Day of the Politically Depressed)。如果消极情绪不再被看作负能量的不良后果,而被视为一种尚未被意识到的批判方式(我们目前正致力于培养这种形式的批判意识),那将意味着什么?怎么能在美学的意义上思考主体性的养成,而不在振奋、进步或犯错的意义上谈论主体性?我们这些组员就处于自己的矛盾状态之中,虽然眼下也与其他人一样烦躁不安、悲伤愤怒,但说来也怪,我们却是美国政治领域的积极乐观的活动家。我用即将印在我们第一批私藏武器——T 恤衫和贴纸——上的口号为本文作结:"抑郁了吗?……这可能有政治效果。"(第 450—451 页)[24]

这里对抑郁症释放的积极潜能的强调来得过于猛烈,把我这个特殊类型的美国人[1]压得喘不过气来,不过仍旧对此搁置不提。这一思路的真正趣味在于,它感到有必要创造一种新语言,借以全面思考曾被失去信誉的旧审美模式称为"在美学意义上培养主体性"这类问题。贝兰特还没有找到这种新语言,但对其存在的必要性是心知肚明的。同样明确的,是她对旧语言的抛弃,因为它只能把我们带回旧思想和旧意识形态。上述引文中,指示旧意识形态所用的具体词语,表明了当时的时代特征:那是 2004 年,从事情感研究的很多人,在作品中一次又一次地重温了美国新保守主义的恐怖——在那样的时代语境下,"振奋"和"进步"似乎只是来自敌对阵营的新保守主义者才会使用的字眼。当我们试图对这一研究派别成功塑造的新语言——情感理论本身的语言——进行评判的时候,有必要把当时的语境牢记于心。如前所述,在那一语境下形成的理论语言的特点,恰恰是拒绝积极地培育新型情感,并只限于对情感做出分析。

然而,即便在如此语境之下,贝兰特所在的小组显然觉得必须想出一个办法,来实施某种有益的介入主义行动。口号衫上印的"抑郁了吗?……这可能有政治效果"这一标语,很容易被看作活动家又一次失败的行为艺术。而更难得,也更好的做法则是,看到为了实现那看似无望的干预行动,她们已经取得智识上的胜利。原因在于,如果说在某种意义上所有的激进运动都试图介入政治,那么贝兰特她们的介入有着极其明确的原则:在集体政治感受力的层面上予以介入。确实,这个口号坚持的理念正是:感

---

[1] 本书作者约瑟夫·诺思是在美国工作和生活的澳大利亚人。

受力即政治,反之亦然。这似乎是说,情感理论的一个最基本的要点——感受力即政治,政治即感受力——已被付诸实践(尽管还只是一种姿态),理论从业者用这一理念鼓励人们在更广阔的集体范围内开拓不同类型的政治感受力。而且,这一系列将被开拓出来的政治感受力,恰恰是那种允许集体承认在新自由主义体制之下无法承认的东西,即政治感受力这一根基性范畴本身是可行的。只有这一范畴是可行的,"政治忧郁"和"公众感受"这样的表达才能起作用,才有意义。从事情感理论的人正在开展的工作,确切地讲不是文学研究,而是审美研究,他们试图为将来的审美研究奠定基础。尽管有着明显的局限,我认为这一研究工作是真正的批评行为,其目的恰恰是为尚未到来的批评打开空间。

于是我们好奇,这群注重在集体政治感受力的层面进行介入的行动派,如果结合米勒在文学层面重探文本细读的批评——这里的批评既是情感的,私人的,也是有代表性的——之根的做法,再以塞奇威克所认同的"修复式"或治疗式文本主题为导引,将会生成一种怎样的文学研究实践。我认为,这种新生成的研究实践将不再是学术范式。我认为这一实践同样值得我们拥有。

第三部分:扩张

不过,光靠批评范式也是不够的。如前所见,20世纪中叶那场学问家与批评家之争,是围绕专家和通才这一基本区分展开的:"学问家"是专才,"批评家"是通才。当然,若把诸多因素都考虑进来,这一基本区分会变得复杂化。我们只需回顾一下奥尔巴赫的《摹仿论》,想一下他在书里展示的特例,即高度专业化的语文学传统也能对通才所关注的东西保持敞开,让这一区分站不住脚。简单粗暴地把批评传统说成是全然通识性的也不对;相反,现代批评范式在创立之初便与19世纪末那种注重主观感受的印象式纯文学主义区分开来了,并因此在现代研究型大学里获得一席之地,这恰恰表明,通识性研究也可以用专业化方法来做。从这个角度看文学批评,有些人可能会察觉到,"作为科学的"现代批评采用的典型技法,是专业化技法,只不过被用来处理最具普遍性的议题而已。故而利维斯在为批评做辩护的时候,说了这样一番话:"[现代社会]对专业化的信奉已经深入骨髓,然而没有人能精通所有细分领域。问题的关键在于培养一种核心心智,它能赋予不同的细分领域一个人道的内核,也能赋予人类文明一套特定的观念体系"(第166页)[25]。与学术一样,批评也必然要想办法在专业细分与通识化之间建立富有成效的关系,兼顾两者的主张和要求,毕竟任何深度思考都不可能简单地二者择一。话虽如此,学问与批评这一区分在广义上仍然成立,"学问家是专才,批评家是通才"这一常见说法也的确如实地反映了各自的侧重点。读者可能还记得,詹姆逊针对20世纪中叶的文学批评提出了几个假想问题:"威廉·福克纳与哈尔多尔·拉克斯内斯相比,谁更伟大?他俩有谁比托尔斯泰还要伟大吗?《约婚夫妇》与《红楼梦》相比,哪部作品更具普世性?"这一连串问题实质上是关于审美价值的普世性论述,它定下了20世纪中叶文学批评的基调,尽管论述本身不无破绽,但是它让批评家得以在更大的历史跨度上,乃至更宽广的文化范围内从事智力劳动。事实上,批评范式一直都拥有某一方面的专门知识——撇开其牵涉的诸多复杂问题,可以说这种专业性知识源自并代表着通识性知识;与此同时,秉持科学主义理念的现代大学鼓励所有学科都无休止地追求知识专门化和领域细分,学术范式正是文学研究这门学科的知识专门化的代表,而批评范式在这方面则发挥了制衡作用。

因此,当发生学术转向,抑制领域细分的机制被移除,知识细化的趋势愈加明显也就不足为怪了。历史主义/语境主义范式反对20世纪中叶流行的审美普遍主义论调,坚信文本是镶嵌在具体语境之中的,由此一来,这门学科的关注点变得更为集中,然而代价是学科视野变窄。这一变化不仅很自然地表现在已完结的学术研究的性质上,在教职招聘、学术发表、职称评定等硬性的制度结构上亦有所表现,甚至表现得更为显著。在历史主义/语境主义阶段,大学开始注重研究领域的细分,随之而来的是,学科中人对什么算作一个"领域"而什么不算的标准也发生了改变。其中比较明显的变化包括:"领域"壁垒变得愈发坚固;一系列为新兴领域设立的专门机构(刊物、专业协会、专题讨论会等)应运而生,原有的专门机构获得了更为核心的地位;各个研究生课程项目针对特定的领域设立了越来越多的职业化组织,以确保研究生在做研究的时候能清楚地意识到其与业已存在的界限分明的领域之间的关系,从而为他们进入形势严峻的"就业市场"做好准备;"招聘领域"(hiring field)这种措辞被创造出来,其内涵与"就业市场"这一新造的浮夸表达关系紧密,等等。[26]需注意,每种情况中的"领域"一词大多都被地域和时期所界定——也就是说,以一种极大地顺应历史主义/语境主义这一主流范式的方式来界定。当然,例外是存在的。在整个历史主义/语境主义阶段,我们时不时地看到职位空缺出现在诸如"性别研究""理论""后殖民研究""批判种族研究"或"酷儿理论"等明显以主题或方法论来定义的"领域"。然而,与以地域和时期来定义的核心领域相比,它们在中期内往往非常脆弱。确实,在许多情况下,这些以理论而不是以地域或时期来命名的领域,它们的长聘岗位多半会随着行情的改变而消失不见。值得一提的是,鉴于这些较为边缘的专攻方向带有对抗性质,文学研究学科管控这类异见领域的方式是吸纳(incorporation)与蒸发(evaporation),即先创立新领域,只是为了很快将其抛弃。[27]总而言之,研究领域的细化对于这门学科的科研工作变得愈发重要,并且大部分领域都由地域和时期所定义。

这一发展态势在诸多重要层面上表现得如此明显,许多学科中人感到研究领域被划分得越来越狭窄,因此渴望挣脱这一束缚也是意料之中的事。任何对过去二十年里的学科走向有所观察的人,都一定会察觉到人们对学科前景——语境主义工程有望在更为开阔的语境下开展——感到兴奋不已。这种在更大的语境内进行学术研究的兴趣,体现在人们使用的具体术语上,这些表达当然不尽相同,但至少包括"跨国""全球化""世界文学",以及最近出现的"人类世",其中的每个词都曾吸引大家的广泛关注;开列一个更长的术语名单的话,"跨大西洋""大西洋""深邃时间""太平洋""能源体系""丝绸之路""地中海"等会入选。这些词中的每一个都要求我们用与过去不同的扩展架构进行文学研究,因此每一个词都开启了一种全然不同的提问方式和思路。这里,我仅提几个基本问题:转而采用"跨国"架构,会使原来的国族架构变得不重要,还是变得更重要?"全球化"是否能有效地描述真实存在的现象?如果能,它具体描述哪个时间段呢?文学作品只要广泛流通就能成为世界文学吗?若果真如此,"世界文学"架构会妨碍我们留意本土方言的特异性吗?"人类世"这一视角是否会颠覆我们现有的自然与文化之分,从而生成一个全新的历史主体?诸如此类的议题,仅仅是引导我们进入规模更大的讨论的切入点;我不会就每个议题所涉及的每场讨论加以详述,只是指明方向,点到为止。

我要讲述的是一个总体性的要点。尽管在每种情况下出现某个特定术语(而不是别的术语)是被多重因素决定的,但所有的术语都表达了同一种兴奋之情:这门学科对其研究架构的扩张前景感到持续兴奋。虽说这一点已经很明显了,但是我们还是要予以承认。各种要求扩张研究语境的提议自有其存在的理由,其中诸多提议甚至诞生于这门学科之外(最引人注目的是"全球化"和"人类世"),但是显而易见,在每种情况下,这些提议之所以对学科中人有吸引力,主要是它们证实了同一种焦虑:我们对语境化这一现行研究模式的过度狭隘焦虑不安。综合来看,这些不断要求扩大语境的提议既证实了人们普遍怀有的忧虑,即我们现在对特定的、界限分明的语境的坚定承诺已让我们陷入困境,也证实了人们长久以来挣脱这一困境的渴望。从较长的学科史的视域下看,一个比较突出的现象是,在历史主义/语境主义时期的后半段,这门学科大体开始形成一个初步共识:文学研究拓入更广阔的语境是一个值得追求的目标,尽管学科共同体尚未能选定一个方法来做这件事。

对于上句话中的让步状语从句,有人可能会心生疑惑:学术共同体怎么会想要单一的方法,有多种方法难道不是更好吗?在为此做出解释之前,我们不妨先体会一下在这个时期的学术作品中涌荡的兴奋之情,这种激动情绪是这一系列学术作品的共同特征,甚至可以说是它们成书的动因。我想给它取个名字,也许可以称之为"因架构扩张而激发的兴奋之情"(expansion excitement),单纯用来强调这种情绪的连贯性;那些从表面上看似乎截然不同的各色讨论,都有一种连贯一致的内在情绪潜隐其间。下面摘录的三处引语应该足以让我们管窥和体悟这种兴奋之情。我们先从大卫·达姆罗什 2003 年出版的《何为世界文学》中的一段话谈起。在下面的引文中,达姆罗什解释"世界文学"这一架构如何令人兴奋不已:

> 在下面的几章里,我们要处理的材料有的早在四千年前就已写完,最近的则写于 20 世纪 90 年代末,我们要讨论的内容包括当下如何重塑了我们对希腊化时期的埃及、13 世纪的欧洲,以及 17 世纪的墨西哥的理解。当代文学研究最为激动人心的特征之一是,所有历史阶段和任何地方都可供我们重新探究,任我们去重构。(第 17 页)[28]

对于任何困囿于当下的学科方法论的学者来说,热衷于为特定语境生产专门知识的做法是条死胡同,所以转而采用语境扩张的方式进行文学研究确实振奋人心。不过,达姆罗什本人意识到,引文的第二句话并不完全属实,很多学科中人对此也感到担心。更准确的说法当然是,引文的第一句话涵盖世界各个大洲,横跨数千年,字里行间流露出来的兴奋之情恰恰说明"当代文学研究"并未完全敞开任由我们随心所欲地探究,或者说尚未如此。我稍后再来谈这个问题。

第二个例子是宋惠慈(Wai Chee Dimock)2006 年出版的《穿越其他大陆:深邃时间中的美国文学》中的一段话,它展示了"深邃时间"这一架构有多么振奋人心:

> 本章将根据作品之间的亲缘关系,勾勒一个横跨太平洋的弧线运动。加里·斯奈德的佛教风格的生态学向后做环状飞行,穿过梵文史诗《罗摩衍那》,史诗的主人公神猴哈奴曼又把我们带到中国,引至 16 世纪的小说《西游记》。与此同时,北美印第安土著作家和亚裔美国作家的路径也纵横交错,譬如莱斯利·西尔科(Leslie Silko)、西蒙·奥尔蒂斯(Simon Ortiz)、杰拉尔德·维泽诺(Gerald Vizenor)、汤婷婷(Maxine Hong Kingston)等人也在这个环状弧线中穿梭前进,使之成为更加蜿蜒迂回的纤维。(第 166 页)[29]

宋惠慈提出了与达姆罗什相当不同的文学探究模式,并为我们提供了一种另类的表述方式。然而,两个文本流露出十分相似——尽管不完全相同——的兴奋之情。宋氏引文传达的兴奋之情,在风格和内容上都十分生动鲜活。特技飞行表演变成在织布机上的织造动作;斯奈德差点变成一只猿猴;学术训练要我们区分的北美印第安裔美国人和亚裔美国人两种背景,也彼此"纵横交错",成为同一个宽大的编织物的一部分。所有这一切迥然不同的时空都朝向彼此翻筋斗,这必然带给读者一种晕眩感——因千差万别的语境缔结成意想不到的关联而产生的令人陶醉的学术快感。不言而喻,此处真正令人感到兴奋的地方,主要在于宋惠慈一反常规,拒绝把自己束缚在单一语境上——我甚至认为这是能够驱动当代文学研究的核心兴奋点。

在得出结论之前,我们最后再举一个例子。帕特丽夏·耶格尔(Patricia Yaeger)通过 2011 年发表的一篇论文中的一段话,向我们展示了"能源体系"(energy systems)这一架构的激动人心:

> 倘若我们不再把文学作品平分成世纪文学(或更灵活地分成"长 18 世纪文学""长 19 世纪文学"这类变体),也不再用思想史的范畴(浪漫主义、启蒙运动)来为其归类,而是根据使这些文本成为可能的能源来划分文学类型,会有什么发现?……我们可以把狄更斯和莎士比亚的作品中那些点牛油灯的人物放在一起考察,也可以在《奥德赛》和加西亚·马尔克斯的《百年孤独》中用来烹饪和取暖的燃料之间建立关联。(第 305—306 页)[30]

几段引文让我们反复看到，这三个关于方法论的观点看似指向完全不同的方向，但都激励我们从总体层面上开启对话。世界文学、深邃时间、能源体系，三种研究框架似乎大不相同，然而如果它们确实体现出同一种驱动学科发展的兴奋感，那些外在的差异又有什么要紧？当然，也可以说我所指出的这种兴奋感微不足道，抑或它无论如何都不是这些研究课题的核心元素，那就等于回到了我们讨论的原点。但至少于我而言，当我们跳出自己的立场，在漫长的学科史视域下同时观照这些课题，可以说整个文学研究界，包括其要求扩大研究架构而提出来的一系列激动人心的设想，比如跨大西洋、跨国、全球、世界文学、深邃时间、能源体系和人类世等，似乎并未全然致力于某个具体论点。事实上，真正令这一学术集体感到振奋的是：找到一个严谨而有说服力的方法，继而摆脱我们现行的语境主义方法的狭隘和局限。可以说，我们要走向的是一个真正能让学科朝前发展的普遍方法，而不是退回20世纪中叶那种普遍化的研究模式。这门学科出现的这些观点各异的设想，内涵丰富且发人深思，但放在一起或许可与囚徒的幻想做一类比：整体而言，大家心心念念的是越狱本身，而不是获得自由之后的具体规划。这么比较可能会减损某些观点的效力，不过两者在结构上确实有相似之处。这一结构所体现的学科心态虽是新近出现的，但从长远看十分重要。学科中人在作品中反复表露的"扩张的兴奋"，源于一种逃脱的可能性——不仅逃脱特定领域的特定边界，更是逃脱领域细分本身，因而自有其意义。可以推断，我们这里反复看到的是文学研究从业者的集体不满，他们含蓄地反抗历史主义/语境主义范式的专门化这一核心特征,尽管尚未明确地表达这一不满。

有人可能会说,我让大家注意到这种兴奋之情,不就等于反驳了我之前的论断——当前阶段文学研究的首要特征是致力于专门化——吗?如果说过去几十年来很多备受认可的提议果真都支持研究架构的扩张,趋近"通才"所关注的那些普遍性议题,那怎么能说历史主义/语境主义这个阶段的主导趋向是专门化呢?我的回答是,恰恰是这一扩张的渴望如此持久和深入人心,才说明历史主义/语境主义范式对领域专精的重视已经完全决定了文学研究的常态。当我们把这些主题各异的研究放在一起审视,一个模式便会浮现出来:一系列相互叠加的话语,各自使用专有术语来提出一个扩大空间或时间参照系的构想,每隔五年左右会有一个崭新的核心术语脱颖而出,流行十年左右便不再引人注目,最终被别的流行语取代。学科中人需要不断地寻找新术语,用以承诺上一个术语承诺过的东西,这表明他们关注的深层问题一直存在。于是我们一次又一次地看到,学科人士均对研究架构向外扩张的前景感到兴奋,然而他们所提的扩张构想,从未真正撼动学术范式的中心地位,所承诺的"逃脱"也从未发生。

我们当前的学科局面是,文学研究在根本上仍由地域/时期这一细分领域的标准所结构着,扩展研究框架的渴望由来已久却从未真正得到满足。为了检验这一说法的真实性,我们不妨想一想这门学科操控其再生产的原则。在历史主义/语境主义时期的后半段,我们几乎总能听闻一些教授给自己的博士生提出这样的忠告:一定要做话题涉及面广的比较研究;一定要冲破现有框架,进入更广阔的语境,譬如跨大西洋、跨国、全球、世界、人类世等,这样的研究比较有意思,大家喜欢你这么做。当然喽,教授会补充道,你在扩大研究架构的同时,无论如何都要强调你是现有的"招聘领域"中某个领域的专家——你要想进入当今学术界从事专门的文学研究,这没有商量的余地。无论是学科人士对扎根于某个现有领域的重视,还是对稍微突破这一领域的边界而产生的兴奋之情,都暴露出这门学科存在的问题:恰恰由于它过分关注深度的语境化,忽视广度的语境化,才让人时而觉得扩大这一默认的研究框架如此有必要,如此激动人心,但每次的尝试又不可能获得成功。

若真有一种研究架构的扩张,能成功地改变学科的内核,它会是什么样子的?我不太愿意回答这个问题,因为答案的要求过于苛刻。有人可能注意到了,即便很多人提出转向跨国、全球、世界等大的参照框架,他们也并没有要求每个人都应该使用扩大了的架构,而仅仅提议某些人应该如此,这么看来,学科内核并未改变,这门学科还将在既定的领域范围内做类似的工作。但实际上,扩张研究架构的主张提出了更高的要求,即便它不要求我们从根本上修正文学研究的定义,也要求我们对观察到的声势浩大的新现象进行历史分期的扩大化,连学科的中心也不例外。很多不愿意用单一的研究架构,而本着多元主义精神致力于架构扩张的学科中人,甚至呼吁这门学科的全方位变革,提议同时在多个架构上扩大历史分期。这是一个要求极高的主张,其成功的迹象或许可以表露在一个机构性变化上:核心"招聘领域"的时空边界发生了重组。很显然,目前致力于扩张架构的诸多尝试都还没有达到这一要求;有些努力扩展某一常见的语境框架的人,可能不太明白为何非此不可。有人已经听到要求变革的呼声，却对那些主张扩大研究架构的好建议视而不见，是因为他们太笨了吗？是不是这门学科的制度结构太僵化了，以至任何争论都难以撼动它？还是说要求变革的论据不够充分有力？

这里，我们没能意识到的是，问题不仅仅是现有范式偏爱具体而狭窄的语境那么简单，问题可能出在深层的语境主义本身。上述主张所真正遭遇的，是历史主义/语境主义范式的极限。如前所见，这一范式占据支配地位不仅出于思想方面的缘故——其鲜明的制度化特征，与彻底科学化的新自由主义大学所默认的专业化知识生产模式相互契合。我们已经看到，现行研究架构的狭小是学术转向的结果，因此必须通过抵制学术转向来予以解决。

存在一条隐匿的轨迹吗？

通过前面的论述，我们管窥了文学研究最近出现的三种批评趋势，并认为每种趋势都以自己的方式含蓄地表达了批评范式在这门学科当下的阙如。当然，除此以外，我们还可以补充其他的趋势和潮流。最该补充进来的，或许是各种各样的"伦理转向"。我们时常听到有人谈论这一转向，然而总的来说，"伦理转向"名下开展的一系列研究工作会让我们联想到本章开头所讲的"钟摆"趋势，因为认同这一转向的人也提倡文学研究回到20世纪中叶流行的那种观念，即视文学为伦理教育和审美教育的场所。自然而然,在提倡回归文学伦理学批评的诸多争论中,有的只不过是在抒发怀旧之情,而有的则颇具进取精神。值得一提的是,此类研究与当前的主导范式不大一样,这从它所援引的主要人物上看得出来。文学伦理学批评常常援引文学研究界以外的人物,尤其是哲学界的人物,比如朱迪斯·巴特勒和玛莎·努斯鲍姆(Martha Nussbaum)。另一个能体现我所谓的"批评无意识"的趋势是关于"文学作为治疗"的各种新兴话语。这类话语最近在文学研究的边缘地带迅速涌现,且常常出现在这门学科与"叙事医学"(它是与治疗直接相关的学科)的交叉点上;使用文学作品进行心理治疗的种种尝试也属于同一路数。此类研究趋势采纳的是"文学批评确确实实具有治疗功能"这一古老的观念,只是这类趋势不见得像经典的批评范式那样,积极参与到对美学、语言和文化的深刻思考中去,并从中受益。

最后也是最关键的一个议题是,文学研究这门学科不断地尝试重构其与"公共"(public)、"社会"或"普通大众"(common)的关系。这些尝试至关重要,因此我们不妨多花点时间探讨。如前所述,"文学学术"主要负责生产该学科的专门知识,而"文学批评"在过去则主要负责引导公众参与,与公众缔结密切的私人关系。因此,有人会把文学批评的消亡与这门学科的公共职能的瓦解联系在一起。毋庸置疑,人们对文学批评变得过度专业化、无关宏旨、缺少现实关怀等的忧惧在人文学科内部由来已久,以至有人说这些忧惧是人文学科的重要构成部分。然而,按照新自由主义理念进行重组的大学加重了人们的忧虑,若看不到这一点,我们就无法领会这一历史时刻的真正品格。这方面值得探讨的内容还有很多,简洁起见,我只想直截了当地指出,与之前的凯恩斯主义阶段不同,文学批评家在新自由主义阶段不可能再得到美国中央情报局的资助,去办他们的"小杂志"(特里林语)了。[1]

可想而知,文学研究在新自由主义阶段的进展难免遭遇异议。我们在本书的"导言"中已经看到,伊格尔顿认为这一阶段的文学研究甘愿把自己转化为"具有技术专长的品种,不惜放弃广阔的社会关联,由此来确立自身的专业合法性"。许多学科中人对此倾向心怀不满。此处,我们仍然可以把这种不满情绪进行细致区分,将之分为残留形态和新兴形态。关于残留形态,我们首先想到的是围绕"公共知识分子的衰落"这个话题展开的各种争论,其参与者众,且在20世纪90年代和2000年至2010年表现得尤为热烈,这些争论得以生发的历史基础是所谓的凯恩斯主义"公共领域"的衰落。相比之下,新兴的现象要有趣得多。这方面最引人注目的,我认为是文化领域培育出来的若干种"小杂志",这些新兴杂志使文学界和文学研究界焕然一新,生机勃勃。下面是一份简要的杂志清单,里面风格各异的杂志足以代表我心目中的理想刊物:《N+1》、《拉娜·特纳》(*Lana Turner*)、《大众图书》(*Public Books*)、《非场所》(*Nonsite*)、《视点》(*The Point*)、《价值》(*The Value*)……当然,这一系列杂志仍需依托那些历史更为悠

---

[1] 美国中央情报局下属的文化自由大会是成立于1950年的反共团体,冷战期间曾暗中资助多个国家的文化界人士举办会议、召开研讨会、创办刊物,《交锋》(*Encounter*)、《党派评论》(*Partisan Review*)、《凯尼恩评论》(*Kenyon Review*)等知名英语期刊便受其资助,后两种即文学批评家特里林所谓的美国"小杂志"。

久的文学报道类的旗舰刊物——譬如影响力最大的《伦敦书评》，以及《纽约书评》和《泰晤士文学增刊》等——这些小杂志的涌现却是值得关注的新进展，作为互联网时代的产物，它们将产生重要的文化力量。

针对新涌现出来的这一波杂志，从整体上对其做一番缜密分析将会十分有趣，不过我这里仅就该现象提出两种观察评论，一种是思想方面的，另一种是制度方面的。下面先来谈第一种观察评论。我在前面说过，作为学科的文学批评曾是一种中间话语，介于专门化的学术研究，与通识性的、纯文学的、非系统性的文学报道和评介性工作之间。它的缺失给这些新涌现出来的杂志留下一个独特的缺口——一个他们并不能承担责任的缺口。诚然，每种杂志的侧重点都大不相同，不过我的观感是，这些较新的出版物倾向于把下面四大类内容"混搭"在一起：对当下文化研究方面的学术著作所做的评论与概述，其目标受众是普通读者而非专家；原创性的文化分析文章，虽然多多少少看得出来其学科属性，但它们是为公众而写的；对当代艺术与文学作品的评论；以及类似于论坛的版块，供读者反馈、争辩、讨论。从这份粗略的目录中，我们已然看得出来，尽管这些杂志全都有志于在学科和公众之间搭建一个互动平台，但并没有阐明这里所谓的"互动"到底是什么意思。一方面，杂志的某几个版块散发着思想的严谨性，呈现出清晰可辨的学科样态，可是其所理解的"与公众交流互动"，往往只是把这门学科现有的研究成果公之于众。另一方面，杂志似乎认识到了这一不足，于是尝试在其他版块进行不同的实践——更加纯文学的、评判性的、审美的实践,和其他类似实践——来予以弥补,然而弥补的方式仅仅是对当代艺术品进行新闻体的评论,也就是说,丢弃了学科性。因此我们发现,在侧重文化分析与侧重评介性活动(reviewing)之间存在一个巨大的缺口。前者散发着思想的严谨性,呈现出清晰可辨的学科样态;后者则与这门学科在当前模式下开展的研究十分不同。学科中人往往能感受到两者的差异。确实,许多新刊物一直在试图填补这个缺口,在我看来,有些刊物甚至做出了艰苦卓绝的努力,且收效斐然——然而,在缺失一个严谨的、有制度支持的批评范式的情况下,弥合学科与公众的鸿沟的任务终归举步维艰。

这就引出了我的第二种观察评论,它与"让公众参与互动"这一规划本身有关。简洁起见,我这里可能过于直言不讳——以致言重而给这些新兴杂志带来它们不应得的伤害。我认为,此类杂志渴望与一般意义上的"公众"建立联系,想要满足普罗大众的胃口,而这很可能导致其虚弱无力,步履维艰。这一目标不切实际地高,必然力有所不逮,最后陷入一个私密的学术小圈子,读者寥寥。不过,我这里无意批判小圈子杂志——远非如此:事实上,从利维斯到特里林,每位评论家都对小圈子杂志的重要性深信不疑,我也不例外。我只是想指出理想与现实的错位。我想,近年来的文学杂志如果在一开始就有较为明确、现实的定位,它们反而能(略吊诡地)超越小圈子,赢得更多潜在的读者,在关键时刻产生更好的效果。原因在于,介于"小圈子"的紧闭与"公众"的松散之间,还存在"社会运动"这一层面,而恰恰在这样的中间地带[1],小圈子杂志才能在条件允许的情况下发挥最大作用。[31]

所以,总的来说,我们起码有六种新兴的趋势:包括本章前面论述的"钟摆""暗示""扩张",以及刚才匆匆一瞥的"伦理转向""治疗转向"和"公众转向"。这六种新趋势似乎能证明"批评无意识"的存在。每种趋势都有自己存在的理由,作为一个整体,这些趋势既可以看作文学批评在这门学科已经消亡的征兆,也可以看作弥补这一缺失的努力。毫无疑问,我们需要补充更多的实例来对每种趋势进行逐一详述,为此或许需要另写一本新书才行。不过我觉得,我们目前考察的这六种新趋势足以使我们看到一个总体模式。在有些人看来,这一总体模式的画法有点奇怪,主要因为它把过去几十年里新出现的一些引人注目的重要趋势描绘成来自边缘的呐喊——这些呐喊不仅让我们注意到文学批评本身的缺失,也让我们注意到缺少文学批评的文学学术研究多么贫乏无力。有人可能会反对这个观点,毕竟有不少趋势及其相关人物受到过极大关注,它们无疑曾跃居学科的中心而不是一直处于边缘。我在前面强调,这些文学研究的新动向最终都退守常规的历史主义/语境主义学术范式,那么这是否意味着,我要竭力把这些曾经大获成功的研究进展描述为失败之举呢?

我不会这样做。诚然,我们目前考察的大部分趋势已被学界

---

[1] 作者这里的意思是,"社会运动"(social movement)可以成为黏合这类文学杂志与公众的"中间地带"。比如每当发生"社会运动",这类杂志可以成为知识分子展开论辩的平台,为这一运动提供思想支持,也可以号召公众参与其中,从而拉近了学术界与普罗大众之间的距离。

广泛讨论了，很多人对"成功"的理解仅仅是在现有条件下写出有价值且有趣的作品。不过，倘若"成功"的定义是实现学科取向的根本性转变——我认为这六大趋势中至少前三种是在默默地做这件事——那么这里"成功"的标准未免又设置得太高了。显而易见，在这些多种多样的新趋势下面开展的大量研究都非常出色，它们极大地拓展了现有研究规范的边界。同样明显的是，这些出色的研究到目前为止均未能导向新的学科范式，也未能打破现有的范式从而催生更广泛的学科运动和进展，最终为文学研究寻得一个真正的替代模式。我不想低估这些研究所取得的重要成就，不过平心而论，在较长的学科史的背景下观照，过去二十年间出现的种种"转向"或"趋势"，名副其实者少之又少。如果这两个词的意思是整个学科的重心发生重大转移，学科方向随之发生真正变化，实质性的"转向"或新"趋势"所占比例是很小的。在实践层面，我们所看到的诸多"转向"只不过是学术小团体运作的结果，他们在各种会议中碰头协商，之后不久便有一系列读本、论文集、杂志特刊之类的出版物问世。但愿我这样说不会显得很过分：理解这门学科的历史，要求我们直面这一学科现状——实质性创新所占比例之微小，而学科中人所努力对抗的阻力之强势。我强调学术范式的根深蒂固，并非要贬低学科中人近来开创的研究趋势和潮流——事实上，其中最别出心裁的构思正悄然地试图撬动学术范式的根基。

把撬动学术范式的根基、实现学科范式的转变作为"成功"的标准，确实要求过高，有人甚至认为高得离谱；尽管学科范式有时真的会发生变化，如我们已经看到的那样。以这样的高标准来衡量,本章讲述的学科进展很容易被解读为一系列失败的尝试,说它们没能真正地"改变"或"转向"。我显然不赞同这样的解读,倘若非要这么看待不可,我们起码要历史性地看待这些失败,而不能将其归咎于个人。所有的学科史都有这样一条常理:当主导范式保持其主导地位的时候,对其发出的质疑之声要么被迫游荡在学科边缘,要么被学科主流收编,无论这一质疑声多么深思熟虑或铿锵有力,都注定被湮灭。只有当深层境况发生根本性变化,主导范式因此陷入危机之时,那些表现各异、彼此孤立的不满与质疑之声才能联合起来,凝聚成一个全新的范式。由是观之,这些新趋势无一种能与现行范式彻底决裂,这个事实既不令人惊讶,甚至也未必表明其开展方式有问题故而应另寻他路;这只是说,使得这门学科内部产生危机的外部条件尚不具备而已。正如我前面指出的那样,20世纪中叶"批评"范式与"学术"范式的共存,最好被看作这门学科对凯恩斯主义时代所提出的要求的复杂回应;类似地,当下的历史主义/语境主义范式最好被看作这门学科为了平稳渡过我们目前所处的新自由主义时期而采取的办法。可以预见的是,文学研究这门学科要等到新自由主义爆发危机,才能看清历史主义/语境主义范式的真正品格。因此,本章讲述的不是一连串的失败案例,而是一连串部分成功的案例,这些大大小小的局部创新编织成了一幅丰富多彩的前范式图景,有望开启真正的批评范式的序幕。

所有这些部分成功汇集于一处,最终会发展成什么样子呢?沿着这一思路,假定近几十年来出现的关于文学研究方法论的那些较有影响的替代观点,能在某种程度上得到学界的尊重和信任,那么借此反观这门学科的现状,它目前存在哪些问题?暂且不论我个人观点,这里仅探讨每种批评趋势已经做出的那些批判,似乎可以说,这门学科目前的问题:它过于轻率地摈弃审美和/或形式("钟摆");过于偏爱"症候式的"、分析性的、积极进取的、詹姆逊式的,或者干脆统称为认知主义的解读方法("暗示");过于把自己束缚在特定的一块狭小地域和一个短暂时期("扩张")。在此之上,还可以再加几条罪状,指责这门学科过于轻率地否定文学的伦理诉求("伦理转向")和治疗诉求("治疗转向"),将两者视为纯粹的意识形态而不予考虑;以及指责该学科当下的典型模式过于专业化和职业化,不再像原初规划的那样更直接地致力其公共职能("公众转向")。假设这些判断全都言之有理,那么我们如何将之全盘接受,并把批判的内容合为一体?面对这个合成物,没有任何一种"转向"或"运动"能靠一己之力予以全面批驳,而必须同时汇集这些逆势才能实现这一目标。作为敌对一方的合成物到底是什么呢?它是反审美、反形式主义的;它以詹姆逊式的文化分析为首要任务;它致力让每个研究领域都具有文化特异性和历史特异性;它对文学的伦理诉求和治疗诉求充满怀疑并斥之为意识形态;它既高度职业化,又高度专业化,往往回避任何直接的或一般性的公共职能。行文至此,想必大家已经心知肚明,我们所描述的这一合成物不是别的,正是当前的历史主义/语境主义形态的学术范式。

与这一范式相对的,是另一种合成物。任何单一的"转向"或"运动"都不足以定义它,它是这些逆势汇集在一起的产物。它到底是什么呢?下面的这些用语和表达方式都不是我的原创——

当然也不是某一个人的独创,而是来自多个出处——但我暂且把它们并置一处,大致视其为一个潜在的集体意志的表现。倘若把我们已经听闻的形形色色的研究设想简单地聚合在一起,看得出来,学科中人呼吁的理想方法是这样的:它密切地关注审美和形式;对感觉和情感体察入微,将其视为认知的方式,并把两者看作个体和集体的变化乃至历史变迁的重要决定因素;这一方法的牵涉面较广,横跨不同的时期、地域和文化;它愿意将文学用作伦理(或政治?)教育的工具;它不只强调文学的诊断作用,也强调文学的治疗作用;它还以一种深刻、严谨,却十分直接的方式发挥公共职能。一句话,我们渴求的理想方法就是文学批评,因为此处列举的一连串特点,正是消失了的批评范式在其最佳状态下的专长。不过,我们还需认识到以下几点:首先,这门学科目前缺失一个真正的具有学科属性的批评范式;其次,"批评"一词的内涵在当下已经发生重大改变,致使学科中人尚未察觉其缺失;最后,这门学科从当下的学术范式抵达能真正满足我们这个时代需求的批评范式,还要走很远的路。

创造出新颖而严谨的思想形式,用以统一与主流范式相左的种种真知灼见,是一个任重而道远的工程;而比这还艰巨的任务,是创造出能开展这一工程的强有力的制度形式。不管怎样,构成这一批评的基本要素已经散存于目前的学科共同体之中了,我们所缺乏的是共同体把它们汇聚到一起的意愿。我们能否凝心聚力,攻坚克难,仍有待观察。

结语　批评的未来

众所周知,未来无从预测,所以史学家们在书末拒绝预测未来也是情有可原的。这么比较可能有点牵强附会,但我此时想起了艾瑞克·霍布斯鲍姆(Eric Hobsbawm)那本关于20世纪的史学巨著,他在结尾处告诉我们:"以预言来结束本书是愚蠢之举",因为"预测历史,最终毫无用处","我们不知道未来将去往何处。我们只知道历史把我们带到今天,以及历史走到今天的原因——如果读者认同本书观点的话。"[1]拒绝预测也许是明智的,无疑是谨慎的。不过,必须承认,在四部曲的最后一部的第585页读到这句话,我稍有反感,不能苟同。花费大量时间去琢磨过去发生之事及事发因由,目的之一当然是希望借此预测接下来可能会发生什么。在书的结尾预测未来,真的"愚蠢"吗?诚然,认真负责地谈论未来是一桩有特殊挑战的临时性(却也是常见的)任务,且所有的预言到头来都会在某方面证明有误,但这不意味着我们因此可以不做预测。

无论如何,我还是愿意冒个险,用几点预测作为这本小书的结语。如所有的预言事后看起来一样,我这里所做的预言几年后不免显得莫名其妙,但依然值得尝试——我不是要愚妄地提前书写历史,而仅尝试为当下起草一份行动指南。我们眼下已经走到一个历史关口,批评的未来成了迫在眉睫的问题。学术性的历史主义/语境主义范式主导着整个文学研究领域,而一度作为前者的补充和替代的批评范式要么被遗忘,要么遭误解。隐藏在这样的学科背景之下的，是一系列逆主流范式的研究趋势，它们纷纷对主流范式的某种性质表达不满；其中很多逆势似乎对批评的缺席有所察觉，尽管尚无一种自认为是对现行范式的批判。这些批判仍不够彻底，到目前为止都未能与主导范式彻底决裂。既然已经走到了这个决裂的关头，我们自然要问：首先，历史主义/语境主义范式的统治期还要持续多久？其次，我们所讨论的种种逆流趋势（连同以后必将出现的类似趋势），是否只是继续为现行的共识提出建议，以供其小修小补？抑或正相反，有某种催化剂把所有逆势合成一体，从而催生出一个真正具有替代性的批评范式？

该如何回答这类关键问题呢？可以说，对这些问题的回答，会马上引出话题范围更广的其他问题。如前所述，尽管学科史的具体细部在某种程度上取决于个体特性、局部差异、偶然性等因素，然而从更大范围来看，这门学科已经跳出了从一种范式过渡到另一种范式的主要发展规律，而与社会秩序本身的阶段性演化保持紧密同步。从理论上讲，这当然是唯物主义的一贯思路，不过在实践中却常常没有引起足够重视。暂且假定我提出的三段论（至少其大致轮廓）是合情合理的，那么我们大概可以把早期批评范式——及其所包含的政治含混性——理解为资本历史在某个时刻的一种表达，它反映了各种力量在该时刻的角逐异常紧张，充满不确定性；两种范式在20世纪中叶大部分时期的罕见共存，既表达了凯恩斯主义盛行期的资本要求，也表达了对资本要求的时有抵制；同样，历史主义/语境主义范式也表达了资本在我们所处的新自由主义时期的迥然不同的要求。显而易见，这门学科的未来样态，将主要取决于当前危机过后出现的资本新阶段的特征。

于是,"这门学科的种种可能的未来"的问题,一下子变为即将到来的社会秩序的特征这个大问题。称其为"价值百万美元之问"都低估了它,因为所有资本都取决于未来社会秩序的特征。我们目前正在经历资本主义的历史新阶段的开端吗?倘若答案是肯定的,那么对其可能的轮廓我们知道些什么?资本主义在其新阶段对文学研究有何要求?如果答案是否定的,那么既然使新自由主义得以初步发展的历史状况已经彻底改变,新自由主义这一阶段的延续与扩展会导致怎样的后果?我显然无意妄图为这类问题提供确切答案,不过我又觉得无法彻底回避它们,因为这些问题关乎文学研究将要面临的基本状况,后者不仅构成了文学研究的未来形态的生成语境,也是其成因。因此,在回到学科相关的局部事项之前,我们有必要再看一下这个视野开阔的大问题。

在谈论大问题之前需指出,我知道很多读者会对我的提问方式感到隔膜。的确,以往我每每提出"批评的未来"这类问题,我发现那些人——没有什么缘由思考被文化分析师们称为"中介"(mediation)问题的人,有时似乎以为我在想象一个场景,高盛集团衍生品业务的负责人给哈佛大学英文系主任拨了个电话,通话大意为:"喂,情况有变,请贵系照办以下事宜……"显然不是那么回事。若把我提出的问题与此类情景对等,则忽略了一连串的因果联系、转喻替换、反馈循环等因素,只有经由这些因素的中介作用,社会制度中一个部门的情况才会有规律、无争议地影响另一个部门的运行情况。我们能想到的这方面的例子有:为应对市场力量，大学不断进行剧烈的重大结构调整；大学的高级管理人员对大学产生的直接影响（他们与营利性公司的管理者曾在同一所院校接受训练，同属一个阶层，彼此之间的互换性也愈来愈强）；文学研究所处的广阔文化环境在发生持续变化，其中诸多关键变化取决于资本的根本性变革；学术精英和金融精英的形成，存在显著的人口结构重叠，两者在家庭关系、朋友圈、所就读的院校层次等方面具有相似性，所有这些社会学因素使得两个群体形成共同的世界观，从而对学术作品的思想与政治质地产生实际影响。由此可见，我们不至于偏离常规语言太远就能承认，资本与文学批评之间存在这些重要乃至决定性的关联，那么人们易于假定基础与上层建筑之间存在直接的、一对一的简化的（"庸俗"）因果关系，则更情有可原。事实上，我甚至要说，一旦开始思考这类因果关系，我们便觉得上述假想的通话实有发生。于是，我们又回到了即将到来的社会秩序的本质问题，以及届时资本要求的可能性质的问题。资本在其新阶段会对文学研究提出怎样的要求？接下来的问题自然是，文学研究可能有哪些与资本的要求相抗衡的机遇？

这里，我必须冒险快速地穿越某个广阔又驳杂的领域，而无法细致入微地对其加以研究。我认为目前能够合理地想象三种可能出现的局面。第一种局面：有理由推测，我们周围正在发生之事，并非资本主义的驱动力方面真正划时代的变革，而仅仅是现行新自由主义秩序的延长和深化。21世纪头十年结束之际爆发的危机，其根源在于新自由主义的正统观念，我们的政治精英丝毫没有放弃这些观念——更别提与之决裂，这一点着实令人吃惊；相反，他们对这场危机的直接后果怀疑片刻后，便不失时机、变本加厉地重新推行新自由主义的正统观念。就此而言，2008年的全球金融危机与其说是一个转捩点，不如说是一个借口，政治精英借此时机孤注一掷地继续推行那些导致危机的新自由主义方针。从结构上看，如今显而易见的是，精英利益集团引爆了这场危机，他们又借此契机巩固自己的地位，而把危机造成的损失转嫁给大部分人。这可能表明，对企业法人、资本家和精英阶层而言，他们在短期内有充分且客观的理由反对维稳化改革，全然不顾由此造成的动荡——当下最为瞩目的例子是特朗普执政和英国脱欧——在长期内对他们这一利益阶层（且不论"阶层"的含义）的集体共存意味着什么。

无论如何，对于统治秩序即将发生任何改变的前景，我们至少有三点理由保持怀疑：首先，尽管新自由主义看似已经崩溃，寡头利益集团所攫取的政治掌控力在许多方面甚至比金融危机之前还要稳固；其次，自从凯恩斯的折中主义路线终结以来，世界最强国的典型政治态势是去民主化，此态势在当下有增无减；最后，目前尚未出现与资本主义相抗衡的强势力量，迫使它采取不那么容易危机频发的形式，从而挽救资本主义。新自由主义尽管曾以最为戏剧化的方式彻底威信扫地，却作为几乎整个政治阶层和金融精英阶层的意识形态而存活下来，如今竟变得坚不可摧，如实践经济学所断言，目前的经济实践没有发现可证伪新自由主义的标准。这一切使我们不得不面对高度不稳定的经济形势，然而后者十分有利于精英阶层从中直接榨取利益——至少现在看来是这样。很显然，我们的政治精英近来遭受严厉谴责，以至有人认为这预示了新自由主义全球化时代即将寿终正寝。然而,截至此刻,重组后的政治精英阶层是否愿意与现有的金融精英分道扬镳、针锋相对,情况仍不明朗。因此,唯一合理的结论似乎是,新自由主义阶段仍将持续下去,并且未来很长一段时间内,我们都无从摆脱。[2]

以上观点似乎完全合情合理,不过同时也难免令人生疑。若仅关注当下精英的意识形态,而忽视这一意识形态的内驱力,就会产生一种历史依靠指令运作的错觉,仿佛只要掌权者宣布即将发生什么,接下来就会发生什么。然而自金融危机以来,我们至少能够判断此种说法有误。新自由主义政策很显然导致了诸种危机,但这既非政策支持者们所愿,也非他们所能预测。况且,这不单纯是精英的欲望问题,也涉及客观的历史进程:新自由主义不是人们可以进入的某种状态,也无法凭借上级命令强制人们继续处于其中——而是作为一股持续的驱动力,它推动社会秩序的所有层面发生天翻地覆的变化。所以,新自由主义必将持续地变换形态,恰恰因为它需要采用新的方式来应对由它自己制造的新局面。也就是说,新自由主义在其第一阶段所采取的强硬行动已覆水难收,导致了诸多不可逆转的变化。因此,且不论资本主义历史新阶段的诞生,即使仅仅探讨我们当下的新自由主义时期的延长与深化,我们起码要探讨一个截然不同的新自由主义趋向。接下来的问题是,变化后的新自由主义到底有着怎样的性质?当所有量变积累到一定程度而终致资本阶段发生质变,这个转折何时发生?

于是,我们的想象力在新自由主义的不同色度上前移,移至第二种局面。在这一情形中,那些再三地重新执行以往的政策主张的人,最后反倒促成了新时期的到来。这样,我们便不再处于漫长的新自由主义时期,而进入通往新阶段的过渡期。从这个角度看,我们会发现,金融精英仍在孤注一掷地推行导致危机的同一套政策处方,政治精英对此却茫然不知所措——不过这个现象不应被视为新自由主义延长和深化的迹象,而恰恰表明新自由主义作为一套指导方针已变得愈发不合时宜,哪怕仅仅以残酷的资本积累为目的,这套方针也显得过时。据此,真正有重要意义的"危机",不单指2008年及其前后发生的那场货币危机,而是新自由主义自身所面临的更为广泛的危机,即一连串小规模危机,精英们只能临时处理,把危机从一个部门转移到另一个部门。在这个过程中,每个部门都为某种新的、更为稳定的秩序添砖加瓦,建造地基,如若我们知晓新秩序的迹象为何,我们就能在身边看到这些迹象。于是,我们又回到这一新阶段的性质问题,分析师当前的任务是通过区分母子的各自特征来找到孩子,而不被两者的相似性弄混。

眼下的诸多迹象似乎表明,我们有理由害怕这个新生儿。如果我们所见到的周围生成之物只不过是改头换面了的自由主义,那么对大多数人来说,这意味着紧缩消费,而对极少数的富人来说则意味着福利;如果这个新生儿是一场真正的自由主义危机,那么,新法西斯主义和极端民族主义党派的急剧抬头使我们有充分的理由担忧,自由主义将向右转而非左转。不过,好兆头也是有的,其中主要包括近年来新兴的各种抵抗运动,这里用一个简短清单即可说明问题:拉丁美洲广泛的激进化民主、"阿拉伯之春"(the Arab Spring)初期的激进势头、2011年世界范围内兴起的"占领运动"(Occupy)、"广场运动"(the Movement of Squares)、西班牙的"愤怒者"运动(the Indignados)、西班牙2011年5月15日开始的反财政紧缩游行示威运动(15 - M)、随后组建的"我们可以"左翼政党(Podemos)、失败前的希腊激进左翼联盟(Syriza)、"黑命亦无价"运动(Black Lives Matter)、法国的"不眠之夜"社会运动(Nuit Debout),无疑还有即将到来的其他类似运动。公允而论,这些社会运动即便处于高潮期,也没能在行动所及的范围内真正冲破政治的控制。不过,每场运动都以各自不同的方式成功地把经济平等的观念推入人们的视野,这在之前的几十年里似乎不可能发生,故而可被视为风向改变的信号。执笔之际,英美两国似乎都在见证新自由主义核心的解体,至少在党派政治上如此——英国脱欧和特朗普执政是向右转,英国工党领袖科尔宾和美国参议员桑德斯所代表的阵营是向左转。这一形势固然危机四伏,却也未尝不是转机所在,我们可以乐观地看待新自由主义核心的瓦解:它或许标志着几十年来首次出现推动政治向左转的机遇。(值得一提的机遇是特朗普主义,它在我执笔之际仍在制造新的反对派,尽管随着中左翼政党取得下一轮胜利,这些反对派大多会逐渐消失。我们拭目以待。)须注意,我这里把我们制度中的选举政治的价值问题搁置一边,留待以后讨论。

我们刚才设想了两种可能出现的局面:第一种,我们仍处于新自由主义的延续和深化时期;第二种,我们正进入与前者性质完全不同的资本新时期。不过,当然还存在第三种局面,即我们所见到的终极危机的迹象,不仅预示着资本主义的新自由主义阶段的终极危机,也预示着资本主义本身的终极危机。这种局面自有其合理性,也无疑会引发广泛关注,只是资本主义终结的规模过于宏大,我们难以估计它实际发生的概率。当然,一旦有人提出这种情况发生的可能性很大,他同时得给自己留条后路。如沃尔夫冈·斯特里克(Wolfgang Streek)最近所言:

> 尽管我知道资本主义在过去已经数次被宣布死亡,我还是愿意再做一次同样的断言。事实上,自从资本主义这一概念在19世纪中叶被广泛使用以来,所有重要的资本主义学说的理论家都曾预测其终结将至,其中不仅包括马克思或波兰尼(Polanyi)这类激进批评家,也包括韦伯、熊彼特(Schumpeter)、桑巴特(Sombart)和凯恩斯等资产阶级理论家。(第46页)[3]

他在脚注中继续解释道:"所以,如果历史证明我是错的,至少我与前辈大师们犯了同样的错误。"然而,斯特里克接着说,我们有理由认真考虑资本主义的终结,因为对那些在高层次上提出这个观点的理论家而言,所谓终结并不是说资本主义的整套生产方式将在接下来的十年或二十年里土崩瓦解,而是说相对较长的动荡期已经开始,在此期间,资本主义生产方式的主体可能会逐渐破损、过时、腐坏。斯特里克的论述解释了资本在其自身重压之下的坍塌,不过他拒绝对取而代之的新秩序做出任何预测;在这方面,沃勒斯坦倒是预测了几种可能的情形,其中一种是颇为黑暗的新封建主义(neo-feudalism)的卷土重来——当然,他也提出了更为积极乐观的其他可能性。[4]关于沃勒斯坦提出的第三种局面,此处仅点到为止,不再详述。

无论如何,以上是我对未来社会秩序的三个构想——或者应说成三类构想,因为每类内部也存在很大差异,不同的观察者所描绘的图景也不尽相同。在某种意义上,它们也是人们对当前的三种完全不同的想象:第一种把我们置于漫长的新自由主义阶段之中;第二种将我们置于新自由主义阶段(始于20世纪70年代晚期,直到2008年)和其后的资本新阶段之间的过渡期;第三种把我们置于资本主义生产方式终结前的漫长尾声。我无法断定这三个构想到底有多大可信度,当然也不打算在三者之间做出仲裁,决一胜负。然而,为展望文学研究的可能未来,我们需要努力找到一个最佳切入角度。从上述三个立场的中间位置去审视文学研究,似乎最明智。与此同时,我们也要意识到其他两个立场的存在,这样,我们起码能想象出别的合理视角,从而凸显我们所选立场的不确定性。

从这个充满不确定性的有利视角出发,我们看到了什么?资本的新阶段可能对文学批评做出要求吗?我们不妨审视一下未来文学研究的诸种可能性,这里就从我认为最消极的可能未来谈起。如前所示,20世纪中叶的批评范式在制度层面——在思想层面未必总是如此——是凯恩斯主义和新政主义(New Dealism)的产物。然而,在快速搜寻批评的未来形态的过程中,我们至少可以看清一点:在刚刚勾勒的几种图景中,没有一种会出现凯恩斯主义福利国家大规模的卷土重来。这本是不言而喻的,却值得在此坚定地予以申明,因为自由主义左派所抱有的最大希望,似乎就是回到20世纪中叶的福利国家制度。在新福利主义体制缺乏现实可能性的前提下，哪怕呼吁复苏"知识分子"的作用，以使人文学科充分参与到"公共领域"或类似空间的讨论中去，也是无济于事的，因为这些事物再次出现的条件已不复存在，也不会在可预见的未来突然涌现。许多研究已经表明，凯恩斯主义政策对人文学科的支持，部分原因是借此增强社会凝聚力，从而应对冷战所带来的意识形态压力。[5]而如今，精英阶层对文学研究，乃至对广义的人文学科的要求，在性质上可能会略有不同，在未来只会更加不同。如戈兰·瑟伯恩(Göran Therborn)所言：

> 对当今的统治精英来说，社会凝聚力已经不像过去那么至关重要……；当前流行的经济学理念认为，在实现经济增长方面，国际投资者的态度比发展和统一更为重要。对北方的精英而言，凝聚力反而意味着对移民施加压力，使之在"种族融合"(integration)的名义下更好地融入社会。……很显然，与19世纪和20世纪不同，民族凝聚力在当下已不再被视为帝国权力的关键因素……（第13页）[6]

我很认同这种说法，只是我们的讨论焦点不大一样，这里有必要从稍微不同的角度对几个时期加以论述。20世纪中叶的大学里，人文学科当然主要是一项增强"社会凝聚力"的工程，它需要依据自己在促成民族文化生活方面所具有的潜在效用（比如"教化"功用等），向资助者证明其自身的存在价值。然而，随着凯恩斯主义和罗斯福新政的衰落,以及全球的新自由主义转向,精英阶层重新设置了优先序列。毋庸置疑,倡导文化统一仍是作为修辞武器库的人文学科的目标之一,而且新右派似乎已下定决心,要为文化统一大声疾呼。不过,在经济层面,人文学科已不再受到重视。人文学科又偏偏对同化移民者的官方角色有所抵触,于是也就没有了立足之地——这即为常说的"危机"的一部分。展望未来,福利国家不会卷土重来,人文学科在维护资本方面仍然不大可能有所作为,文学批评的前景似乎十分惨淡。倘若未来整个人文学科都将变得无关大局、无足轻重,那么文学批评这一具体得多的实践还能发挥什么了不起的作用吗?

在未来,文学研究的一个可能发展方向似乎清晰可见:我们能轻易想象,当前已经占据主导地位的学术范式会变得愈加根深蒂固。到那时,就连最后残存的文学批评也几乎消失殆尽,又没有人提出新的批评工程,于是满眼望去都是现行范式的延伸;这门学科的介入派也基本被彻底挖空,所剩无几的部分则被进一步科学化、社会学化。尽管"文学批评"和"人文学科"之类的名称可能还会保留,但是批评工程曾经系统性地培养价值观的形成能力,并据此塑造崭新的主体性和集体性的做法,将会被简单地斥为意识形态,进而被学科中人弃如敝屣。取而代之的,是新兴的科学和社会科学,以及被源源不断地生产出来的五花八门的新事实、新理论、新历史和新解析。尽管这些新的解析中不乏激进者或抵抗者,此番持续的转型对于那些寻求延续并深化新自由主义的人来说却是很合意的——在新自由主义制度下,一切价值问题都交由市场来裁夺。如前一章所示,朝此方向发展的势头颇为强劲,因此在有些人看来,出现这种情形似乎是理所当然的。

不过说实话,我认为这样的情形不大可能出现,原因无他,只因为其出现,取决于没有任何改变这门学科发展轨迹的事件发生——而我们似乎可以肯定地说,一定会发生什么,无论是好事抑或坏事。没有哪种范式可以一成不变地永远持续下去,任何学科都会不时地发生根本性变化,况且很多学科中人似乎正在寻求变革之道,如我们前面见到的那样。不妨想象一下文学研究在未来可能出现的第二种情形。它也许比第一种要乐观一点,新兴趋势与其他类似研究按其现有的主张设法整合到一起,由此在学科内部获得某种中心地位,从而在保留其原有的文化史、文化理论和文化分析这一基本导向的同时,能够改进现有范式。这个新共识会是什么样子呢?它的基本导向仍是历史主义/语境主义,但会对其加以修正,譬如开始强调形式和情感的重要性,开始与文本愉悦建立积极的关系,其分析方法不再局限于单一、具体的地域和时期,而是涉及跨历史与跨文化这一广阔范围(当然,实现这一点可能需要我们不仅聚焦于生产语境,还要聚焦于接受语境)。该共识也许能散发出积极的"当下主义"(presentism),这意味着它不会"就事论事"地沉湎于过去,而是着眼于当下,努力探讨与当下有关的重要历史和文化议题。它仍是高度专业化与职业化的——这毋庸置疑!——但它会在大众视域内进行文化分析,借此奋力摆脱它正变得无关宏旨的困境。叠加起来,所有诸如此类的变化可能会产生质变,使该共识足以成为一种新范式——抑或成为学术范式的较长发展史中的一个新阶段。这差不多就是萦绕在我们周围的呼吁之声,学科中人召唤着新共识的到来。倘若这些声音被人聆听到,继而发挥作用,那么我们会取得怎样的成功?

我们无疑有理由欢迎这一进展,正如我们有理由"欢迎"这门学科目前已有很大一部分转变为量化文学研究的基地这一事实。这门学科会随着时代的变化而变化是一回事,但它在多大程度上逆时而动,则是另一回事。很显然,我们刚才所描述的新共识是这门学科的现代化而不是学科动员,仅从这个角度考虑的话,该共识除了表明自由主义的前进(这是我们通常对现代化的理解),它无论对左派还是右派,都不具有任何必然的政治意义。话虽如此,很多思想家现在常常出于政治原因而满怀热情地支持刚才概述的情形。譬如前文论及的框架扩张,便出于学科中人的政治信念:惯用的参照系向外扩张至"全球""世界文学"或其他类似的大框架,完全可以产生若干种政治效力。不过对有些人来说,此番方法上的扩张只不过是一种高度介质化的症候,它表明了资本扩张至新的领地;而对另一些人而言,它能让学科中人更好地诊断全局状况。

然而,上述针对文学研究的政治性提问方式算是老生常谈了,而本书的目的之一则是换个角度和方式提问。诚然,文学研究领域出现的新型分析是在新共识的统一指引下做出的,学科中人在诊断上提出的革新方法也暗含政治效力,不过刚才所概述的范式转型仍旧秉承现有的学科观念,把文学研究单纯地视为文化分析、文化理论的学科,从而阻碍了任何真正意义上的学科动员与调整。比如说,它能想象我们会发展出一系列用来分析情感的复杂方法论,却无法想象出任何具有范式性的工具或手段,供我们培育新型情感。也许我们能凭借我们所做的分析去暗示这一学科动员,含蓄地指向某种范式性的方法;毫无疑问,总有勇敢无畏的人会迎难而上,与某些弗洛伊德和拉康的信徒们一道,自信地断言"分析"与治疗不过是一回事,然后戛然而止,不再更进一步。比这稍好一点的情况是,这门学科起码会意识到因文化分析与社会变革之间存在鸿沟而导致的一系列关键问题,却把这些问题交由学科之外的人士处理——也许交给活动家,或交给政客,抑或交给广大公众,这些人是通过我们把文化弊病的诊断结果第一时间公布于众而了解问题的存在的。无论哪种情况,这门学科因为缺少一个系统性的方法而无法根据诊断结果采取行动,以致束手无策,寸步难行。所以在我看来,这里展望的第二种情形其实是第一种情形的翻版,我们最终看到的是文学研究的学术范式变得愈加根深蒂固,人文学科更为彻底地落入了社会科学的窠臼,尽管是那种不太量化而较为质性的社会科学研究模式。在整个新自由主义时期,这门学科正是被迫退守这样的分析立场;虽然作为防守姿态这一立场自有其价值,但对于那些正在寻求文学研究取得进展的左翼人士而言,它的作用十分有限。

那么,会有批评的复兴这一替代情形出现吗?刚才描绘的几种情形,无论其政治取向如何中立,似乎都排除了批评范式复归的任何可能性。不过,我们也能轻易地找到例外情况。如果我们像很多分析家那样,相信资本主义在长期得以持续运作的一个必要条件是,其泛滥的危害被某个忠诚的反对派加以缓和,并设想该反对派所起的作用之一是宣扬社会凝聚力和意识形态共同体的形成等假象,那么凯恩斯主义时期一去不返的事实不应该意味着广义的人文学科的彻底陷落,甚至也不意味着20世纪中叶的那种人文主义、"博雅教育"(liberal education)式的批评的彻底没落。于是我们自然要问,这样的忠诚反对派将会在哪里出现?为回答这一问题,首先有必要指出,将来还会有类似于20世纪中叶的凯恩斯主义的局部发生地,尤其在资本的前沿领域(例如"新兴市场"),在这样的地方,人们可能仍需诉诸人文学科乃至20世纪中期的那种自由人文主义式的批评,让其继续发挥作用。说到这里,我马上想到的是亚洲和中东的一些坚定秉行中央集权经济的国家,我们时而能听到来自这些国家的呼吁,它们正寻求用西式的人文教育来培养本国的高管阶层。这些现象看起来似乎只是一股地方性的涡流,但实际上,作为帝国中心的美国也在做着类似的事情。玛莎·努斯鲍姆——她的著作在文学研究领域针对所谓的"伦理转向"的讨论中总被频繁引用——在《不为牟利:为何民主需要人文学科》(2010)一书中这样写道:

> 深入了解新加坡和中国的当前发展动向,我觉得有趣极了。两国常常因为注重技术教育而被吹捧为成功的典范。然而事实上,这两个国家近年来都进行了大刀阔斧的教育改革,在大中小学的课堂里加强了批判思维和艺术方面的训练。改革的动机并非培育民主素养,而是复杂多变的世界经济体需要有一个健康的商业文化使然。两国均已认识到,批判思维在培育一个健康的商业文化方面扮演着极为重要的角色……(第150—151页)[7]

这番话听起来颇鼓舞人心,并且意在提醒我们,"美国经济实力的一个鲜明特征是,我们一向依赖博雅教育与基础性的科学教育和研究,而不会狭隘地专注于实用技能";商界也自以为是地认为,"相比那些专业面狭窄的毕业生,很多公司更喜欢雇用受过博雅教育的文科毕业生"(第53页)。如你所见,这类自由主义观点的表述方式尽可变来变去,"不为牟利:为何民主需要人文学科"这样的书名在每种情况下却都适用。努斯鲍姆为人文学科所做的辩护,是以"民主和牟利之间并无显著冲突"为前提条件的——该书发表于2010年,当时世界上的其他地方,且不论政治倾向如何,似乎再次开始认识到民主与牟利之间的冲突。努斯鲍姆做出了一个无比明确的承诺,即人文教育能起到资本主义的忠诚反对派的作用,且极力强调"忠诚"这一修饰语。我想说的是,如果我们相信——或者有足够多的人相信——努斯鲍姆所做的承诺,那么甚至在作为帝国中心的美国,包括文学研究在内的人文学科仍有"重新打造品牌"的新机遇,如时下流行的行话所言,为"瞬息万变的世界中的企业领袖"提供切合时宜的通识教育。

这些将凯恩斯主义本土化的新地域,是资本主义的一个缓冲带。但具深远意义的,或许是非中央集权的各种新形态,当今的资本主义日益依赖这些新形态,借以加强其自身的非资本主义根基。在这方面,我们会想到"公共资源"(the commons)这一新近流行的范畴,企业界和活动家目前尤其热衷于探讨这一议题,尽管方式不同。狭义而言,公共资源是保障集体产权的一种途径;广义而言,该观念是透彻思考——或许也是充分利用——必要的社会集体性的一种方式。若说资本现在又重新开始重视公共资源，这在某种意义上似乎只是注意到我们目前正处于新一轮的圈地运动之中这一事实。还需注意的是，在企业的管控下，人们正付出巨大努力去建造公共资源，继而用来当作集体劳动的永恒园地，每待作物成熟之时，便被企业接连不断地收割——收割的方式类似于包税制（tax farming），甚至类似于文化上的庄园制（于是我们回到了前文讨论的沃勒斯坦对新封建主义的忧惧这一话题）。这里经常使用的例子是"社交媒体"公共资源。作为庞大的集体文化生产站点，社交媒体受到大型企业的操纵，以利润至上为指导原则，尽管（有时）它会给人一种感觉，仿佛大企业在其背后的管控是宽松的、不计报酬的。除了社交媒体，当然还有其他类型的公共资源。总而言之，当我们搜寻资本主义在新时期用来稳固自身的反向进程时，我们似乎可以把目光转向这类地方——因此，恰恰在这类地方，人文学科乃至20世纪中叶流行的那种文学批评可能会找到效劳雇主的新方法。

  基于上述种种考虑因素，我们来设想一下文学研究可能出现的第三种情形。在这一情形中，真正的批评范式终于在大学里取得一席之地，与文学学术范式共存，并在某种程度上与之竞争。我认为这需要我们整合现有的逆主流趋势的要点，也要整合将来无疑会出现的新逆势的要点。最起码，整合后的文学批评需要证明其作为方法的有效性，能被用来解决当下学科中人提出的诸多问题：譬如形式和情感的作用问题，与文本建立一个更为积极的关系背后的政治潜能问题，打破现行的领域细分而进入跨文化和跨历史的研究框架的能力问题，文学在伦理教育或政治教育中所起的积极作用（而不只起诊断作用）的问题，这门学科所具有的普遍的公共职能问题,等等。换言之,为了证明其有效性,批评范式需要有效解决历史主义/语境主义这一学术范式的界限之外的那些问题。但与此同时,它还需更进一步,重启这门学科自20世纪中叶遗留下来的至今尚未解决的一系列问题,即横亘在诊断与治疗之间的许许多多的问题。一旦我们着手系统性地培育新的主体性和集体性,这些问题便会凸显,唯有将其解决,才会促成广泛的文化变革、政治变革乃至深刻的社会变革。

试想一下,假如第三种情形果真发生,文学研究现有的逆主流趋势和其他类似派别不仅成功地发展出一套能够积极干预文化的新范式,也能为严格意义上的批评在文学机构赢得一席之地。这会是受人欢迎的可喜发展态势吗?很难回答,因为可喜与否在很大程度上取决于具体情况。这一态势企图找到思想上周密严谨、制度上连贯一致的办法将文化分析付诸实践,因而毫无疑问,它可以促成学科调整和动员。不过,机构的动员和调整显然可以服务于全然不同的目的。理论上讲——即暂不考虑正在进行中的、最终具有决定性的历史变迁——我们可以把批评工程设想为政治上的中间派乃至右派,它忘记了学术转向的教训而纯然企图重新开动20世纪中叶用来生产自由主体性的机器。现在看来,很少有文学研究中人想要那种东西了,然而当年反对自由主义审美教育的合理观点经由过滤,现已渗入这门学科的基本假设之中了,因此变得不那么容易供人有意识地加以利用。这门学科也许会完全忽视这些观点,企图以前进之名,行后退之实。这里,"钟摆"趋势的倒退部分为我们敲响了警钟,正如明显具有自由主义性质的"伦理转向"和"公众转向"所警示我们的那样。

话虽如此，如今我们应该在多大程度上重视这些警告？如前文所示，20世纪中叶的批评的幽灵几十年来一直被用来吓唬人，想必它的白袍子现在有点发灰，不再那么吓人了吧？无论有怎样的限制性条件，一个广泛的真相是，凯恩斯主义制度早就消亡了，其意识形态的幽灵也不会卷土重来。自那以后，资本已经渡过了一个完整的时期，现在它正迈进下一个新阶段。在经历数十年彻头彻尾的失败之后，左派目前已跌入谷底——不过还好，我们眼下可能正在进入一个新阶段，相比20世纪70年代末和80年代初全球发生新自由主义转向以来的那个历史时期，这个阶段给左派提供了稍微大一点的机动空间。这个机动空间不会很大，但若利用得当，也能发挥重大作用。而且，严格意义上的左派在文学研究这门学科里仍有稳固的制度基础，这在当今的英语世界里已不多见。即使中间派总不厌其烦地提醒我们，绝大部分的学术激进主义不过是动动嘴皮子而已；即使像我之前所说的，左派在过去的几十年里取得的最大的局部胜利（即历史主义/语境主义范式战胜了20世纪中叶的批评范式）在许多方面都是得不偿失的，无非体现了新自由主义势力已经席卷了文学研究界这一事实——所有这些都无法改变文学研究这门学科对左翼政治的重要意义。在这种新的境况下，一个名副其实的批评范式便有机会找到立足点。倘若这在各个领域广泛发生，那将会有重大意义，哪怕用历史的尺度去衡量，它也意义非凡。

讨论至此，我认为这门学科的左翼人士面临的任务是明确的。学科左翼人士眼下提供的那些一针见血的历史主义/语境主义文化分析当然还能派上用场，除此之外，我们也需借鉴其他学科的左翼人士所做的同类分析。不过,在资本的这一新阶段,为了促进学科进展,我们还需调动这些分析,让它们成为系统性文化干预这个大工程的诊断成分。就此而论,文学研究这门学科面临思想上和制度上的严峻挑战。在思想方面,这门学科必须创造出一个崭新的、不同凡响的、真正的批评范式。该范式需要有一个清晰连贯的研究纲领和一个严谨新颖的教学法,且两者必须以一个合成的思想为基础,能够用系统的、一体化的方式解决那些重要的逆主流派别所关注的种种问题。在制度上,这门学科需要创造一系列的学科场所和大量的资源,或者重新配置资源的流向。这个任务无比艰巨,它需要我们找到一个制胜的策略,借以击败现行制度用来消除异议的默认策略:先是不予理睬,然后创立一个新"领域"将其吸纳,最后一旦骚动平息,便让这个新领域悄然消失。未来的远大目标,是要在社会秩序内获得一个切实可行的场所,并在那里致力于实现真正具有对抗性的批评。这需要我们与本学科之外的左翼人士建立更为广泛的同盟,因为文学研究学科内争取批评的运动,终将取决于一场总体性的前进运动的成败。

上述论点值得进一步阐释。历史主义/语境主义研究经常就其政治价值做出论断,这些论断有时的确是真实可信的。不过,试想一下,倘若真正激进的(而不是自由主义的)、致力于主体形成的工程有一天也能广泛确立,并被普遍认可,那么对于什么算作"政治"什么不算"政治",我们到那时会有很不一样的理解;如果这一工程在培育新型的集体性方面大获成功,并且一心追求那种比任何现有秩序所允许的都更具深度的生活方式,那么我们届时对"政治"的理解一定会更加深刻。这门学科的左派若要取得进展,它需要撕开那死气沉沉的岁月静好的空洞假象,揭示其内里的矛盾冲突,虽然这容易使它孤立无援。人文学科现在处于岌岌可危的弱势地位,文学研究能否成功履行其真正的抵抗使命,主要取决于它能否有足够的力量和韧性,去与更大规模的前进运动聚合成一个有机体——如果大规模的前进运动果真发生的话。我们面临的挑战是做好自己的本职工作,竭力确保这一前进运动的发生。

附录　批评范式与 T. S. 艾略特

必须承认,把 T. S. 艾略特弃置在文末附录中,我有点幸灾乐祸;其实我原先把他搁在脚注里,但后来又反悔了。在此附录,我想带领大家匆匆一瞥文学批评史上关于艾略特的几点看法和思考,好让你们褫夺他作为批评范式的总司令这一职衔——可以说,我居心不良。不过,这里更为要紧的大目标,则是把艾略特本人所重视的东西从他对其重视的特殊方式中解救出来。从这个角度看,起码我和艾略特有彼此投合之处,而我真正反对的是把他视为文学批评的提喻,认为他思想保守必然意味着所有文学批评都是保守的而予以批判的那些人。我之所以在附录而不是在正文里探讨艾略特,是因为他提出来的若干专业性的考虑因素极其错综复杂,与本书正题又不太相关,而本书尽量集中火力于某一明确目标,当然无法在正文岔开正题去谈艾略特。在任何一个按时间顺序排列的早期重要批评家的名单里,艾略特都居于首位,因此文学批评史家很方便地声称他是批评范式的开山鼻祖。然而,真实情况要比这复杂得多。我一度想在本书的第一章从艾略特谈起,首先揭示他与 19 世纪末的文艺批评方面的纯文学主义的连续性,然后提醒人们关注他的创新方法,只是为了接下来指出他的许多创新方法其实并不成功,奉艾略特为文学批评的鼻祖实乃错误之举;于是,再从瑞恰慈开始,重新讲述文学批评史的开端,在稍后的讨论中再提及艾略特,探讨他如何参与使文学批评领域整体右转的进程。这在时间顺序上固然更准确,但势必会大大降低本书的简洁性和可读性。无论如何,我最后还是选择从批评范式的真正起点瑞恰慈讲起,把艾略特这一特殊情况放在附录处加以简略考察。

如今,艾略特几乎总被当作批评革命的关键人物。这似乎再自然不过,毕竟瑞恰慈、利维斯和新批评都曾经把他当作自己的领袖——也就是说,除了燕卜荪,所有与文学批评这一当时的新兴范式有关的主要思想家,都一度视其为领袖。不过,若深入探究一番,我们会注意到,实际上这些思想家和文学运动是本着全然不同乃至截然相反的原则来征引艾略特的学说的,于是我们开始对他的领袖地位心生疑窦。如果路易斯·梅南(Louis Menand)所言属实,即"艾略特的文学策略具有一种弱实用主义(weak pragmatism)的特色",这部分意味着他那一贯的语义含混其实是一个深思熟虑的文学策略,使他在所有人看来都面面俱到、无所不包,那么我们可以说,艾略特的文学批评亦如此。[1]另外,他有一种用充满权威的口吻传达精辟见解的巧妙本领——他常常是抱着投机取巧的心理才这么做的,目的是要充分利用时局给他提供的种种可能性。我这么说并非要贬低艾略特的真正成就,而是想指出,他言辞表达的深奥精辟所产生的语义含混效果,使他在一系列迥然不同的运动中都能充当名义上的领袖角色。艾略特如此神秘,以至他的真实立场被掩盖,这使学科中人能以他的名义去追求完全相反的目标。这也许可以解释,当艾略特终于表明自己的立场(即他在《为兰斯洛特·安德鲁斯所作》一书的序言里写下的那句著名的"文学上的古典主义者,政治上的保皇派,宗教上的英国国教高教会派信徒")的时候,虽然他的名气仍在上升,但是他对其他思想家的实质影响力开始下降。[2]

这里有必要回顾一下,就在艾略特表明上述立场的同年,伍尔夫给姐姐瓦妮莎写了一封信,信中,她告知姐姐艾略特改宗的事宜:

> 我已经与可怜的、亲爱的汤姆·艾略特会完面了,整个过程极为令人难堪和苦恼。可以说,从今天起,我们就当他死了。他已经成为英国国教高教会派信徒,信仰上帝和不朽,且每周都去教堂。我当真的很震惊。一具尸体在我看来都比他更真实可信。我的意思是,一个坐在炉火旁的活生生的人,竟然信仰上帝,这有点太离谱了。[3]

这几行文字常常用来揣度伍尔夫的见解而被广为讨论,也是通常探讨现代主义盛期的世俗或宗教品格的切入点。不过,这几行文字也因完全不同的缘由而引人瞩目。艾略特的基督教信仰何以令她如此"震惊"？我们现在已经知晓艾略特后来的观点,所以对他的宗教皈依,很难像伍尔夫那样惊诧不已。甚至在他最早期的作品中,艾略特的宗教保守主义就已经足够明显了吧？至少现在回过头看,他的早期作品有着很明显的宗教保守主义的痕迹。然而,作为那个时代最敏锐的观察者之一,作为与艾略特非常亲近,又有浓厚兴趣去领会其观点的言外之意的人,当艾略特表露自己的立场的时候,伍尔夫依然会感到"震惊"和"苦恼"。这当然有在姐姐瓦妮莎面前故作姿态的成分,但她的惊讶似乎也是发自肺腑的。思及于此,我们有种强烈的感受,即艾略特在正式揭露自己的立场之前,他的立场似乎是前后矛盾、模棱两可的。

于是我们开始思考,剔除其权威所带来的显然只具修辞意义上的影响力,艾略特的早期影响究竟是什么。他对批评范式的形成到底有多大的掌控力?具体是什么样的掌控力?为了阐明艾略特与整个早期批评界的确切关系,这里有必要简略地考察他所施加的影响力。我将其分为三种类型,并进行逐一评价。首先,他对现代主义诗歌产生了影响,由此又影响了现代主义之后的几代诗人及其诗歌创作。艾略特在这方面的影响力无疑是相当大的。不过,在批评思想方面,他的影响力显然只能说是间接的。可以肯定,艾略特在批评方面是一位深刻睿智、发人深思的思想者,同时也是一位独具匠心、水平高超的诗人,这极易使他被认领为批评革命的领袖人物,然而这(至少在原则上)并不意味着他对特定的批评学说产生了实质性的影响,更不意味着他对现代批评范式本身的诞生施加了影响力。

其次,艾略特对20世纪20年代至20世纪中叶的主要批评运动的具体学说产生了影响。他在这方面的影响力无疑也是非常大的,粗略考察一下便可知,艾略特提出来的至少四个想法(或四种思想),都成了20世纪初期至中期的诸多重要批评运动的核心组成部分。第一个是他深思熟虑、构思巧妙的"传统"观念;第二个是"情思分离"(dissociation of sensibility)这一历史命题,以及他据此对英国经典诗歌所做的重新评判;第三个是他的"非个人化"(impersonality)学说;第四个是他关于"客观对应物"(objective correlative)所做的意味深长的评论。艾略特提出的每个想法，都立即被大家普遍接受，当成介入文学批评的主要手段，继而被20世纪20年代、30年代和40年代的一些最为重要的批评立场吸收，成为其核心组成部分。毫不夸张地说，合而观之，这些想法构成了四条相互连通的思考路径，在决定那三十年间文学批评的政治、审美和历史内容方面，其作用是无与伦比的。艾略特的学说所具有的政治性也是清晰可见的。借助事后的认识，我们不难看出，艾略特的四个主要术语中，其中两个——"传统"和"情思分离"——的表达方式极易被用来达成保守的意图，而对自由派或激进派的用处则不大。

人们在探讨艾略特的影响力的时候，通常就此打住，于是得出他是批评革命的核心人物的结论，并由此证明了批评革命是一项本质上颇为保守的运动。然而，艾略特的影响还体现在与前两种影响有很大差别的第三个层面。详细说明这一层影响，不仅使我得以观察艾略特在文学批评的早期历史中扮演的角色，也能借机再度强调本书的某些核心方法论。确实，当我们回顾这门学科的百年发展史，试图勾画一位思想家在当下具有的影响力的时候，我们不仅要考虑他的同代人对其思想的接受情况，考虑他如何影响了后来发生的运动的具体学说，还要考虑他在其时和其后的整个期间对这门学科的基本结构本身产生的影响。不消说，那些千方百计地要将批评范式付诸实践的各式运动所一度秉持的学说和信条，很多都留有艾略特的思想印记，然而对于批评范式本身，艾略特的影响是什么？这个问题最令人疑惑不解，因为事实上，他在这方面的贡献微乎其微，这是很出人意料的。对于生活在20世纪三四十年代的许多人来说，艾略特提出的关键术语似乎对批评革命起到了非常重要的作用，不过到了20世纪五六十年代，这些术语开始被人遗忘，连那些仍然忠于文学批评实践的学科中人也不再继续使用。后来的思想家即使不必遵循艾略特的具体学说，也可以自认是有别于文学学问家的文学批评家，于是我们自然要问批评范式的基本界限何在这一问题。换言之，批评革命所创立的批评范式，其边界比艾略特所勾画的明显要广阔得多。那么批评范式的广阔边界是由谁开拓出来的？

若为简洁起见，答案只能集中于一个人物，这位开拓者便是瑞恰慈。如果我们对这个答案感到意外，那一定是因为我们忘记了文艺批评方面的美文家曾经面临的，事实证明只有批评革命才能解决的难题。如何开展在培养审美感知力的同时不陷入单纯的印象主义这项微妙的工作？如何严谨地开展这项工作，使其以现代大学所认可的科学方式，具备足够的学科性？这类难题把我们拉回到"文本细读"和"实用批评"上，让我们再次看到两种方法在这门学科的核心地位。我们在谈论这些方法论创新的同时，如果继续将T. S. 艾略特当作核心人物，那不免令人尴尬，因为他对任何一种方法的贡献都微乎其微。[4]在这种情况下，更好的说法似乎是，艾略特被当作批评革命的领军人物，其原因很复杂，且在诸多方面相互矛盾；尽管他的许多思想要点对三四十年代的某些流派和运动起了决定性的作用，但是促生批评范式的重要突破，却主要靠瑞恰慈和燕卜荪的工作。[5]这是整个20世纪中叶及之前的许多学科人士都心领神会的共识，故而斯坦利·埃德加·海曼在1947年这样评论："探讨现代批评，少不了要探讨瑞恰慈，因为毫不夸张地说，瑞恰慈创建了现代批评。我们称为现代批评的东西,始于1924年,以《文学批评原理》的出版为标志"(278页)。[6]这一点后来逐渐被大部分学科人士遗忘,到了20世纪70年代,人们普遍认为艾略特是现代批评的核心人物;时至20世纪80年代,他成了唯一的核心人物。而现如今,我们应当摈弃批评范式系艾略特所创立这一广为流传的错误说法,也要摈弃这个讹传所认定的批评范式必然具有保守性的错误观念,匡正阙失,以正视听。

注 释

导 言

[1] 在美国,杰拉德·格拉夫的《教授文学》一书把"学问家"与"批评家"的区分引入了很多人的关注视线,不过它们不是独属于史学家的术语,事实上,在 20 世纪的大部分时间里,文学研究领域的许多思想家用大体相同的说法明确提及两者的差别。详见 Gerald Graff, *Professing Literature* (Chicago: University of Chicago Press, 1987)。

[2] John Guillory with Jeffrey J. Williams, "Towards a Sociology of Literature: An Interview with John Guillory" *Minnesota Review* 61 (2004): 95 – 109.

[3] 针对批评的"英雄时代"所做的敏锐思考,详见 Stefan Collini, *Common Reading: Critics, Historians, Publics* (New York: Oxford University Press, 2008)。

[4] 我在最后一章会集中探讨这些新兴趋势及其他研究动

向，这里不妨先列出几条核心参考文献。关于"新形式主义"，详见 Marjorie Levenson, "What is New Formalism," *PMLA*, vol.122, no. 2 March 2007, pp. 557-569; and Caroline Levine, "Strategic Formalism: Towards a New Method in Cultural Studies," *Victorian Studies* 48 (Summer 2006): 625-657。关于"浅读"，详见 Stephen Best and Sharon Marcus, "Surface Reading: An Introduction," *Representations* Vol. 108, No. 1 (Fall 2009): 1-21。关于"远读"，详见莫雷蒂的论文集 Franco Moretti, *Distant Reading* (London: Verso, 2013)。

［5］Fredric Jameson, *The Political Unconscious: Narrative as a Socially Symbolic Act* (Durham: Duke University Press, 1981).

［6］讲座内容后来结集出版，详见 Perry Anderson, *In the Tracks of Historical Materialism* (London: Verso, 1983)。

［7］Terry Eagleton, *Literary Theory: An Introduction* (Minneapolis: University of Minnesota Press, 1983), 185-186.

［8］Terry Eagleton, *The Function of Criticism* (London: Verso, 1984), 56-57.

［9］若要理解我在这里表达的意思，只需看一眼 2011 年发生的种种运动期间和其后流传的关于收入不平等的许多图表。关于这方面研究，可参阅 Thomas Piketty's *Capital in the Twenty-First Century* (Cambridge: Harvard University Press, 2014)。

［10］Perry Anderson, "Renewals," *New Left Review* 1 (January-February 2000), 5-24。

[11] Susan Watkins, "Shifting Sands," *New Left Review* 61 (January-February 2010), 5–27.

第一章 批评革命的右转

[1] Chris Baldick, *Criticism and Literary Theory 1890 to the Present* (London: Longman, 1996), 20.

[2] Gerald Graff, *Professing Literature: An Institutional History* (Chicago: Chicago University Press, 1987), 55.

[3] John Guillory, "Literary Study and the Modern System of the Disciplines" in Amanda Anderson and Joseph Valente, eds. *Disciplinarity at the Fin de Siecle* (Princeton: Princeton University Press, 2002). 盖尔利的文章聚焦于语文学家和纯文学家,概因这两大派别在他看来最为重要,但值得注意的是,谈到19世纪90年代的文学研究界,他仿佛把镜头拉近,在缩小的视野内发现了"四种不同类型的学科实践(语文学、文学史、纯文学和作文)"(第35页)。这一发现看上去是对的。20世纪20年代的批评革命一旦把纯文学改造成为轮廓分明、雄辩有力的"批评",类似于传统语文学的那些基于语言的研究,与从未间断的文学史实践一道,将日益被归拢到广义的"学问"范畴之内,作文则像往常一样被排除在外,受到冷落。

[4] Gerald Graff, *Professing Literature: An Institutional History* (Chicago: Chicago University Press, 1987), 14.

[5] John Guillory, "Literary Study and the Modern System of the Disciplines" in Amanda Anderson and Joseph Valente, eds. *Disciplinarity at the Fin de Siecle* (Princeton: Princeton University Press, 2002), 24. 这里值得顺便一提的是,盖尔利认为语文学家也没能获得学科地位,其原因与纯文学家正好相反:语文学家"过度主张科学性"(第36页)。

[6] Stanley Edgar Hyman, *The Armed Vision: A Study in the Methods of Modern Literary Criticism* (New York: Vintage, 1947).

[7] 我这里列举的许多例子都来自希利亚德的出色论述, Christopher Hilliard, *English as a Vocation: The Scrutiny Movement* (Oxford: Oxford University Press, 2012)。关于利维斯主义的批评范式和英国成人教育运动之间的联系,详见 John McIlroy and Sallie Westwood, eds. *Border Country: Raymond Williams in Adult Education* (Leicester: National Institute of Adult Continuing Education, 1993)。关于英国成人教育运动和文化研究的诞生之间的联系,详见 Tom Steele, *The Emergence of Cultural Studies 1945 – 1965: Cultural Politics, Adult Education and the English Question* (London: Lawrence and Wishart, 1997)。

[8] Chris Baldick, *Criticism and Literary Theory 1890 to the Present* (London: Longman, 1996), 13. 这句引文的完整上下文是这样的:

现代英美文学批评的英雄时代是20世纪20年代到60年代之间,这一阶段的主要特点是文学史研究和文学传记研究让位于批判性分析和评价话语,后者逐渐占据统治地位。在方法上,这导致了"文本细读"的生成。这种新型的阅读实践关注文本的具体形式特征,而不再关注文本作者的整体世界观。20世纪的文学批评与以往的文学批评的最大差别,莫过于前者对文本细节的密切关注。(第13页)

我认为巴尔迪克这里对文本细读的核心地位的强调非常正确。弗朗西斯·马尔赫恩关注的是英国的文学批评界,他也做了类似的强调:"瑞恰慈的理论对剑桥大学英文系起着重大而持久的影响。他的'实用批评'很快便脱离于其所依赖的自由主义交际理论,作为文学分析的主要工具广为使用"。马尔赫恩的观点完全正确。Francis Mulhern, *The Moment of 'Scrutiny'* (London: New Left Books, 1979), 27.

[9] 关于第一种说法,即把"文本细读"大体视为新批评派的创新方法,详见 Frank Lentricchia and Andrew DuBois eds., *Close Reading: The Reader* (Durham: Duke University Press, 2003),尤其是杜波依斯的导言部分;Franco Moretti's "Conjectures on World Literature," *New Left Review* 1 (2000) 54 - 68; Jane Gallop's "The Historicization of Literary Study and the Fate of Close Reading," *Profession* (2007), 181 - 185,以及她的 "Close Reading in 2009," *ADE Bulletin* 149 (2010), 15 - 19。关于第二

种说法,即认为"文本细读"起源于瑞恰慈和燕卜荪,但两人都被视为"早期的新批评家",详见 John Guillory's "Close Reading: Prologue and Epilogue," *ADE Bulletin* 149 (2010), 8 - 14 (在盖尔利十分有趣的论述中,瑞恰慈即为"序幕");与 Jonathan Culler's "The Closeness of Close reading," *ADE Bulletin* 149 (2010) 20 - 25 (在这篇十分精彩的论述中,卡勒通过提出"英美新批评"这一表达做出了同样的论断)。

[10] 瑞恰慈在另一个场合这样说道:"对于这些所谓我的'追随者',我不知道他们是谁,也无从轻易确认谁才是真正的追随者,因此我没有什么好补充说明的。"通过此番声明,瑞恰慈把自己与作为批评派别的新批评彻底剥离开来了。不过,我们切不可听信他的一面之词,如他的传记作者约翰·保罗·拉索注意到的那样,瑞恰慈实际上非常了解这些新批评家,他与其中很多人都有私交。John Paul Russo, *I. A. Richards: His Life and Work* (Baltimore: Johns Hopkins UP, 1989), 524. 燕卜荪的指责("教条"和"荒谬")具体针对的是与新批评和广义的新基督教批评有关的如下观点:"诗歌读者仅有书页上的文字可依,除此之外作者不想要读者依赖任何东西,因此不能让读者知道文字以外的任何东西"。详见 William Empson, "The Argument about Shakespeare's Characters," *Critical Quarterly* 7:3 (Autumn 1965),该文后来重新刊载在 John Haffenden, *Selected Letters of William Empson* (Oxford: Oxford University Press, 2006) 一书中,此处引文出自该书的第 389 页。

[11] C. K. Ogden, I. A. Richards, and James Wood, *The*

Foundations of Aesthetics(London: Allen & Unwin, 1922); C. K. Ogden and I. A. Richards, *The Meaning of Meaning: A Study of the Influence of Language Upon Thought and of the Science of Symbolism*(London: K. Paul, Trench, Trubner & Co, 1923).《文学批评原理》的引文出自 I. A. Richards, *Principles of Literary Criticism*[London: Routledge, 2001(1924)]。《实用批评》的引文出自 I. A. Richards, *Practical Criticism: A Study of Literary Judgment*[London: Harcourt Brace Jovanovich, 1956 (1929)]。

[12] 这里要说一下《实用批评》的接受情况。瑞恰慈在书中提出的一个最重要的发现是,对于接受测试的学生来说,即便是非常简单的诗歌也很难理解,而难度适中的诗歌则彻底无法理解。于是他得出一个初步结论,即我们一直以来都高估了大多数人解析语言的能力,所以我们需要一种更为直接、更有针对性的教育,旨在培养学生的基本理解力——正是这样的信念促使瑞恰慈发展出"文本细读"这一方法。然而,后来人们对《实用批评》的接受情况与原实验所揭示的发现大相径庭。人们在描述此书的时候,逐渐强调学生无法分辨哪些诗歌出自天才之手,哪些诗歌出自庸人之手——也就是说,学生的失败不在于他们缺乏最基本的语言"解析"能力,而在于他们没有"品位",缺乏审美判断力。在许多情况下,这类解读正是我在此处概述的学科史的一些症候。正如我们将在下文看到的那样,20世纪以来,瑞恰慈对训练基本的认知能力和情感能力的特别注重,很快就被掩埋在利维斯和新批评对"纠正"人们对具体作品所做的审美判断的注重之下

了。只有当我们透过后来的这些文本去审视《实用批评》,才能发现这本书首先揭露了文学研究作为审美教育的失败,而随着20世纪的向前推进,这本书不知不觉被当作对审美本身的批判。

[13] 就此而言,瑞恰慈的学生燕卜荪有很多值得讨论的地方。我们这里只需注意,与瑞恰慈的《实用批评》一样,燕卜荪的《复义七型》往往透过它在美国学界产生的影响而为人接受:它对"含混"的关注与它对诗歌的微小语言细节的明察秋毫,让人们误以为它是新批评的早期作品。然而,与其说《复义七型》是密切关注诗歌本身的范例,不如说它是对读者反应的详尽探究——它追踪并推测一个具有正常语言能力的人在读到诗歌语言的时候所产生的种种联想。和瑞恰慈的《实用批评》一样,这本书的要务不是要切断文本与语境的关联,而是要探究文本与其接受语境之间关系的性质。详见 Empson's *Seven Types of Ambiguity* [Norfolk: New Directions Press, 1947 (1930)]。

[14] 在这方面,特里·伊格尔顿是一个很好的例子,他在说出下面这番话的时候,就忽视了瑞恰慈的批评工程的这一诊断面向:

> 照我看来,《实用批评》最有意思——貌似瑞恰慈本人也看不到——的方面是,[学生们]在观点上的独特分歧背后,有一个无意识的价值评估的共识。在阅读瑞恰慈的本科生对文学作品所做的描述的时候,我对他们自然而然所共享的感知和阐释习惯印象深刻。作为一名年轻的、中上阶层、剑桥大学的白种男教员,瑞恰慈无法

使他本人大体共享的认知语境具体化,因此也就无法充分认识到,评价活动体现出来的局部的"主观"差异从属于被社会结构化了的感知世界的特殊方式。(*Literary Theory：An Introduction*. London：Verso，1996：13 - 14)

这当然是左派对自由主义的经典批判,即瑞恰慈这样的自由主义者看不出个案是由更大的社会力量所决定这一事实。在诸多场合下,这都是一种必要的、言之有理的批判,不过用来批判瑞恰慈的《实用批评》,则有点奇怪,因为此处我们真的不能指责他未能认识到更大的结构。事实上,他在本书第二部分所做的,恰恰是观察和剖析学生们所犯的各式各样的阅读错误如何分属于更广泛的、由社会决定的感知模式和反应模式。若真要对他进行左翼批判,那应该是这样的:瑞恰慈对这些结构所做的分析,是在我们如今可以称为"认知"的层面上展开的,却没有接着严肃质问那些有助于解释认知层面的生产和分配的政治经济结构和意识形态结构。话虽如此,对左派而言,对认知模式的剖析仍然具有极大价值,只不过我们要做好准备从更大的决定性力量的角度对其加以审视。就瑞恰慈的批评工程的诊断层面所做的细致分析,我们可以把目光转向伊格尔顿的老师雷蒙·威廉斯。威廉斯告诉我们,《实用批评》论证了:

倘若文本在呈现给读者的时候,删掉作者姓名或其他任何提示做出"正确反应"的文化信号,关于教养或品位之类的某些早期观念达成的文化共识便会惨遭否定。你若问及这些作品的作者,人们知道在共识的框架内说些什么,而当人们不得不阅读和描述这些作品的时候,结果就完全不同了——有时几乎是截然相反。就此而言,瑞恰慈的实用批评会产生十分关键的反意识形态的效果:它暴露了一个阶级在文化上的自命不凡与其实际能力之间的差距。(Raymond Williams, *Culture*. London: Fontana, 1981: 192 - 193)

为了实现左派的意图,威廉斯重探瑞恰慈的批评工程,把《实用批评》理解为对"一个阶级在文化上的自命不凡与其实际能力之间的差距"的揭露。这样的解读策略看上去大有助益,然而把瑞恰慈的实验结果解读为"品位"的失败、审美教育的失败,威廉斯可能忽视这一实验所揭示的真正重要的道理,即文学研究机构,乃至更广泛的社会秩序,都没能教授学生剖析一首简单的诗歌所蕴含的基本意义的能力——简言之,学生不会阅读,连最普通意义上的阅读都不会。

[15] 出于某种原因(我在直接探讨威廉斯的著作的时候已经指出),我不太清楚为什么第一项工作就必然比第二项在政治上更为切实可行。详见第二章的注释 9。

[16] *Principles of Literary Criticism* [London: Routledge, 2001(1924)], x.

[17] Twelve Southerners, *I'll take My Stand: The South and the Agrarian Tradition* [Baton Rouge: Louisiana State Uni-

versity Press,1977 (1930)].

[18] 这方面的主要研究是 Mark Jancovich's *The Cultural Politics of New Criticism*(Cambridge:Cambridge University Press,1993)。

[19] 值得注意的是,布鲁克斯一再强调这种区别:他喜欢《实用批评》里务实的瑞恰慈,抗拒《文学批评原理》中空谈理论的瑞恰慈。"瑞恰慈[在《实用批评》]里对他选择的 13 首诗歌所做的讨论,几乎产生了巨大的实际影响,随后在文学界也颇有影响力。然而,其作品在理论方面的影响微乎其微……"(第 587 页,字体变化为笔者所为);"他在《实用批评》里竭力主张的'准则'和'戒律'给我留下了极深的印象,以至部分弥补了那些让我觉得别扭或反感的内容,特别是《文学批评原理》中的某些内容"(第 589 页);"在写给约翰·兰瑟姆和艾伦·泰特的长信中,我表达的一个观点是,尽管我不赞成他的哲学及其所用术语,但瑞恰慈是一位头脑敏锐,且极具影响力的批评家,至少当他将才智付诸实践的时候,他得出的判断与我的判断几乎完全一致"(第 589 页,字体变化为笔者所为);"瑞恰慈的实用批评,往往能纠正其理论的不足"(第 592 页),等等。Cleanth Brooks,"I. A. Richards and *Practical Criticism*," *The Sewanee Review* Vol. 89, No. 4 (1981):586-595.

[20] 详见 William K. Wimsatt, *The Verbal Icon:Studies in the Meaning of Poetry* (Lexington:University of Kentucky Press,1954)。

[21] John Crowe Ransom, *The New Criticism* (Norfolk:

New Directions Press, 1941).

[22] 详见 John Crowe Ransom, "Criticism, Inc." *Virginia Quarterly Review* 13 (Autumn 1937), pp. 586 - 602。兰瑟姆的这篇文章无疑是对 R. S. 克兰的《文学研究中的历史与批评》的直接回应,克兰的这篇文章在追踪批评家/学问家这一区分的动向方面具有里程碑的意义。详见 R. S. Crane, "History Versus Criticism in the Study of Literature," English Journal 24.8 [1935] pp. 645 - 667。

[23] *Practical Criticism*, 327.

[24] John Paul Russo, *I. A. Richards: His Life and Work* (Baltimore: Johns Hopkins University Press, 1989),542.

[25] 燕卜荪在这方面是个例外,他对历史语境、文学传记,乃至作者意图等方面都有浓厚的兴趣。

[26] 从英美学界的左翼角度理解利维斯乃至广义的利维斯主义,经典文献包括 Perry Anderson, "Components of the National Culture," *New Left Review* 1, no. 50 (July-August 1968): 3 - 57;和 Francis Mulhern, *The Moment of 'Scrutiny'* (London: New Left Books, 1979)。值得注意的是,在安德森的精彩论述中,讨论利维斯的部分比较短,尽管这部分对后面的讨论至关重要。相比之下,弗朗西斯·马尔赫恩的精彩论述对利维斯的讨论更加全面。当今为利维斯所做的仔细辩护少之又少,其中最好的文献应该是 Michael Bell's *F. R. Leavis* (London: Routledge, 1988)。(贝尔的这部著作是斯蒂芬·科林尼推荐给我的,我对此心存感激。)按照安德森和马尔赫恩的说法,原本是

一场政治上处于微妙的左右平衡状态的文化运动,却在利维斯主义的作用下向右偏转。我认为这是极其敏锐而深刻的洞见,两人所做的分析也因此成为后来左派对利维斯的默认看法。这在某种程度上无可厚非,不过贝尔的看法,即安德森和马尔赫恩两人其实都没能恰如其分地展现利维斯的语言观,也值得考虑。于是我们面临的一个问题是如何对利维斯做出不偏不倚的评价。我在正文试图对该问题进行了初步探查。

[27] 详见 Philip Smallwood and Philip Trew, "British Theory and Criticism: 5. 1900 and After," in *Johns Hopkins Guide to Literary Theory and Criticism*, 2nd ed. (Baltimore: Johns Hopkins University Press, 2005)。

[28] 此处转引自利维斯的 "Mass Civilisation and Minority Culture"。详见 F. R. Leavis, *Education and the University* (Cambridge: Cambridge University Press, 1979), pp. 143 - 171。引文的完整形式,详见 I. A. Richards, *Principles of Literary Criticism* (London: Routledge, 2001), pp. 54 - 55。

[29] 此处引自 F. R. Leavis, *The Living Principle: English as a Discipline of Thought* (Chicago: Ivan R. Dee, Inc., 1975)。

[30] 当然,我们还可以看到两人在宏大立场上的相似性如何在微小细节上展现出来。比如,利维斯在剖析"生活的批评"这一表达的几页之后,便开始为阿诺德辩护,其辩护理由像是从《实用批评》一书中直接摘录出来的句子:"我们只有运用过往的经验才能判断新事物,然而随经验而来的期待会或多或少不知不觉地妨碍我们的判断"(第 61 页)。利维斯的这句话与瑞恰慈在论述

"陈腐回应"时说的话简直如出一辙;他感到无须引用瑞氏原话这一事实,说明他已经完全内化了瑞恰慈在这方面的思考。

[31] 此处的语言观多少会让我们想起后来维特根斯坦在《哲学研究》(1953)里表达的那种语言观。批评革命当年在剑桥大学如火如荼地全面展开之时,维特根斯坦正好也在剑桥大学,对于熟悉哲学(而不太熟悉文学批评)的人来说,指出这一关联可能有所助益。

[32] 我这里想到的是瑞恰慈一贯反对的那种唯美主义观念,即艺术家应该是另类的、有特殊怪癖的、本质上与我们不同的人。与这一观念正好相反,瑞恰慈强调艺术家必须具备"常人性"(normality),意思是说艺术家的经验应当具有潜在的代表性。详见《文学批评原理》第24章"论艺术家的常人性"。顺便为以后阅读该书这一章节的读者提个醒,该章开篇无意间流露出种族主义偏见,随后对艺术形式做出了非常怪异而引人入胜的理论探讨,最后在一种人道主义的氛围中结束。

[33] 通过私下的交流,弗朗西斯·马尔赫恩对我说的下面这番话,让我对利维斯的立场有了更为清晰的认识,我对此心存感激。"利维斯本人从未呼吁复归'有机共同体',他其实是明确反对这一构想的。他认为这样一个共同体幸存的遗迹是'对语言的绝佳运用',目前最切实可行的做法是捍卫和发展掌握在'关键少数人'手中的这一语言运用能力;与他所回顾的民粹主义在纲领上相对应的是精英主义。而自从1939年丹尼斯·汤普森不再为《细察》杂志供稿,有机共同体这一思想便逐渐从杂志中淡出了。"

注 释

[34] 在《大众文明与小众文化》的后文,利维斯几乎重复了一模一样的意向。他首先引用了多个他不赞同的观点,然后像以往那样声明:"这些观点只有在一个毫无标准、缺失流传到海外的诗歌所构成的鲜活传统、缺乏有鉴赏力的公众的时代,才能被人提出来。这里展现出来的是广义文化的困境。"(第157页)利维斯接下来添加了一个脚注,里面引用了瑞恰慈《实用批评》里的一大段话:

　　　　正如那些过度热爱文学的人有时认为的那样,诗歌与生活之间并不存在天然的鸿沟。我们日常的情感生活与诗歌素材之间绝无隔膜,我们用文字最完美地表达这种生活的时候不得不使用作诗技巧,这是两者之间唯一的本质区别。我们怎么也避不开诗歌素材。如果我们无法与好诗和睦共处,就不得不与坏诗朝夕相伴了。实际上,大多数人在闲暇时刻的想入非非,纯粹就是劣等的私人诗歌。各种证据都指向一个结论:人们对诗歌缺乏感受力,这确实证明了人们对生活缺乏想象力。

　　这里,利维斯再一次挑选了瑞恰慈最吹毛求疵的观点作为引证,然而即便在这样的段落里,瑞恰慈的主要目的其实是强调艺术经验和日常经验的连续性,而不是像利维斯那样强调"标准"的坍塌和"广义文化的困境"。

　　[35] 利维斯对判断行为的不可思议的执迷,在他探讨批评家时继续上演。最后在表达他对批评家阿诺德的认可的时候,利

维斯是这么说的：

> [阿诺德]在生产批评方面取得的实际成就也许看上去没那么引人瞩目，但是我们还能找到比他的成就更引人瞩目的批评家吗？一旦我们真的运用高水准的批评来予以衡量，那么结论是少有能出其右者。如果连阿诺德都算不上伟大的批评家，那谁还算呢？哪位批评家能让我们受益更多？艾略特先生本人算一个，不仅因为他关注的问题正是我们时代的当务之急，也因为他最出色的批评性写作在批判力度方面比阿诺德的更强。柯勒律治的卓越不凡也是有口皆碑。至于约翰逊嘛，毫无疑问他仍然活在当下，他的伟大在其批评著作中当然是显而易见的，然而我不太明白为何硬要把他说成比阿诺德更有影响力的批评家，因为严格说来，作为一名批评家——在批评方面提供价值的批评家——他对我们的重要性要比阿诺德小得多。至于德莱顿，虽说他是批评史上的一位重要人物，但我一向认为其批评作品的内在价值被过分高估了。（第63—64页）

利维斯如此这般地就批评家的位次匆忙地比来比去。该文的结束语是："我想不到这里还需考虑哪位批评家，所以最后要说的是，无论阿诺德有何局限，他在我看来无疑是比他推崇有加的圣伯夫（Sainte-Beuve）更名副其实的一位批评家"（第64页）。我们若对重调批评家的位次没有特殊的兴趣，会觉得这一结论相当平淡无奇。

我用这么长的篇幅讲出这个有点难懂的观点，不单纯是要强调利维斯和瑞恰慈之间的差异，也想指出这种位次排列现象不仅影响了20世纪中期的批评，甚至影响了我们当下的文学批评。就此而言，我的感受是，英国知识界的最佳写作，譬如《伦敦书评》里那些质量上乘的文章，仍有相当一部分直到今天还在遵从位次排列模式，哪怕这一书写模式赖以存在的基础与合法性已荡然无存。以我非常敬佩的作家斯蒂芬·科林尼为例，尽管事实上他毫无疑问会拒绝通过位次排列来把控文学经典的界限，但读者从他的文章中看到的是一次次公正而审慎的判断，仿佛批评家真的是一名法官，其终极任务是对各式人物取得的成就做出不偏不倚、恒久有效的判决，以便让读者更好地了解谁才是"第一流的"和谁不是。在他迄今为止的所有作品中，《普通阅读：批评家、史学家和大众》一书最为直观地体现了这一点，详见 Common Reading: Critics, Historians, Publics (New York: Oxford University Press, 2008)。或许应当补充说明的是，科林尼的新近研究似乎朝着略微不同的方向发展——我是从远处判断的，错判也是可能的，不过我觉得他近来的研究对各类党派承诺确实抱持着越来越开放的心态。若属实，我们应该为之欢呼叫好。这不仅事关一位批评家，更事关英国文化批评的某种传统，而科林尼正是该传统在当代最强劲有力的代表之一——且绝不只有我自己这样认为。在这方面，读者可以参阅科林尼和马尔赫恩于21世纪初在《新左派评论》杂志上展开的持续辩论，辩题与"利维斯问题"直接相关，详见 Francis Mulhern, *Culture/Metaculture* (London:

Routledge, 2000); Stefan Collini, "Culture Talk." *New Left Review* 7 (Jan.-Feb. 2001): 43 - 53; Mulhern, "Beyond Metaculture." *NLR* 16 (July-Aug. 2002): 86 - 104; Collini, "Defending Cultural Criticism." *NLR* 18 (Nov.-Dec. 2002): 73 - 97; Mulhern, "What is Cultural Criticism?" *NLR* 23 (Sept.-Oct. 2003): 35 - 49; Collini, "On Variousness; and on Persuasion." *NLR* 27 (May-June 2004): 65 - 97。

[36] 不过也存在例外的情况。比如有人指出,利维斯曾把一群流派纷呈、风格各异的哲学家放在一起讨论,并选择性地支持其中某几位哲学家的观点。详见 *The Living Principle*: *English as a Discipline of Thought* (Chicago: Ivan R. Dee, Inc., 1975),19 - 69。

第二章 学术转向

[1] 关于美国右翼势力对这一潮流的猛烈谴责,详见罗杰·金博尔备受媒体青睐的 *Tenured Radicals*: *How Politics has Corrupted our Higher Education* (New York: Harper Collins, 1990),以及通常与之搭配阅读的阿兰·布鲁姆的 *The Closing of the American Mind*: *How Higher Education Has Failed Democracy and Impoverished the Souls of Today's Students* (New York: Simon and Schuster, 1987)。两部著作的副标题所指出的情况在所难免。关于左派所做的更为严肃的论述,详见 Perry

Anderson,"A Culture in Contraflow," *New Left Review* 182: 85–137。

[2] 针对此类问题,一个很好的讨论起点是 Nancy Fraser, *Fortunes of Feminism: From State-Managed Capitalism to Neoliberal Crisis* (London: Verso, 2013)。

[3] 在这方面,朱迪·梅拉梅德提出了一个很好的问题:这种新型的种族批判——尤其是来自美国的批判——在多大程度上驳斥了美国作为国际资本担保人的角色,又在多大程度上使美国得以重新自我描述为"全球多样性的内化模型",从而将其扩张主义仅仅掩盖在"完成自己使命的普世国家"这一名义下?详见 Jodi Melamed, *Represent and Destroy: Rationalizing Violence in the New Racial Capitalism* (Minneapolis: University of Minnesota Press, 2011), 35。

[4] 比如 Benita Parry, *Postcolonial Studies: A Materialist Critique* (London: Routledge, 2004) and Vivek Chibber, *Postcolonial Theory and the Specter of Capital* (London: Verso, 2013)。

[5] 在这方面,可以先从这一文献读起:Holly Lewis, *The Politics of Everybody: Feminism, Queer Theory, and Marxism at the Intersection* (London: Zed Books, 2016)。

[6] 比如 Daniel Zamora and Michael C. Behrent, eds. *Foucault and Neoliberalism* (Cambridge: Polity, 2016)。

[7] 通过考察这一混乱背后的深层结构,我们可以推进讨论的深入,尽管这样不乏臆测成分。如马克·雷德福尔德等人所说

的那样,这场"理论"之争不仅因其引发的混乱而著称,还因人格化这一修辞格所发挥的核心作用而格外惹人注意——一些关键理论家的名字经由复杂的中介作用逐渐用来代表某种观点、立场、特质、情感和冒犯。倘若我们认同这一说法,就有必要注意到这一现象:根据旧有的二分法,福柯和德里达这两位或许最能代表"理论"的理论家,同时属于传统的"学问家与批评家"之争的任何一方,相比之下,福柯大致归于"学问家"阵营,德里达姑且归于"批评家"阵营。借此我要指出的是,英美文学研究的新战线是含混不清的,这恰好模糊了"学问家与批评家"这一旧有的区分,使其变得难以理解。于是我们自然会猜疑,跨越传统的二分法而使用"理论"这类语义模糊的术语,这一做法产生的一个重要后果是,它掩盖了本学科这个时期正在经历着的真正重大的变革,即作为本学科自20世纪20年代以来的争论焦点,"学问家与批评家"这一区分瓦解了,前者最终战胜了后者。当然,这远非主要的文学研究从业者所希望看到的结果。

"学术"模式战胜"批评"模式这一事实,从我们的粗糙分类上就能得以证实,因为你若有悖常理地执意把这门学科后来的历史看作福柯式的"学问家"与德里达式的"批评家"之间的竞争史,你首先会发现学科史不支持这样的分类方式——任何把两者对立起来的种种尝试从未取得成功;其次你会发现福柯主义者最终胜出这一重要事实。若说具有最明显的"批评"形态的解构主义——德曼主义和"耶鲁学派"——很快便在某个特定时期风靡一时,那么福柯式的"学术"后来则占据了学科制高点,且以新历史主义到酷儿理论等不同形态稳居主导地位。当然,如我刚才所说，这是一种"有悖常理"的学科史的解读方法，毕竟把欧陆哲学家强行纳入英美文学批评的范畴的代价是巨大的。欧陆哲学家与英美文学批评之间的类比的确是很粗糙的，不过我们若继续这一思想实验，会发现粗糙本身也许即是这门学科转向学术范式、远离批评范式的标志。福柯式阅读尽管在当时是令人耳目一新的，但仍然可以看出是"学术性"阅读，因为它采取的形式是以档案为基础的文化分析。相比之下，解构只有在非常有限的意义上才可看作"批评性"阅读：尽管代表解构的德里达、德曼和"耶鲁学派"与他们的前辈"批评家"十分相似，不仅致力于"文本细读"，也很坚决地把文学文本当作瑞恰慈所说的"用来思考的机器"而不是当作历史知识的来源，然而他们使用文学文本的目的是进行高深的哲学思考而不是为了培养广大读者或"普通"读者的感受力，因而从这个意义上讲他们其实远离了文学批评而接近明显更为专门化和职业化的学术研究。就此而言，解构与文学批评的关键区别在于，它掏空了审美元素，而形态多样的审美范畴正是批评范式存在的最大理由。斯皮瓦克在扭转解构传统上曾做出大胆的尝试，使其朝向"审美教育"这一更具批评色彩的方向前进；可以说，除了她的理论，具有"双重束缚"（double bind）属性的解构主义理论主要训练的是我们的认知能力——这不等于说"双重束缚"就总与情感无涉。详见 Gayatri Chakravorty Spivak, *An Aesthetic Education in the Era of Globalization* (Cambridge: Harvard University Press, 2012)。

[8] Perry Anderson, "Renewals," *New Left Review* 1 (January-February 2000).

[9] 威廉斯对"左派利维斯主义"这一术语的适用性提出了异议,详见 Raymond Williams, *Politics and Letters* (London: Verso, 1981), 195。从该书的第 190 页到第 195 页,威廉斯谈到了他自己的早期方法与利维斯乃至瑞恰慈的早期方法之间的联系,这部分内容十分引人关注。另请参阅该书的第 65 页,他在提及同名杂志《政治与文学》的编委会时(威廉斯本人是这本杂志的三位创始人之一),很直白地道出了这一联系:"我们的目的是要办一份大致能将激进左翼政治和利维斯主义文学批评融合在一起的评论杂志。"

这里有必要反思一下克里斯托弗·希利亚德的主张,即"左派利维斯主义不是《细察》杂志与工党政治或马克思主义政治的综合体,它利用或借由利维斯在《文化与环境》一书中确立起来的预设和分析实践,逐步抵达该书的主导原则不再适用的境地"(第 170 页)。希利亚德对该领域通常都能看得很清楚,不过他对左派利维斯主义这个难以描述的现象所发表的主张,我不确定是否准确。当然,这一主张指向了某些切实的东西,比如他不仅提到了威廉斯,还谈论了整个成人教育的形势,以及另一位重要人物理查德·霍加特。往往在这类研究中,似乎恰恰因为他全心全意致力于既定的(广义上的利维斯主义)任务,才使得他发展出全新的立场。指出这一点,有助于展示利维斯(也可以说是瑞恰慈)的初始前提的力度,而这些初始前提一旦被继续向前推进,就会超越利维斯施加给它们的限制——这正是我要表达的更为重要的观点。然而,若按照字面意思去理解希利亚德的话,他似乎也在主张:归根到底,"工党政治或马克思主义政治"与左派利维斯主义毫不相干；这完全是一种内在批判，威廉斯和霍加特一伙人在不受工党或马克思主义这类外部势力的影响下，要么是可以抵达反利维斯主义的立场的，要么实际上已经抵达。这样的理解方式是完全错误的。若说威廉斯的学说生发于利维斯的传统，而没有汲取任何马克思主义的东西，那实在是过分夸大了利维斯的重要性。详见 Christopher Hilliard, *English as a Vocation: The Scrutiny Movement*。

[10] Raymond Williams, *Politics and Letters* (London: Verso, 1981).

[11] Raymond Williams, *Drama from Ibsen to Eliot* (London: Chatto and Windus, 1952).

[12] 这方面值得注意的一点是，威廉斯认为"英国文学的社会学研究"肇始于《细察》团体所做的实用批评：

> 实际上，英国文学的社会学研究是由一个激进的批评团体发起的，这个团体需要借助这项研究找到自己从事的活动和团体身份，并为此进行辩护。英国文学的社会学研究把区分文学的良莠这一实践活动，扩展到了这些文学价值差异背后的深层文化状况的研究……（第18页）

这里需要再次指出，实用批评并非始于利维斯和《细察》团体的鉴别"文学良莠"这一活动，而是始于瑞恰慈的良莠文学皆为我所用，借以"理清头脑"这一批评观念。除此之外，还有必要回想一下我们前面提到的瑞恰慈的批评工程的诊断成分,即瑞恰慈所谓的文学研究在某种程度上相当于"比较意识形态领域的田野调查"这一论断。所以更准确的说法似乎是,大学内部开展的"英国文学的社会学研究"实际上肇始于学科初创的20世纪早期,其奠基人是瑞恰慈。详见 Raymond Williams, *Culture and Materialism: Selected Essays* (London: Verso, 2005)。

[13] 这方面值得顺便一提的是,利维斯的批评判断被广为采纳之后,那些原本拒绝受其影响的学科中人事实上也不知不觉地接受了他对批评传统所做的回顾性阐释——即把判断当作批评,这一阐释可以向后追溯至阿诺德。"批评"观念在进入大学成为英国文学这门学科的一部分之前,还有自己的前史,限于篇幅我这里无法加以详述。

[14] 在这方面,英美两国不能分开来考虑。威廉斯本人曾指出,他在反对文学批评的一个基本预设——我们可以对文学作品做出不带个人色彩的客观判断——的时候,"其实是在反对新批评后来取得的进展,而不是在反对利维斯"(*Politics and Letters*, 335)。在这个分析层面,我们务必看到,英美两国的思想传统是作为一个整体向前发展的,它在哪个国家形成的势力越强、水平越高,在哪个国家产生的驱动力就越大。

[15] Raymond Williams, *Marxism and Literature* (New York: Oxford University Press, 1977).

[16] 这方面值得注意的是,威廉斯在肃清美学的时候指出,"美"这一词语无法像美学传统所主张的那样被进一步细化为积极的感官经验,因为积极的感官经验原则上无法与消极的感官经

验决然区分——这恰恰是瑞恰慈论证的第二步。

[17] 威廉斯认为批评的错误在于它过分聚焦接受语境(即"效应"),因此应该用有效聚焦生产语境(即"意图和表现")的学术方法来补充(乃至取代)批评方法。在不偏离我们讲述的文学批评史的主线的前提下,我想就威廉斯的这个观点多说几句,注释会比较长,还请读者谅解。考虑到威廉斯所反驳的那种特殊形式的批评,我想我们得承认他的观点基本正确。他反驳的对象是利维斯和新批评,两者在纲领上都拒绝认真对待"意图和表现"这一生产语境方面真实存在的问题。我们甚至也得承认,文学研究的"学术"模式——文学研究即为文化知识生产——往往青睐威廉斯那样的文本处理方法,把文本当作生产语境的指标,而与之相比,各种各样的"批评"把文学研究构想为通过阅读训练来培养和传播人们的文化素质、打造受到良好教育的大众阶层等理念,那么它们自然会把关注力放在接受语境上,结果往往很成问题。

然而,如我们前面看到的那样,批评是个复数现象,我们需要对千差万别的批评流派做出细致的区分。利维斯和新批评在文本生产状况方面的语焉不详,是其过度重视文本"效应"(即接受语境)的后果吗?我认为不可以这样说。这两种批评派别的真正过失主要在于,他们以"文本本身"自成目的这一超脱的文本观念为名义彻底否定了"语境"。别忘了,新批评家曾经既痛斥"意图谬误"又痛斥"情感谬误",因此可以说作家和读者都被驱逐出文学批评领域。利维斯在这方面没有新批评那么赤裸裸的唯心主义,不过他仍然转移了批评的重心,只不过不是像威廉斯所认为的那样转向了"效应"问题,相反是远离了这个问题,转移到批评家评判文本"本身"的过程上面了。这一观察有助于我们再一次看到批评与批评之间存在的一个关键差别,即我所说的批评在第一阶段和第二阶段的差别:在文学批评的初始阶段,瑞恰慈和燕卜荪密切关注接受语境,而随后到了利维斯,尤其是新批评那里,语境被彻底不予考虑了。

若说威廉斯忽视了这一差别,那是因为他出于左翼目的,倾向于认为生产语境是唯一重要的语境。威廉斯的语境观代表我们这一时期的普遍看法:人们本能地以为"语境"即指"生产语境"。这样的看法无疑极大地限制了我们对语境的理解。不同类型的接受语境与生产语境至少同样重要;还应该进一步区分过去的接受语境和现在的接受语境。威廉斯之所以单纯聚焦在生产语境上,是因为对他乃至对任何一位马克思主义者而言,文学文化分析必然涉及广义的物质生产状况。他与利维斯的亲近关系使他清楚地意识到,第二阶段的批评聚焦于文本在接受过程中产生的"效应",而这会导致其对文本的物质生产状况——文本的政治性——避而不谈;换句话说,第二阶段的批评往往把人们的注意力从生产转移到消费上面,故而蒙蔽了物质生产状况,造成了意识形态的混乱。正是出于这样的认识,威廉斯才时而轻率地在文本的具体生产语境和普遍的物质生产状况之间画上了等号。

从我们目前所处的有利位置,我们也许比威廉斯更容易看到,这两者之间并不存在必然的同一性。在威廉斯的书写中,对文本的具体生产语境("情感结构")的分析往往变为对普遍的物质生产状况的分析,然而情况并非总是如此,正如威廉斯之前和之后的学科中人撰写的弱政治性的文学史所证实的那样。此外,

注　释

有人可能会问,分析文本与其接受语境的关系,难道不能同样揭示一个社会整体上的物质生产状况吗?对于威廉斯这样的活动家,有用的文化分析终究要描述当下的而不是过去的物质生产状况;在这个意义上,我们甚至可以说,把注意力放在当下的接受语境而不是过去的生产语境上,似乎更有益。话虽如此,这类思考模式仍然在走文化分析师的老路子。若要朝向真正的批评迈进,我们必须认识到,生产语境和过去的接受语境只有融合当下的接受语境(即真实存在的、活生生的读者——或许可以称之为"使用的语境"),才能与当下真实的物质生产状况建立关系。实践从来都只能是当下的实践,尽我们所能地把过去和现在复杂地联系起来当然也至关重要。

此番探讨使我们陷入了很深的方法论困境,这不是以历史为主的本书所能解决的。就当前的讨论而言,我们可以得出一个基于史实的简单要点:我们务必要认识到,威廉斯对"意图和表现"的谨慎强调为第二阶段的批评提供了有益的修正,然而与此同时也得承认,他误诊了批评存在的真正问题,以致把第一阶段的批评也连带否定了——他那严谨的论证对早期的批评并不适用。如本章接下来表明的那样,威廉斯对利维斯和新批评的反驳,被笼统地说成他对批评本身的反驳,这为"学问家"模式从整体上取代"批评家"模式做好了准备,因此不经意地把这门学科和他所从属的左翼思想分支引入了如今各自所陷于的那种僵局。现如今,我们各式各样高度发达的文化分析实践,在缺失同样高度发达的文化干预实践的条件下,无法真正发挥作用。

[18] 当然,这并不是说威廉斯不积极地投身于文学研究领

域之外的"实践"。我只不过想指出,他把自己的学科工作理解为一种学术活动,视其为文化分析、文化史和文化理论,而没有将其理解为一种旨在系统地培养感受力的批评活动。不消说,这两种活动最终是无法截然分开的,任何学术力作都会调动读者不同层面和类型的感受力。然而,被构想为文化分析的学术"实践"在这方面既不够直接,也不够系统。须补充说明,作为小说家的威廉斯所从事的工作(我个人更偏爱他的虚构作品),正是在培养感受力方面构成了重要的"实践"形式——不过我得说,作为小说家的威廉斯有一个弱点,他往往不由自主地进行社会学描述,依靠深入剖析的力度来取得某种效果,而他本可以通过直接诉诸读者的品位、即刻反应和评价习惯等方面来更好地制造效果。若非受制于篇幅,我们接下来还要考察威廉斯的小说作品中的审美运作,与他在学术作品中对这一审美运作的摈弃,究竟有着怎样的关系。感谢弗朗西斯·马尔赫恩敦促我思考这个问题。

[19] 在与威廉斯的访谈中,《新左派评论》编委会的一位成员简明扼要地评论道:"莫里斯真正代表了整个传统[即威廉斯在《文化与社会》一书中所概述的传统]首次与工人阶级组织和社会主义事业的紧密结合"(*Politics and Letters*, 128)。我觉得这个评论是准确的。莫里斯说过很多能确证他是浪漫主义反叛传统与工人阶级反叛传统的交汇点的话,我这里仅摘录一例:

> 鉴于功利主义可能会摧毁艺术,目前有一股反抗功利主义的潜流。只要社会现状持续不变,我本人其实是不太相信诸如此类的反抗能起很大作用的。然而我确

信，我们周围即将发生巨变，新的社会状况必将随之而来，那么在如此情势下，我认为这两股反抗应当拧成一股，最起码也应该学会相互理解。(*Useful Work Versus Useless Toil*. London：Penguin，2008，31)

针对这个话题，我忍不住要向读者推荐 E. P. 汤姆森撰写的莫里斯传记，这本优秀的人物传记是必读的参考文献。详见 E. P Thomson, *William Morris：Romantic to Revolutionary* (London：The Merlin Press, 1955)。

[20] Raymond Williams, *Culture and Society* 1780—1950 (New York：Columbia University Press，1958).

[21] "How I became a Socialist" 93，in *Useful Work versus Useless Toil* (London：Penguin，2008)，88‐94.

[22] William Morris，'The Lesser Arts' 83，in *Useful Work versus Useless Toil* (London：Penguin，2008)，56‐87.

[23] "Why I am a Communist," *Labour Monthly* (December 1954)：565‐568. 原载于 *The Why I Ams* (London：Liberty Press，1894)。字体区分为本人所为。

[24] 莫里斯的影响如何体现在美国实用主义的发展史的各个阶段，是一个很大的研究课题。这里仅摘录约翰·杜威的一段话就足以说明问题：

无论在何种条件下，只要生产行为无法成为使整个人类可以变得生机勃勃且能享受生命的一种经验，那么所产之物必将缺乏某种美感。不管它对于特殊和有限的目的来说如何有用,它都没有终极用途,因为它不会直接而充分地让人类过上那种视野辽阔、丰富充实的人生。有用之物与优美之物的割离和尖锐对立,贯穿于工业发展的始终,这致使其中大部分生产成了一种对生命的延迟,也致使其中大部分消费成了对他人劳动果实的虚假享受。(*Art as Experience*. New York: Penguin, 2005, 27)

杜威这段引文的语言表达可以说是一如既往地晦涩,然而其思想力度还是显露出来了。这段话里的思想是他从莫里斯那里学来的吗?杜威此处并未直接征引莫里斯的观点——也没有征引任何人的观点。在这方面值得一提的是,罕引他人观点的杜威在《艺术即体验》(1934)一书中竟引用了瑞恰慈的一段话——当然是以贬低的口吻。

第三章 历史主义/语境主义范式

[1] Terry Eagleton, *Literary Theory: An Introduction* (Minneapolis: University of Minnesota Press, 1983), 186.

[2] 我在本书"导言"中还指出,这一表面的成功多少有些欺骗性,有人可能会在心里对本学科左派人士的成就打个问号,质疑他们在多大程度上实现了其学术观点所呼吁的那些变革。人

们往往以为是本学科的左派人士呼吁并实现了文学研究从"批评"模式到"学术"模式的转变,而鲜为人知的是,这一转变实质上是由广泛而保守的政治经济和文化力量——凯恩斯主义危机和新自由主义转向——所促生的。

[3] Terry Eagleton, *Literary Theory: An Introduction* (Minneapolis: University of Minnesota Press, 1983); *The Function of Criticism* (London: Verso, 1984).

[4] *The Function of Criticism* (London: Verso, 1984), 38.

[5] Terry Eagleton, *The Ideology of the Aesthetic* (London: Blackwell, 1990).

[6] 这方面最为出色的论述,我认为还是詹姆逊对晚期资本主义文化的平民化、粗鄙化(plebeianization)所做的经典分析。详见 Fredric Jameson, *Postmodernism, or The Cultural Logic of Late Capitalism* (Durham: Duke University Press, 1991)。

[7] 既然这里谈到审美批判在不同国家的表现形式,我正好顺便指出,法国的保守主义在某种程度上有时也能受到审美区隔的庇护,它虽然所剩不多,但仍不容忽视。这就是别的地方的反审美批判明确来自法国的一个原因,除此以外当然还有其他因素。布迪厄是这方面的一个代表性人物。从以下三部著作中,读者可以简要了解与威廉斯的审美批判相并行的思路:Pierre Bourdieu, *Distinction: A Social Critique of the Judgment of Taste* (Cambridge: Harvard University Press, 1984); John Guillory, *Cultural Capital: The Problem of Literary Canon Formation*

(Chicago: University of Chicago Press, 1993); Pascale Casanova, *The World Republic of Letters* (Cambridge: Harvard University Press, 2007)。事实证明,学术模式在文学研究中占据主导地位期间,这条思考路线至关重要,尤其在文学研究这门学科内,布迪厄的作品在为"学术转向"辩护方面起到了关键作用。对此,我只想问,20世纪80年代法国的审美批判瞄准了真实存在的目标,然而在美国主导的英语世界也可以这样说吗?

[8] Catherine Gallagher and Stephen Greenblatt, *Practicing New Historicism* (Chicago: Chicago University Press, 2000).

[9] 这句话引自 *Culture and Materialism* (1980),20。《新历史主义实践》一书的第四章"唯物主义想象中的马铃薯"("The Potato in the Materialist Imagination"),为新历史主义的唯物主义批判提供了最好的例子;关于新历史主义对威廉斯所做的直言不讳的批判,详见本书第112—113页;对 E. P. 汤普森所做的相关批判,详见第122—126页;感兴趣的读者也可以参阅本书第60—66页对威廉斯所做的深入讨论。关于威廉斯与新历史主义的传承关系,我不会在这里面面俱到地加以剖析,只是简单记录我的想法:新历史主义对威廉斯的"基本需求"至上观的评论是言之有理的,威廉斯在与接受"基础与上层建筑"这一过分简单化的等级论的那些人进行对话的时候,确实会有一种倾向,他往往假定"基本需求"优先于任何文化、表征或表意的过程。就此而言,新历史主义所坚持的"表征无所不在"这一主张对威廉斯构成了受人欢迎、难能可贵的修正。不过,威廉斯的批判的主旨把我们推向了相反的方向:过去被当作上层建筑的大部分乃至全部内

容,在不同的分析时刻必须被当作基础的一部分。事实上,他很多时候采取的基本需求假定都是临时性的,在其论证的某个阶段被用来向马克思主义者解释他对基础和上层建筑模型所做的重大修正——倘若不向这些马克思主义者解释清楚,威廉斯觉得他们很难接受这样的修正。恰恰是在这个意义上,我们可以说新历史主义者不过是在重复威廉斯的做法。关于威廉斯本人对基础与上层建筑所做的批判,详见他的文章"Base and Superstructure in Marxist Cultural Theory," *Culture and Materialism*(1980),31-39,以及 *Marxism and Literature*,75-82。针对威廉斯对基础和上层建筑的立场所做的精彩而富有启发性(即使在幽默诙谐的地方也是如此)的质询,详见 *Politics and Letters*,140-147,350-358。

[10] 对这一问题所做的全面而精彩的讨论,详见 Williams, *Politics and Letters*(1979), pp. 78-83, and *Politics of Modernism* (1989), pp. 151-162。

[11] Frank Lentricchia, *After the New Criticism* (Chicago: University of Chicago Press, 1980).

[12] 读者可能想要核实一下,这些词组在原文上下文中是否有着更为丰富的含义,所以我将原句一一列出:

> 我们几个人尤为愿意坚持从事这样的审美乐事……(第4页)

> 我们引入了那些一直以来被认为毫无文学性的文

本,这类文本缺乏美的光泽,缺少对修辞手法的自觉使用,缺失远离日常世界的光晕,也没有纯文学所具有的那种虚构性……(第9页)

[把文学文本和非文学文本]放在一块分析,会使我们对那些并未自我标榜为审美客体的事物出其不意地展露出的审美维度产生一种不真实的惊异感。(第10页)

然而新历史主义研究工程不是要"贬低"艺术,也不是要质疑审美快感……(第12页)

我们的目的不是要把整个文化都审美化,而是为了找到那些消融在文化之中的充满创造性的活力和能量。这么做绝非要支持过去恶劣的压迫结构和暴行,从中获得审美满足感。(第13页)

把文化中富于表现力的那极小一部分围起来进行审美赏析,不仅会削弱这部分文化的个性,甚至会限制人们对它的理解。(第13页)

[13] 2008年11月25日,霍尔堡国际纪念奖得主詹姆逊在挪威的卑尔根大学发表题为"世界文学"的获奖演说,这段引文便出自这次演说。詹姆逊在之前发表的作品中也表达了类似的观点,譬如 *Archaeologies of the Future* (New York: Verso, 2005)

的第 18 页的注释 11,詹姆逊此处指出"传统美学"已经"过时"了,理由是其"普遍目标"只不过是指认美学自身的具体细节。

[14] 想深入了解这一议题的读者,可参阅 Leonard Green, Jonathan Culler, and Richard Klein, "Interview: Fredric Jameson," *Diacritics* 12:3 (1982): 72-91;这篇访谈后被重新刊载于 Ian Buchanan, ed., *Jameson on Jameson: Conversations on Cultural Marxism* (Durham: Duke University Press, 2007), 11-43。在访谈中,詹姆逊在对伦纳德·格林的前两个问题的回答中,清楚地表明了自己的立场。

[15] 关于近来对这一问题所做的讨论,详见论文集 Frank Lentricchia and Andrew DuBois, *Close Reading: The Reader* (Durham: Duke UP, 2003),以及乔纳森·卡勒、简·盖洛普和约翰·盖尔利 2010 年发表在 *ADE Bulletin* 149 上的三篇文章。卡勒的论文尤其有助于我们思考文本细读的"细"(closeness)可能包含的多重意义。在论文的最后,卡勒呼吁我们"反思文本细读的不同种类,甚至要明确地提出自己的文本细读模式"。他解释道:

> 只有当我们能把不同类型的文本细读模式加以细分,且能清晰地描述所有非细读的种类以供与文本细读形成对照,从而凸显其重要性,使之更为称心如意,我们才能更好地重视文本细读,并促进它的发展。(第 24 页)

卡勒对不同类型的文本细读所做的快览发人深思,为这方面的研究开了个好头。概而论之,卡勒的呼吁——把"文本细读"这个大范畴细分为不同的阅读模式——对我而言十分有用;更有用的是他对我们的提醒:这一细分行为可能要求我们"明确地提出自己的文本细读模式"。

[16] "The Historicization of Literary Study and the Fate of Close Reading," *Profession* 2007:181-185,她后来重申了这一观点,参见"Close Reading in 2009" *ADE Bulletin* 149 (2010)。

[17] 莫雷蒂在后来的一系列论文中继续深化了这个方法论方面的论点,这些论文现已结集出版,书名为《远读》。下面的引文出自这个版本。详见 *Distant Reading* (London: Verso, 2013)。

[18] Jonathan Culler, "The Closeness of Close Reading" *ADE Bulletin* 149 (2010): 20-25.

[19] 我无意对莫雷蒂的立场喋喋不休,不过值得一问的是,一旦我们意识到如下事实,他对文本细读持有的看法是否还能成立:文本细读实际上是由世俗左翼自由主义者(或者像燕卜荪那样的激进无神论者)开创的阅读方法,目的正是批判新批评的"神学"唯心主义。

[20] Franco Moretti, *Graphs, Maps, Trees* (London: Verso, 2005).

第四章 批评无意识

[1] Rei Terada, "The New Aestheticism," *Diacritics*

vol. 23, no. 4, (1993): 42 - 61. 此处可能也是我向弗朗西斯·马尔赫恩表示感谢的合适时机,正是他建议我把本章的题目起为"批评无意识"的。

[2] 为加深理解,我们不妨看看新审美主义潮流的代表者如何异常准确地论述了审美批判的前因后果。譬如温弗里德·弗卢克,他清晰透彻地领会了这一反审美转向的历史,并告诉我们:

> 在文学和文化研究界,近来的修正主义学术往往在开始的时候便强调,所有的审美判断都具有历史相对性,这些审美判断不仅是文化行为,也是政治行为。这个观点可以追溯至文化研究的一个,甚至是唯一的奠基性文本,即雷蒙·威廉斯的《文化与社会》。该书认为,审美一词的出现是人们对艺术家与工匠这一劳动分工产生的异化效果的回应。威廉斯在《马克思主义与文学》中更进一步,把审美理论描述为一种逃避形式,一个混淆视听的手段。(第 79 页)

> 我要声明的是,这种新兴的修正主义系统性地误解、歪曲了美学问题,因为它把新批评提出的审美价值问题与普遍的美学问题混为一谈。(第 84 页)

弗卢克清楚地知道,人们对审美的普遍反对,其核心根源之一是威廉斯;弗卢克也知道,这门学科实际上把反对新批评的美学当成了反对美学本身,从而接受了最广义的审美批判。几乎没有人能对学科局势如此明察秋毫。显然,新审美主义流派中能有如此清晰洞见者并不多见,我们当然也不指望每个人都能做到这一点。话虽如此,新审美主义者的立场仍然可以说是建立在对学科现状做出敏锐而深刻的剖析这一基础之上的。详见 Winfried Fluck, "Aesthetics and Cultural Studies" in Elliot, Caton, and Rhyne, eds. *Aesthetics in a Multicultural Age* (Oxford: Oxford University Press, 2002)。

[3] John J. Joughin and Simon Malpas, "The New Aestheticism: An Introduction" in John J. Joughin and Simon Malpas, eds. *The New Aestheticism* (Manchester: Manchester University Press, 2003), 1-19.

[4] 话虽如此,弗卢克本人的美学立场却倾向于借助实用主义来打破传统康德哲学的限制,因而在某些方面可与伊泽贝尔·阿姆斯特朗的更为激进的作品相媲美。详见 Winfried Fluck, "Aesthetics and Cultural Studies" in Elliot, Caton, and Rhyne, eds., *Aesthetics in a Multicultural Age* (Oxford: Oxford University Press, 2002), 79-103。在"激进美学"一文中,弗卢克详细地论证了"政治美学化"这个问题,详见"Radical Aesthetics," *REAL. Yearbook of Research in English and American Literature*. Vol. 15, *Pragmatism and Literary Studies*. Ed. Winfried Fluck. (Tubingen: Narr, 1999): 227-242。弗卢克在这篇文章中做了一番鞭辟入里的分析,不过文章的核心主题在我看来十分陈旧乏味:学界的激进派全都是装腔作势者,他们的存在本身就证明了占主导地位的自由主义的宽宏大量云云。与弗卢克

的主要观点达成一致的文献是 Heinz Ickstad,"Towards a Pluralist Aesthetics" in *Aesthetics in a Multicultural Age*(Oxford: Oxford University Press,2002),263-278。

[5] 如彼得·德博拉所说,此次争论制造的困惑和它带来的启发都同样耐人寻味。详见 Peter de Bolla,"Toward the Materiality of Aesthetic Experience" *Diacritics*, Vol. 32, No. 1, Rethinking Beauty(Spring, 2001): 19-37。

[6] George Levine, "Reclaiming the Aesthetic," in *Aesthetics and Ideology* (New Brunswick: Rutgers University Press, 1994).

[7] Timothy Peltason, "The Way We Read and Write Now: The Rhetoric of Experience in Victorian Literature and Contemporary Criticism," p. 1010. *ELH*, Vol. 66, No. 4, (Winter, 1999): 985-1014; Paul J. Alpers, "Renaissance Lyrics and Their Situations," p. 309. *New Literary History*, Volume 38, Number 2 (Spring 2007): 309-333; Stephen Cohen, *Shakespeare and Historical Formalism* (Padstow: Ashgate, 2007), 14. 科恩在本书一开篇就指出,"文学研究百年来的制度史,可以描述为本学科在形式和历史这两大对立面之间的摇摆不定,时而注重形式,时而强调历史,这么说不算过度简化"(第 1 页)。这是时下流行的看法,但似乎不太对。

[8] Rachel Sagner Buurma and Laura Heffernan, "Interpretation, 1980 and 1880," p. 616; *Victorian Studies*, 55, No. 4, Special Issue: The Ends of History (Summer 2013):

615-628.值得注意的是,布尔玛和赫弗南实际上是从不同的方向进行论证的。

[9]可以用提问的方式来表达这个要点:把詹姆逊式的"唯物主义批判"模式与"行动主义"混为一谈,会漏掉什么?虽然我认为两者缺一不可,但把"唯物主义批评"当成"行动主义"是毫无益处的。作为文学研究从业者,我每天都看到这样的事情发生,而这种偷梁换柱应该属于右派的伎俩。

[10]在某种意义上,列文森对后一阵营的重要性有着非同寻常的深刻洞见。她认为积极的"新形式主义者"更为优秀,这些人重新追求的那种研究范式植根于马克思主义传统。因此她所说的要我们回归"历史性阅读"这一"原初"模式,实际上是要我们回到马克思那里(如引文中提到的一串人物表明,这个阵营奉行的正是马克思主义思想,外加弗洛伊德的思想)。不过,若说这里暗指的是整个马克思主义传统多少有点夸张,实际上列文森所回应的新形式主义现象奉行的是某一特定的马克思主义传统,因此我们必须在很短的时段内对其进行评判才行。如她在别处指出的那样,"詹姆逊总是被人没完没了地拿来当作范例"——积极的新形式主义阵营反复援引詹姆逊,这实际上指向的是历史主义/语境主义范式这一段特定历史。

[11]列文森:"学科中人一定会注意到,新形式主义者之间达成了惊人的一致,他们列出了历史主义批判的奠基人的名字,免除了对其过度简化问题的控诉,反而把当下文学批评所陷于的糟糕境地归咎到那些不幸的'追随者'和微不足道的从业者(Levine 2)、'不太细心和敏锐的批评家'(Clarke 9)身上,却不透

露这些罪人的姓名"。这段话引自 Marjorie Levinson,"What Is New Formalism?" *PMLA* 122.2 (2007): 560。其中莱文的引语出自本章注释 6 列出的文章,克拉克的引语出自 Michael Clark, *Revenge of the Aesthetic: The Place of Literature in Theory Today* (Berkeley: University of California Press, 2000)。

[12] 针对"新形式主义者"在这方面透露出的还原论和简单化,列文森给予恰如其分的批评:"在诸多新形式主义研究论文中,新历史主义成了一个包罗万象的术语,不仅包含文化研究、语境批判、意识形态批判、福柯式分析,也包含政治批判、交叉学科批评和小众化批评,甚至还指代怀疑解释学和理论。这很令人遗憾"。详见 Marjorie Levinson,"What Is New Formalism?" 559。

[13] Isobel Armstrong, *The Radical Aesthetic* (Oxford: Blackwell, 2000).

[14] Dave Beech and John Roberts, "Spectres of the Aesthetic" in Beech and Roberts, eds. *The Philistine Controversy* (London: Verso, 2002), 13-47. 这是一种常见的解读,左派和自由派都如此评判伊格尔顿的这部著作。在《多元文化时代的美学》的前言中,埃默里·埃利奥特也做了同样的解读:"本学科历来存在两个相互对立的美学立场,一方认为美学在某种程度上是独立于政治意识形态的,而另一方则认为美学不过是资产阶级意识形态的组成部分,应被清理出艺术和人文学科。伊格尔顿的《审美意识形态》在调和这两种相反的美学立场方面开了个好头"(第17页)。

[15] 她对文本细读的精彩剖析遍布《激进美学》全书,尤其

集中于"文本骚扰"一章,阿姆斯特朗在该章试图为一种新型的、超越我们通常所理解的文本细读的阅读范式打下基础。仅举一例:"燕卜荪认识到,自己的革命性思想在"二战"后被克林斯·布鲁克斯和W. K. 威姆萨特这样的新形式主义保守派借鉴和吸收"(第90页)。这句表明了她对批评源头的正确理解。我们在第一章中已经读到了这一卓见,然而在第三章它却常常被彻底忽视。即便如此,阿姆斯特朗对诸多重要问题的见解都极为敏锐而正确。

[16] 语出保罗·利科,后来被许多人接受和采用。参见 Paul Ricoeur, *Freud and Philosophy*: *An Essay on Interpretation* (New Haven: Yale University Press, 1970)。

[17] 就此而言,贝斯特和马库斯共同提出的引发热议的"浅读"——亦作"正读"(just reading)——是个很好的例子。根据这一阅读法,"症候式阅读"已成为当今文学研究的主导范式的标志性特征,而詹姆逊正是这种阅读实践的代表。我认为两人的论断相当犀利、准确。不过,当我们批判"症候式阅读"的时候,若仅仅视之为对深层结构或阻闭结构的剖析,学科史的真实轮廓会因此而被遮蔽;我们必须认识到,"症候式阅读"本质上仍是文化分析,它属于这门学科的学术范式的一部分。在这个意义上,两人提出的"浅读"这一替代阅读法实质上也延续了现行的研究范式,只不过换个名称而已。考虑到本章的研究目标,我无意在此评判"浅读"作为文化分析方法的优点。详见 Stephen Best and Sharon Marcus, "Surface Reading: An Introduction," *Representations* 108.1 (2009): 1-21。

[18] *Novel Gazing: Queer Readings in Fiction* (Durham, NC: Duke University Press, 1997). 这篇文章在稍加改动后,换了一个略微不同的题目重新发表在 *Touching Feeling* (Durham: Duke University Press, 2003)一书中。下面的引文出自未经删改的早期版本。

[19] Michael Warner, "Uncritical Reading," pp. 17-18 in *Polemic: Critical or Uncritical*, ed. Jane Gallop (New York: Routledge, 2004): 13-38.

[20] D. A. Miller, *The Novel and the Police* (Berkeley: University of California Press, 1988).

[21] 我想针对米勒的论证所透露的"抒情性"(lyric),稍微谈谈我的想法。这个范畴对理解米勒的观点似乎十分关键,尽管他本人看上去无意运用该术语。我们再来读一下《简·奥斯汀》第1页的这几句话:

> 这个文本声音完全发乎于个人身体之外,不受它所厌恶的"个体性"或"奇特性"所束缚,自由自在地飘荡在文本中,以至它仿佛不出自任何一人之口。甚至在语言层面,奥斯汀的文本也限制人称的使用,极少用"我"这样的字眼来确认语出作者本人,或用"你"来确认文本的接收人。在她的叙事声音的感化下,我们这些读者如痴如醉,赞叹不已,宛如自己正在偷听一场不是特意为谁上演的美妙演出。

引文中的"声音""我、你""偷听"等字眼,在我看来指向一个至关重要的问题,即抒情性言语(lyric speech)和抒情性阅读(lyric reading)的可能性。这是一个耐人寻味的问题,原因有多种,然而就我们当前的讨论而言,其耐人寻味的原因是,"文本细读"和批评范式本身历来与抒情体裁(或抒情模式)密切相关——且与抒情体裁的关系无疑比与别的体裁的关系密切得多。想到这一关联,引文中抒情性的复归就格外激动人心,它构成了米勒的文本解读所未予明确承认的一个核心支点。我试图表明,米勒的解读在很多方面都像是要通过"文本细读"回到类似早期批评风格的那种文学批评。这个观点以后有机会再谈,兹不赘述。

[22] 比如 Sianne Ngai, *Our Aesthetic Categories: Zany, Cute, Interesting* (Cambridge: Harvard University Press, 2012).

[23] 第一处和最后一处引文分别出自瑞恰慈《文学批评原理》的第 103 页和第 102 页,详见 *Principles of Literary Criticism* [London: Routledge, 2001(1924)]。第二处和第三处引文出自《实用批评》的第 6 页,详见 *Practical Criticism: A Study of Literary Judgment* [London: Harcourt Brace Jovanovich, 1956 (1929)].

[24] Lauren Berlant, "Critical Inquiry, Affirmative Culture" *Critical Inquiry*, Vol. 30, No. 2 (Winter 2004): 445-451.

[25] F. R. Leavis, "The 'Great Books' and Liberal Education" in G. Singh, ed., *The Critic as Anti-Philosopher: Essays and Papers by F. R. Leavis* (Chicago: Elephant Paper-backs,

1998), 156-170.

［26］关于"就业市场"这一表达的采用,及其意识形态特性,详见 Marc Bousquet, *How the University Works: Higher Education and the Low-Wage Nation* (New York: New York University Press, 2008).

［27］格拉夫对文学研究这门学科吸纳异端的过程做了精彩论述。他发现,当一门由"领域范围"(field-coverage)组织起来的学科受到相反观点的挑战时,这门学科只需额外添加一个领域去吸纳异见,而不必真正去理解与回应它。在格拉夫写作的1987年,人们对凯恩斯主义式的大学扩张仍然记忆犹新,新自由主义的攻势尚处于相对早期的阶段,所以格拉夫对文学研究学科消除异端的第二个步骤,大概没有我们今人看得这么清楚。这就是他专注于新领域的增添,却对这些新增领域后来被撤销的可能性语焉不详的缘故。详见 Gerald Graff, *Professing Literature* (Chicago: University of Chicago Press, 1987)。往大了说,凭借扩大领域范围来吸纳和管控异端这一过程,是包括20世纪中期的大学在内的许多凯恩斯主义机构的典型特征。相比之下,同样的机构在新自由主义阶段往往选择断绝对异见领域的资助,称之为集体勒紧裤腰带以应对资金短缺,而实际上是把资源转移到顶层。以新自由主义时期的大学为例,高校里的一个典型的现象是,行情要求所有人——学生和教职人员,尤其是人文学科的教师——节衣缩食,减少开支,而事实上资源大多被转移到了高校的上层管理者那里。我毫不惊讶地注意到,此番分析在某些圈子里不断遭到驳斥,然而反驳者又无法提供有力证据;实际上,大量令人信

服的可靠研究已经细致而清晰地揭示了这一普遍存在的事态。关于英国高校的情况，参阅 Stefan Collini, *What Are Universities For?* (London: Penguin, 2012) 和 Andrew McGettigan, *The Great University Gamble: Money, Markets, and the Future of Higher Education* (London: Pluto, 2013)。关于美国高校的情况，参阅 Sheila Slaughter and Gary Rhoades, *Academic Capitalism and the New Economy: Markets, State, and Higher Education* (Baltimore: Johns Hopkins University Press, 2004); Christopher Newfield, *Unmaking the Public University: The Forty-Year Assault on the Middle Class* (Cambridge: Harvard University Press, 2008); 以及 Marc Bousquet, *How the University Works: Higher Education and the Low-Wage Nation* (New York: New York University Press, 2008)。

[28] David Damrosch, *What is World Literature?* (Princeton: Princeton University Press, 2003).

[29] Wai Chee Dimock, *Through Other Continents: American Literature Across Deep Time* (Princeton: Princeton University Press, 2006).

[30] Patricia Yaeger, "Editor's Column: Literature in the Ages of Wood, Tallow, Coal, Whale Oil, Gasoline, Atomic Power, and Other Energy Sources," *PMLA* 126, no. 2 (March 2011): 305 – 326.

[31] 在这方面,现有的最佳个案研究是弗朗西斯·马尔赫恩对《N+1》这本杂志的研究,尤其是他对该杂志与"占领华尔街"

运动的关系的研究。详见 Francis Mulhern,"A Party of Latecomers." *New Left Review* 93 (May-June 2015): 69 - 96。

结语　批评的未来

[1] Eric Hobsbawm, *The Age of Extremes: A History of the World*, 1914 - 1991 (New York: Vintage, 1996) 584, 485.

[2] 对与此极其相似的情形所做的更为细致的阐述,详见 Colin Crouch, *The Strange Non-death of Neoliberalism* (Cambridge: Polity, 2011)。同样值得关注的是 Jamie Peck,"Explaining (with) Neoliberalism." in *Territory, Politics, Governance* 1, no. 2 (2013): 132 - 157。

[3] Wolfgang Streeck,"How Will Capitalism End?" *New Left Review* 87 (May-June 2014): 35 - 64.

[4] 此处我想到的是沃勒斯坦较早发表的论文集 *Historical Capitalism with Capitalist Civilization* (London: Verso, 1995 [1983]),另参见 *After Liberalism* (New York: New Press, 1995)。

[5] 许多人已经注意到这一点。与我们这里关切的问题直接相关的两则精彩论述,详见 Greg Barnhisel, *Cold War Modernists* (New York: Columbia University Press, 2015) 和 Evan Kindley, *Critics and Connoisseurs: Poet-Critics and the Administration of Modernism*(即将由哈佛大学出版社出版)。任何对

20 世纪中期的文学批评与冷战之间的关系,以及美国中央情报局的资助这一老问题感兴趣的读者,都可以参阅这两本著作。关于更大的图景,参见乔姆斯基等人撰写的 *The Cold War and the University*: *Toward an Intellectual History of the Postwar Years* (New York: The New Press, 1997)。

[6] Göran Therborn, "New Masses?" *New Left Review* 85 (January-February 2014): 7-16.

[7] Martha Nussbaum, *Not for Profit*: *Why Democracy Needs the Humanities* (Princeton, NJ: Princeton University Press, 2010).

附录 批评范式与 T. S. 艾略特

[1] Louis Menand, Discovering Modernism: T. S. Eliot and His Context (Oxford: Oxford University Press, 1987), 4.

[2] T. S. Eliot, *For Lancelot Andrewes*: *Essays on Style and Order* (London: Faber and Gwyer, 1928), ix.

[3] Nigel Nicholson and Joanne Trautmann, eds. *The Letters of Virginia Woolf Volume III*: 1923-1928 (New York: Harcourt Brace Javonovich, 1977), 457-458.

[4] 在这方面,我认为最能代表这一普遍看法的还是第一章中提到的克里斯·巴尔迪克,他的观点有理有据,颇能揭示出问题的复杂性。他对批评领域发生的"现代主义革命"的论述,赋予

了艾略特革命领路人的角色,然后把文本细读的发展弃置在第二位,并把瑞恰慈和燕卜荪与新批评混为一谈(这从相关章节的标题便可窥见:"文本细读与新批评的兴起")。我认为,先强调艾略特的核心地位,再强调文本细读的核心地位(详见第一章的注释8),是有逻辑问题的。为解决这一问题,巴尔迪克将文本细读的发展追溯至艾略特的早期文章,在这些文章中,艾略特"小心翼翼地按特殊方式展列诗歌的细部,以此说明人们对经验的复杂反应所具有的诗意",因此他是先于瑞恰慈所做的类似实践(第78页)。确实,艾略特的"诗歌不只是传达了一种诗化了的'思想'或感受,它还通过意象的复杂聚集把种种联想剧烈地融合在一起"这一观念,听来具有鲜明的现代主义特征。不过,艾略特的引证实践本身真的能构成文本细读的早期形式吗?我觉得其与爱德华时代早期、20世纪末乃至维多利亚时代晚期的引证实践基本一致,尽管在其他方面艾略特呈现出明显的现代主义特征。倘若这真的是"使20世纪的批评变得与之前的时代截然不同"的创新,那么我们很难看出这里到底有什么创新。有人可能还会注意到,瑞恰慈在《文学批评原理》(1924)一书中讨论艾略特的时候,他是把艾略特当作诗人,而不是当作一种严谨的新型阅读实践的开创者来讨论的。

必须补充说明,巴尔迪克的论述精彩纷呈,我以为是现有的相关研究中的最佳者。我们双方观点达成和解的一个办法是换个看问题的角度:他的关注焦点是我所谓的艾略特在第二层面的影响力,在此层面我们是能够达成共识的,而我这里最感兴趣的是艾略特在第三层面的影响力。详见 Chris Baldick, *Criticism and Literary Theory 1890 to the Present*（London：Longman，1996），64－115。

[5] 梅南不是"文本细读"的信徒，我认为他在评价艾略特对批评革命本身的基本形式产生的影响时，做到了不偏不倚：

> 虽不能说……与艾略特的名字紧密地联系在一起的批评语汇是他个人的独创，但可以说，他确实为一套通用的术语和常见的判断创造了一种表述风格，这一风格是判断性的、分层级的，却有着"科学性"，正好符合了现代学院派批评家的需要。

梅南的评价十分中肯，尽管我会换一种稍微不同的说法。若要在这第三层面分析艾略特的影响力，我们似乎不应该钻入他具体的学说里；相反，我们可以揣测，从旧式的文艺批评方面的纯文学主义过渡到新式的、更为严谨的批评范式的艰难转变中，艾略特所起的重要贡献是他发展出一种适合批评范式的风格和语气，被人广为仿效。详见 Louis Menand，*Discovering Modernism：T. S. Eliot and His Context*（Oxford：Oxford UP，1987），155。

[6] Stanley Edgar Hyman，*The Armed Vision：A Study in the Methods of Modern Literary Criticism*（New York：Vintage，1947）.

致　谢

在表达感谢的同时，我或许也应当致以歉意。我在本书一直试图避免对与我相熟的学者的研究纠缠不休，所以如果您的名字出现在致谢部分，这可能是个好迹象，它表明您的思想在本书中没有被深度讨论。这究竟是福是祸，均取决于您自己。

我要向莎拉·科尔（Sarah Cole）、尼古拉斯·达姆斯（Nicholas Dames）和埃里克·格雷（Erik Gray）表达由衷的感谢，他们长期以来给予我和我的这项研究极为慷慨无私的帮助。我也想对哥大读书期间帮助过我的如下师友，表达诚挚的谢意：黛博拉·阿什克内斯（Deborah Aschkenes）、詹妮弗·戴维斯（Jennifer Davis）、安妮·迪贝尔（Anne Diebel）、杰西卡·芬恩（Jessica Fenn）、马修·哈特（Matthew Hart）、达拉赫·马丁（Darragh Martin）、莎拉·敏思洛夫（Sarah Minsloff）、谢拉丽·蒙什（Sherally Munshi）、布鲁斯·罗宾斯（Bruce Robbins）、利顿·史密斯（Lytton Smith）、佳亚特里·斯皮瓦克（Gayatri Spivak）、凯特·斯坦利（Kate Stanley）、马里恩·塞恩（Marion Thain）。

特别感谢兰登·哈默(Langdon Hammer)、艾米·亨格福德(Amy Hungerford)、迈克尔·华纳(Michael Warner),乃至所有耶鲁英文系的同人,谢谢他们冒险相信一个让人难以苟同,也不属于某个既定"招聘领域"的研究。我也要感谢杰西卡·布兰特利(Jessica Brantley)、大卫·布罗米奇(David Bromwich)、阿迪斯·布特菲尔德(Ardis Butterfield)、宋惠慈(Wai-Chee Dimock)、玛尔塔·费戈洛维奇(Marta Figlerowicz)、保罗·弗莱(Paul Fry)、本·格拉泽(Ben Glaser)、大卫·卡斯坦(David Kastan)、乔纳森·克拉姆尼克(Jonathan Kramnick)、安东尼·里德(Anthony Reed)、吉尔·理查兹(Jill Richards)、迦勒·史密斯(Caleb Smith)、凯蒂·川普纳(Katie Trumpener)、R. 约翰·威廉斯(R. John Williams)、向珊妮(Sunny Xiang)和露丝·伯纳德·耶泽尔(Ruth Bernard Yeazell),他们在不同时刻都曾围绕我的这项研究课题与我切磋交流。我还想感谢安德鲁·麦肯德里(Andrew McKendry)、海瑟·麦肯德里(Heather McKendry)和蒂姆·克莱纳(Tim Kreiner),他们使书中的内容更趋合情合理。

乔纳森·卡勒(Jonathan Culler)、约翰·盖尔利(John Guillory)和弗朗西斯·马尔赫恩(Francis Mulhern)不仅在各个阶段都很热心地阅读了我的书稿,还给出大量的评语、批评和支持。我很少见到有人如此无私地运用自己的深厚学养。

感谢哈佛大学出版社的工作人员:林赛·沃特斯(Lindsay Waters)先生为我的研究课题倾注了极大热情和关注;乔伊·邓(Joy Deng)女士大力协助,使本书得以顺利出版。阿曼达·皮瑞(Amanda Peery)女士在她的分内职责之外好心地为我提供额外的反馈意见,我对此也深表感激。

衷心感谢我的朋友珍妮丝(Janice)、塞缪尔(Samuel)、布莱恩(Blainey)、塞缪尔·英厄马尔(Samuel Ingemar),以及贝克(Beck)、丹尼尔(Daniel)、马修(Matthew)、奥斯卡(Oscar)、理查德(Richard);当然还要感谢高拉夫(Gaurav)。

我要单列一段,专门向黛博拉·弗里德尔(Deborah Friedell)表达谢意。

特别感谢亚当·亚历山大(Adam Alexander)、詹森·亚历山大(Jason Alexander)、大卫·巴克尔(David Backer)、克里斯·卡苏乔(Chris Casuccio)、亚历山德拉·佩里西奇(Aleksandra Perisic)和詹森·沃兹尼亚克(Jason Wozniak)——我们一起度过了紧张激烈的思考时光,彼此的思想已经变得难解难分。

最后,我最该感谢的是卡特亚·林斯科格(Katja Lindskog),感谢她为我付出的种种,尤其是近七八年来她在我的这一研究课题开展的每个阶段提供的巧妙思路和深刻见解。无论本书的价值如何,我都把它献给卡特亚。

我发表在《新文学史》杂志 2013 年第 44 卷第 1 期第 141—157 页的论文"What's 'New Critical' about 'Close Reading'? I. A. Richards and His New Critical Reception"(copyright © 2013 New Literary History, University of Virginia),其内容纳入到了本书第一章的如下几个小节中:"第一阶段:批评的创立"、"I. A. 瑞恰慈、文本细读、实用批评"和"新批评:康德式的文本细读"。在此感谢《新文学史》杂志授权本书使用该文。

索引

（条目后的数字为本书页码）

Achebe, Chinua 阿契贝，钦努阿 80

Adorno, Theodor 阿多诺，西奥多 183, 189, 195, 201

Adult education 成人教育 33, 131

Aesthetic education 审美教育 9, 49, 73, 92, 146, 160, 214—215, 262, 293

Affect theory 情感理论 243—251

Alpers, Paul J. 阿尔珀斯，保罗·J. 198

Althusser, Louis 阿尔都塞，路易 201

Anderson, Perry 安德森，佩里 13—14, 24—25, 65, 85—86

Anthropocene 人类世 178, 254—255, 259—260

Armstrong, Isabel 阿姆斯特朗，伊泽贝尔 183, 201, 207—215, 219—220, 222, 243

Arnold, Matthew 阿诺德，马修 48, 63—64, 66—67, 72—73, 98, 234

Auerbach, Erich 奥尔巴赫，埃里希 252

Austen, Jane 奥斯汀，简 231—236, 240

Baldick, Chris 巴尔迪克，克里斯 31, 35

Baumgarten, Alexander 鲍姆加登，亚历山大 20, 115

Beardsley, Monroe 比尔兹利，门罗 55

Beech, Dave 比奇, 戴夫 194—196, 210

Bell, Clive 贝尔, 克莱夫 43

Bell, Michael 贝尔, 迈克尔 68

Belletrism 纯文学主义 235, 237, 252, 299

Benjamin, Walter 本雅明, 沃尔特 192

Bentham, Jeremy 边沁, 杰里米 47

Berlant, Lauren 贝兰特, 劳伦 172, 218, 243—250

Best, Stephen 贝斯特, 斯蒂芬 216

Bion, Wilfred 拜昂, 威尔弗雷德 211

Book history 书籍史 162

Bourdieu, Pierre 布迪厄, 皮埃尔 12, 22, 208—209

Bradley, A. C. 布拉德利, A. C. 43

Brexit 英国脱欧 279, 282

Brooks, Cleanth 布鲁克斯, 克林斯 52—54, 57—61

Buddhism 佛教 236, 257

Butler, Judith 巴特勒, 朱迪斯 80, 263

Buurma, Rachel Sagner 布尔玛, 蕾切尔·萨格纳 198

Carlyle, Thomas 卡莱尔, 托马斯 48

Central Intelligence Agency 美国中央情报局 264

Cohen, Margaret 科恩, 玛格丽特 152, 157

Cohen, Stephen 科恩, 斯蒂芬 198

Cold war 冷战 18

Colonialism, critique of 殖民主义, 批判 80, 82, 87, 162, 172

Commons 公共资源 291—292

Corbyn, Jeremy 科尔宾, 杰里米 282

Critical revolution 批评革命 31—36

"Critics versus scholars" debate "批评家对学问家"的争论。见"'学问家对批评家'之争"词条

Culler, Jonathan 卡勒, 乔纳森 147

Cultural studies 文化研究 34

Culture wars 文化战争 11

Damrosch, David 达姆罗什, 大卫 256—257

Deep time 深邃时间 178, 254, 257, 259

de Man, Paul 德曼, 保罗 208—209。也可参见"理论"词条

Derrida, Jacques 德里达,雅克 80, 208—209。也可参见"理论"词条

Dewey, John 杜威,约翰 71, 211, 213—214

Dickens, Charles 狄更斯,查尔斯 258

Dimock, Wai Chee 宋惠慈 257—258

Distant reading 远读 10, 152—155

Doctor Who 神秘博士 34

Eagleton, Terry 伊格尔顿,特里 12, 14—16, 113—118, 135, 138, 141, 161, 207—210, 264

Eliot, T. S. 艾略特,T. S. 35, 37, 298—305

Elliott, Emory 埃利奥特,埃默里 192

Empson, William 燕卜荪,威廉 36—38, 49, 58, 62, 65, 300, 304

Energy systems 能源体系 254, 258—259

Ethical turn 伦理转向 82, 262, 267, 270, 290

Faulkner, William 福克纳,威廉 140, 144, 252

Feminism 女权主义 79, 82, 127—128, 207, 222, 249; new historicism and 新历史主义与 124—128; relationship to specialist "fields" 与专业"领域"的关系 253—255。也可参见"社会运动"词条

Fluck, Winfried 弗卢克,温弗里德 192, 214

Foucault, Michel 福柯,米歇尔 12, 22, 80—84, 121, 220, 223, 227。也可参见"理论"词条

Freud, Sigmund 弗洛伊德,西格蒙德 201, 211, 289。也可参见"心理分析"词条

Gallagher, Catherine 加拉格尔,凯瑟琳 120—135, 161。也可参见"新历史主义"词条

Gallop, Jane 盖洛普,简 148—149

Gates, Henry Louis, Jr. 盖茨,小亨利·路易斯 80

Globalization 全球化 254—255, 280

Goldman Sachs 高盛集团 277

Graff, Gerald 格拉夫,杰拉德 31

Green, André 格林,安德烈 211

Greenblatt, Stephen 格林布拉特，斯蒂芬 120—124, 128—129, 134—135, 161, 190。也可参见"新历史主义"词条

Guillory, John 盖尔利，约翰 4, 31—32

Hall, Stuart 霍尔，斯图亚特 80

Heffernen, Laura 赫弗南，劳拉 198

Hegel 黑格尔 68, 201

Hermeneutics of suspicion 怀疑解释学 208, 216, 233

Historicist/contextualist paradigm 历史主义/语境主义范式 4—6, 10—13, 17, 23—24, 26, 113—114, 137, 161, 163, 177—178, 182, 202, 204, 207, 214, 224, 228—231, 244, 253, 259—260, 262, 269, 275—276, 294

Hobsbawm, Eric 霍布斯鲍姆，埃里克 275

Hoggart, Richard 霍加特，理查德 101

Hyman, Stanley Edgar 海曼，斯坦利·埃德加 33, 304

Jameson, Fredric 詹姆逊，弗雷德里克 10, 12—13, 22, 25, 113, 139, 141—144, 151, 161, 190—192, 201, 204, 244, 252; "Always historicize!" "永远历史化" 10, 15, 26—27

Joughin, John J. 乔因，约翰·J. 187

Kant, Immanuel 康德，伊曼努尔 20

Keynes, John Maynard 凯恩斯，约翰·梅纳德 279。也可参见"凯恩斯主义"词条

Keynesianism 凯恩斯主义 18, 23, 118, 222, 224, 264, 284—285, 290—291, 294

Lacan, Jacques 拉康，雅克 80, 289。也可参见"心理分析"和"理论"词条

Lawrence, D. H. 劳伦斯，D.H. 91

Laxness, Halldór 拉克斯内斯，哈尔多尔 140, 144, 252

Lee, Vernon 李，弗农 41

Leighton, Angela 雷顿，安琪拉 200

Lentricchia, Frank 兰特里夏，弗兰克 136

Levinas, Emmanuel 列维纳斯，伊

曼纽尔 211
Levine, George 莱文, 乔治 187—193, 197—200, 204
Levinson, Marjorie 列文森, 玛乔丽 199—206
Linguistic turn 语言学转向 34

Malpas, Simon 莫尔帕斯, 西蒙 187, 196
Marcus, Sharon 马库斯, 莎伦 216
Marcuse, Herbert 马尔库塞, 赫伯特 141
Márquez, Gabriel Garcia 马尔克斯, 加布里埃尔·加西亚 258
Marx, Karl 马克思, 卡尔 27, 116, 201, 283。也可参见"马克思主义"词条
Marxism 马克思主义 13, 51, 65, 101, 103, 115—116, 142, 192, 196, 204, 209, 222
Menand, Louis 梅南, 路易斯 300
Mill, John Stuart 密尔, 约翰·斯图尔特 48
Miller, D. A. 米勒, D. A. 165, 218, 223, 227—242
Millett, Kate 米利特, 凯特 80
Modernism 现代主义 17, 43, 160, 169, 301—302
Moi, Toril 莫伊, 托莉 80

Moretti, Franco 莫雷蒂, 弗朗哥 12, 25, 39, 113, 122, 151—161
Morris, William 莫里斯, 威廉 49, 68, 101, 104—106
Morrison, Toni 莫里森, 托尼 80
Mulhern, Francis 马尔赫恩, 弗朗西斯 65
Musil, Robert 穆齐尔, 罗伯特 160—161

Narrative medicine 叙事医学 263
New Aestheticism 新审美主义 178, 182—207, 210, 213, 215, 217, 219
New Criticism 新批评 11, 20—22, 36—40, 44, 51—56, 59, 61—63, 88, 92—94, 99, 102, 107, 109, 115, 122, 135—137, 141, 144, 148, 151, 155—157, 163, 197, 300
New Deal 新政 18, 284—286
New Formalism 新形式主义 10, 178, 184, 187, 196, 198—200, 202—207, 217
New Historicism 新历史主义 22, 113, 120—138, 190, 198, 204, 206, 222—223
New Left 新左派 101, 105—107

Ngai, Sianne 倪诏雁 246

Ngugi wa Thiong'o 恩古吉·瓦·提安哥 80

Nussbaum, Martha 努斯鲍姆,玛莎 263, 290—291

Ogden, C. K. 奥格登, C. K. 40, 69

Ortiz, Simon 奥尔蒂斯,西蒙 257

Pater, Walter 佩特,沃尔特 41

Peltason, Timothy 佩尔特森,蒂莫西 197

Pendulums 钟摆 178, 182, 197—199, 205, 207, 262, 267, 270, 293

Periodization 分期 17—20, 22—23, 128, 147, 261

Philistine controversy 非利士人之争 194, 196

Philology 语文学 23, 31—32, 49, 62, 162, 252

Polanyi, Karl 波兰尼,卡尔 283

Postmodernism 后现代主义 17—18, 139

Pound, Ezra 庞德,艾兹拉 200

Practical criticism 实用批评 7—8, 19—21, 35—37, 40, 63, 79, 89—92, 115, 118, 130,

145—146, 151, 304

Primary schools 小学 34

Professionalization 职业化 31, 67, 131—132, 138, 253, 270, 287

Psychoanalysis 心理分析 222

Public intellectual 公共知识分子 8, 264

Public sphere 公共领域 264, 285

Queer critique/queer theory 酷儿批判/酷儿理论 82, 86, 218—219, 221—222, 224, 238—239, 244, 254

Race critique 种族批判 82

Ransom, John Crowe 兰瑟姆,约翰·克罗 55—58, 61

Reaganism 里根主义 223

Reparative reading 修复式阅读 178, 216, 218—219, 224—226, 228—229, 234—235

Rich, Adrienne 里奇,艾德丽安 80

Richards, I. A. 瑞恰慈, I. A. 20, 37—49, 52—75, 88, 90, 92, 95—96, 99—100, 106, 110, 115, 141, 145, 161, 213—214, 246—247, 299—300, 304

Ricoeur, Paul 利科,保罗 211

Roberts, John 罗伯茨,约翰 194—196, 210

Romanticism 浪漫主义 62, 103, 168, 258

Rose, Gillian 罗斯,吉莉安 211

Ruskin, John 罗斯金,约翰 48, 68, 104

Russo, John Paul 拉索,约翰·保罗 61

Said, Edward 萨义德,爱德华 80, 162, 190

Sanders, Bernie 桑德斯,伯尼 282

Sartre, Jean-Paul 萨特,让-保罗 141

Scholarly turn 学术转向 4, 6, 13, 17, 26, 31, 35, 101, 151, 157, 159, 253, 262, 293

"Scholars versus critics" debate "学问家对批评家"之争 3—4, 83, 97, 251

Schumpeter, Joseph 熊彼特,约瑟夫 283

Sedgwick, Eve Kosofksy 塞奇威克,伊芙·科索夫斯基 166, 190, 216, 218—220, 222—224, 226—229, 231, 234—236, 238, 242—243, 251

Shakespeare, William 莎士比亚,威廉 127, 165, 171, 258

Showalter, Elaine 肖沃尔特,伊莱恩 80

Silko, Leslie Marmon 西尔科,莱斯利·马蒙 257

Snyder, Gary 斯奈德,加里 257—258

Social media 社交媒体 292

Social movements 社会运动 79, 266—267, 282

Spivak, Gayatri 斯皮瓦克,佳亚特里 12

Streek, Wolfgang 斯特里克,沃尔夫冈 283

Surface reading 浅读 10, 178, 216, 235

Terada, Rei 寺田玲 183

Thatcherism 撒切尔主义 207, 223

Therborn, Göran 瑟伯恩,戈兰 285

Thompson, E. P. 汤普森,E. P. 72, 101

Tolstoy, Leo 托尔斯泰,列奥 140, 144, 152

Tomkins, Silvan 汤姆金斯,西尔万 211

Trilling, Lionel 特里林,莱昂内尔 264, 266

Trump, Donald 特朗普,唐纳德 279, 282

Utilitarianism 功利主义 38, 47, 71

Vizenor, Gerald 维泽诺,杰拉尔德 257

Wallerstein, Immanuel 沃勒斯坦,伊曼纽尔 283—284, 292

Warner, Michael 华纳,迈克尔 80, 226—227

Watkins, Susan 沃特金斯,苏珊 25

Weber, Max 韦伯,马克斯 283

Wilde, Oscar 王尔德,奥斯卡 41, 200

Williams, Raymond 威廉斯,雷蒙 12, 22, 46—47, 84, 87—110, 113—116, 120—121, 129—138, 141—145, 150, 159, 161—162, 189, 193, 208, 244

Wimsatt, William 威姆萨特,威廉 55

Winters, Yvor 温特斯,伊沃 56

Wolfson, Susan 沃尔夫森,苏珊 168, 201

Wood, James 伍德,詹姆斯 40

Woolf, Virginia 伍尔夫,弗吉尼亚 9—10, 301

World literature 世界文学 139—140, 152, 155, 159, 178, 254, 259, 288

Yaeger, Patricia 耶格尔,帕特丽夏 258

LITERARY CRITICISM: A Concise Political History
by Joseph North
Copyright © 2017 by the President and Fellows of Harvard College
through Bardon–Chinese Media Agency
Simplified Chinese translation copyright © 2021
by Nanjing University Press Co., Ltd.
ALL RIGHTS RESERVED.
江苏省版权局著作权合同登记　图字：10-2017-725号

图书在版编目(CIP)数据

文学批评：一部简明政治史 / (美)约瑟夫·诺思著；张德旭译. —南京：南京大学出版社，2021.10
书名原文：LITERARY CRITICISM: A Concise Political History
ISBN 978-7-305-24750-7

①文… Ⅱ.①约… ②张… Ⅲ.①文学批评-西方国家 Ⅳ.①I106

中国版本图书馆 CIP 数据核字(2021)

出版发行	南京大学出版社
社　　址	南京市汉口路22号　邮　编 210093
出版人	金鑫荣
书　　名	文学批评：一部简明政治史
著　　者	[美]约瑟夫·诺思
译　　者	张德旭
责任编辑	章昕颖
照　　排	南京紫藤制版印务中心
印　　刷	南京玉河印刷厂
开　　本	880×1230　1/32　印张 11.875　字数 230千
版　　次	2021年10月第1版　2021年10月第1次印刷
ISBN	978-7-305-24750-7
定　　价	68.00元
网　　址	http://www.njupco.com
官方微博	http://weibo.com/njupco
官方微信	njupress
销售咨询	(025)83594756

* 版权所有，侵权必究
* 凡购买南大版图书，如有印装质量问题，请与所购图书销售部门联系调换